카인의
오만

KAIN NO GOMAN KEIJI INUKAI HAYATO

by Shichiri Nakayama
© Shichiri Nakayama 2020,2022
First published in Japan in 2020 by KADOKAWA CORPORATION, Tokyo.
Korean translation rights arranged with KADOKAWA CORPORATION, Tokyo
through JM Contents Agency Co.

카인의 오만

나카야마 시치리 장편소설 ― 문지원 옮김

블루홀6

차례

1

죽은 자의 이름

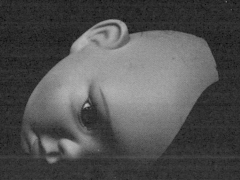

1

현관을 나서자마자 살을 에는 찬바람이 불어왔다.

"으으! 추워!"

오시노는 몸을 부르르 떨며 반려견 료타를 개집에서 데리고 나왔다. 이틀 동안 비가 내리는 바람에 산책을 못 한 탓인지 료타는 몹시 신이 나 기운차게 뛰어나갔다.

오전 6시, 겨우 기지개를 켠 샤쿠지이의 거리는 아직 인적이 드물었다. 12월에 접어든 도쿄에는 이미 동장군의 발소리가 들려왔다. 보도에 은행잎이 떨어지고 싸늘한 냉기가 발밑으로 살금살금 다가왔다. 도쿄는 눈이 드문 도시지만 이 상태면 올해는 눈이 내릴지도 모르겠다.

이틀 만의 산책에 료타는 흥분을 감추지 못했다. 평소보다 신나게 날뛰며 강한 힘으로 리드 줄을 잡아당겼다.

어느 강아지나 그렇지만 산책 코스는 정해져 있다. 료타는 집을 나와 세키마치미나미 2번가를 가로질러 다케시타 숲 녹지를 한 바퀴 돌고 온다. 왕복 약 한 시간, 올해 예순여섯 살이 되는 오시노에게도 적당한 운동이었다. 게다가 집에서 마누라에게 음식물 쓰레기 취급을 받는 것보다 정신 건강상 훨씬 이로웠다.

직장에 다닐 때는 나름대로 오시노의 체면을 세워주던 아내도 정년퇴직 사흘 뒤에는 "청소할 때는 방해되니 나가 달라"라고 말했다. 퇴직금도 있으니 1년 쉬고 재취업을 알아볼 계획이었던 오시노는 마지못해 헬로워크*를 찾아갔지만 정년이 지난데다 자격증도 없는 남자에게 문을 열어주는 기업은 몹시 적었다. 조건에 부합하느냐 이전에 사람 자체를 구하지 않아서 겨우 면접까지 가도 채용되지 않았다.

다음 직장이 정해지지 않자 아내는 날마다 기분이 언짢았다. 그 우거지상을 보고 기분이 유쾌할 남편은 거의 없으

---

* 채용 상담과 직업소개 등을 제공하는 공공 직업 안정소로 일본 각 지자체 노동국에서 운영한다.

리라. 집에서 얼굴을 맞대기도 마음이 불편해 자연스럽게 아침저녁 개 산책은 오시노의 몫이 됐다. 오시노도 불만은 없었다. 산책 나가면 아내도 오시노도 서로 얼굴을 찌푸리지 않아도 된다. 게다가 료타도 좋아한다. 온통 좋은 일뿐 아닌가.

비가 그친 직후 기습 한파가 닥쳐서 수분을 머금은 흙에 서리가 내렸다. 발을 디딜 때마다 나는 파삭파삭 소리가 재미있는지 료타가 펄쩍펄쩍 뛰듯 리드 줄을 잡아당겼다.

"료타, 왜 이렇게 서둘러. 공원이 어디로 도망가는 것도 아닌데."

하지만 료타는 오시노의 명령을 무시한 채 계속 앞으로 달려 나갔다. 오시노는 리드 줄을 놓치지 않기 위해 따라가는 수밖에 없었다.

어스름한 새벽에 사람과 개가 내뱉는 숨이 희부옇게 떠올랐다. 이 시간에 산책하는 이는 자신과 료타뿐이라 마치 도로를 독점한 기분에 뿌듯한 마음이 들었다.

세키마치미나미 2번가를 빠져나와 마침내 다케시타숲 녹지에 다다랐다.

녹지의 은행나무가 독특한 냄새를 풍겼다. 어젯밤까지 비가 내려 은행잎이 땅바닥을 노랗게 물들였다.

평소라면 잡목림을 돌아 들어가는 보도를 한 바퀴 돌고 되돌아왔을 터였다.

그런데 료타의 상태가 조금 이상했다. 보도 중간에서 걸음을 멈추고 잠시 코를 벌름거리더니 이번에는 잡목림 속으로 들어가려고 했다.

"이런, 료타. 왜 그래."

리드 줄을 끌어당기려던 그때, 길의 단차 때문에 발을 헛디뎌 그만 줄을 놓치고 말았다.

자유로워진 료타가 으르렁 컹컹 짖으며 뛰쳐나갔다.

"료타!"

료타는 오시노를 뿌리치고 잡목림 속으로 사라졌다. 견주로서 뒤쫓을 수밖에 없었다.

"이번에는 또 뭐야, 정말."

오시노도 투덜거리며 잡목림을 헤치고 들어갔다. 료타는 성견이 되어서도 여전히 호기심이 왕성해서 흥미를 자극하는 것을 감지하면 가까이 다가가야 직성이 풀렸다.

잡목림은 아담하지만 그만큼 나무가 울창했다. 나무가 찬바람을 막아주는 덕분에 살을 에는 추위는 덜했다. 바로 아래는 은행잎이 떨어져 노란 카펫 같았다.

료타는 금방 발견됐다. 잡목림 거의 한가운데, 사람들의 눈에서도 햇빛에서도 차단된 곳에서 무아지경으로 땅을 파고 있었다. 그 덕분에 은행잎이 주변으로 여기저기 흩어져 빈말로라도 아름다운 풍경은 아니었다.

오시노는 공공장소를 더럽히고도 태연히 무시할 수 있을 정도로 뻔뻔한 성격이 아니었다. 파헤친 땅을 나중에 정리해야겠다고 생각하면서 료타에게 다가갔다.

료타와 가까워졌을 때 걸음이 저절로 멈췄다. 료타의 코끝에 있는 물체가 시야에 들어왔기 때문이다.

은행잎을 파헤친 곳 한가운데에 사람의 손목이 비죽 튀어나와 있었다.

색을 잃고 진흙투성이가 되어도 손가락 모양과 울퉁불퉁한 손톱으로 마네킹 따위가 아니라는 사실을 알 수 있었다.

오시노는 마치 얼음기둥이라도 된 듯 그 자리에서 얼어붙었다.

료타는 얼른 칭찬해 달라는 듯 꼬리를 프로펠러처럼 흔들었다.

***

'네리마구 다케시타숲 녹지에서 개를 산책하던 남성이

시신을 발견했다'라는 첫 신고가 경시청에 들어온 시각은 12월 4일 오전 6시 40분이었다.

관할서인 샤쿠지이 경찰서와 기동수사대가 현장에 도착했고 다음으로 서무 담당 관리관이 사건성을 확인한 뒤 수사1과 아소반이 현장에 들어갔다.

"이거 뭐, 잡목림에 묻힌 채로 발견됐는데 사건성을 따질 계제인가."

"반장님. 우리 반이 전담하는 건 전혀 상관없는데 말입니다."

형사부실에서 아소에게 경위를 들은 이누카이 하야토가 서둘러 끼어들었다.

"왜 우리 반을 배정했을까요? 일을 떠넘기려는 건 아니지만 현재 우리가 가장 많은 사건을 맡고 있잖아요."

"업무 과다라고 불만이야? 너답지 않게. 새삼스럽게 수사1과가 노예처럼 부려 먹는다고 투덜대지 마."

매몰찬 말을 내뱉었지만 아소의 시선이 누구를 향하는지 알았다.

이누카이 옆에서 이야기를 듣던 다카치호 아스카는 죽은 물고기 같은 눈으로 아소를 바라봤다. 최근 아소반은 고질적으로 많은 사건을 떠맡아서 이누카이를 제외한 수사관들은 하나같이 피로에 절어 있었다. 그중에서도 낯빛이 귀신같은 아스카는 몹시 피곤해서 화장도 뜨고 피부도 뒤집힌 상태였다. 최근에는 이누카이와의 콤비뿐 아니라 성깔이 있는 형사 기능지도원*과 한 팀으로 움직일 때도 많은 데다 아스카 본인도 과로하는 경향이 있었다. 아소의 한마디는 아스카를 향한 아소 나름의 질타였다.

"그 사건이 우리 반을 지명한 거나 마찬가지야."

일부러 의미심장한 말투로 말했으리라. 아소는 고민스러운 얼굴로 고개를 돌려 쳐다봤다.

"현장 상황을 본 관리관이 우리를 지명했어. 관리관뿐만이 아니야. 담당한 미쿠리야 검시관도 동의했다나 봐. 달리 말하면 사건이 우리를 지명한 셈이지."

미쿠리야의 이름을 들은 이누카이는 불온한 느낌이 엄습했다. 지금까지 몇백 번이나 시신을 검시했고, 과거 아소 반과 여러 번 얼굴을 마주한 미쿠리야가 자신들을 지명했다면 어딘가 심상치 않은 냄새를 풍기는 사건이라는 뜻이었다.

---

* 경찰관의 직무 수행 능력 향상을 위해 실전 업무 교육과 현장 동행 지도를 하는 직무 기능이 우수한 지도원.

"도대체 어떤 시신이에요?"

"자세한 건 현장에서 말하자더군."

"말을 엄청 아끼네요."

"나나 네 성격을 알기 때문이겠지. 미쿠리야 검시관은 단순히 우리 반이 아니라 그중에서도 특히 너를 보내라고 했대."

불온한 느낌이 더욱 강해졌다. 미쿠리야 검시관은 이누카이의 무뚝뚝한 얼굴을 보고도 아랑곳하지 않는 반골 기질이 있는 사람이지만 비아냥이나 실없는 장난으로 이누카이의 이름을 거론할 남자는 아니었다.

"아무래도 모방범 냄새가 나."

아소가 얼굴을 찌푸리며 말했다.

"장기가 적출되어 있었다는군."

"장기 적출 사건이라면 그 '헤이세이* 잭 사건' 말씀하시는 거죠?"

현장으로 향하는 차 안에서 아스카가 조심스럽게 물었다. 아스카가 수사1과에 배속되기 전에 발생한 사건이지만

---

* 1989년 1월 8일~2019년 4월 30일에 해당하는 일본의 연호.

사람들 입에 오르내린 중대한 사건이었다. 경찰관인 아스카가 대략적인 내용을 모를 리 없었다.

기바공원에서 시신이 발견되면서 시작된 연쇄 살인. 피해자들의 배는 갈라져 있었고, 장기 대부분은 적출돼 사라진 상태였다. 그 엽기성과 범인의 범행 성명에 언론은 '헤이세이 잭 사건'이라고 이름 붙이며 희대의 극장형 범죄에 가담했다. 희생자가 하나둘 늘어날 때마다 세상은 무책임하게 난리법석을 피웠고 언론이 주도해서 떠들어대는 이야기에 수사본부도 점점 휩쓸렸다. 실제로 당시 관리관들이 일련의 책임을 지는 형태로 경질되기도 했다. 수사1과, 특히 아소반으로서는 뒷맛이 몹시 씁쓸한 사건이었다.

"그 사건처럼 또 장기가 적출됐다면 모방범죄를 의심하는 것도 당연하죠."

"아직 시신을 못 봤어. 지레짐작하지 마."

"이누카이 형사님. 단순히 살해한 것이 아니라 시신에서 장기를 적출하다니 굉장히 수고가 드는 일이잖아요. 아무 의미 없이 그런 짓을 하는 범인이 어디 있겠어요."

"벌써 잊었어? 이번에는 시신이 잡목림에 묻혀 있었어. 산책 중이던 개가 냄새를 맡지 않았다면 여전히 발견되지 않았을지도 몰라."

"범행을 숨기려는 의도 때문에 모방범죄가 아니라는 말이에요?"

"'헤이세이 잭 사건'이 극장형 범죄였던 건 사실이야. 그런데 이번 사건은 시신을 묻은 시점에서 그 가능성은 희박해졌다고 생각해."

"범행 성명을 늦게 발표할 가능성도 있잖아요."

"시신이 발견되지 않을 때까지 침묵하다가 발각되면 그제야 범행 성명을 내놓는다고? 가능성이 아예 없지는 않지만 논리적이지 않아. 무엇보다 모방범이라면 과거에 벌어졌던 범죄의 시그니처인 가장 눈에 띄는 부분을 그대로 따라 하려고 할 거야."

"가장 눈에 띄는 부분이라면 장기를 적출한 행위 말이죠?"

"아니. 장기를 적출한 사실을 의기양양하게 선전한 점이야. '헤이세이 잭 사건'은 그 행위로 시신에 가치를 부여했지. 이번 범인은 시신의 이용 가치를 전혀 다르게 생각하고 있어."

"그렇다 치더라도 이번 범인도 한 짓에 큰 차이는 없어요. 생각이 달라도 행위 그 자체가 같다면 마찬가지로 모방범이라고 생각해요."

아스카의 주장에도 수긍이 가는 부분이 있다. 그러나 이누카이는 여전히 신중하게 생각했다. 실제로 모방범이라는 존재는 그다지 위협적이지 않다. 모방한 요소를 제외하면 나머지 범행 양상은 지극히 평범하다. 정상적으로 계속 수사하면 반드시 범인의 꼬리를 잡을 수 있다. 그런데 범행 양상만 비슷할 뿐 동기도 범인상도 전혀 다르다면 이누카이와 수사관들은 또 미지의 케이스와 대치하게 된다. 어느 쪽이 다루기 쉬울지는 말할 것도 없었다.

"예단은 하지 마."

적어도 한마디 충고쯤은 해두어야겠다는 생각이 들었다.

"모방범이든 아니든 선입견을 품는 순간 끌려다니게 돼. 그만큼 시간과 인력을 낭비하다가 결국 범인 좋은 일 시키는 꼴이 될 수 있다고."

"하지만 미쿠리야 검시관도 모방범일 가능성을 의심하니까 이누카이 형사님을 지명한 것 아니겠어요?"

그런 단순한 남자였다면 형사부장이나 아소를 이리저리 휘두르지 못하겠지. 그렇게 핀잔을 주려고 하다가 타인을 평가하는 말이기에 입에 담지 않았다.

다케시타숲 녹지에 도착했을 때는 이미 시신을 꺼내 옮겼는지 잡목림 밖에 블루 시트 천막이 설치되어 있었다. 하기야 나무가 우거진 숲속에 천막을 치기도 어려울 것이다.

천막 안에는 샤쿠지이 경찰서 강력계 소속 나가쓰카와 미쿠리야 검시관이 기다리고 있었다. 두 사람은 피해자의 시신을 내려다보고 있었다.

시신은 전체적으로 창백했다. 특히 복부는 변색이 심했고 장내 가스 때문에 심하게 뒤틀리고 부풀었다. 이미 자가 분해가 시작되어 마치 바이에른산 흰 비엔나 소시지에 푸른 힘줄이 들어간 모습과 비슷했다.

수사1과에 배속된 뒤 여러 시신을 봐 온 아스카도 무심코 신음했다. 시신의 상태 때문이 아니라 짐작되는 나이 때문이리라.

분명히 성인의 몸은 아니었다. 아무리 봐도 짧은 머리에 얼굴이 갸름한 십 대 소년이었다.

이누카이가 아스카를 팔꿈치로 살짝 찔렀다. 두 사람은 시신을 향해 두 손을 모으고 명복을 빌었다.

"수고 많으십니다, 이누카이 형사님."

검푸른 점퍼를 입은 나가쓰카가 다가와 인사했다. 예전에 합동수사를 하면서 안면을 익힌 사이인데 젊은데도 성실하고 정직한 면이 장점인 경찰관이었다.

그 올곧은 경찰관의 눈빛이 강한 분노로 물들어 있었다. 분명 아스카와 마찬가지로 어린 피해자를 보고 안타까움을 느끼고 화가 났을 터다.

"발견자는 개와 함께 산책하던 오시노 겐스케 66세. 잡목림 앞을 지나다가 개가 갑자기 숲속으로 뛰쳐들어가 시신을 파냈다고 합니다."

"옷이 안 보이는데요."

"처음부터 옷은 안 입고 있었습니다. 나체로 묻혀 있었습니다."

"개는 왜 산책 코스에서 평소와 다르게 행동했답니까?"

"최근 이틀 동안 비가 와서 산책을 못 했거든요."

즉 시신은 지난 이틀 사이에 묻혔을 가능성이 농후하다는 의미였다. 12월 1일은 비가 오지 않아 산책할 수 있었을 테니 그때 이변이 있었다면 개는 같은 반응을 보였으리라.

"12월 2일 이후에 묻혔다고 추측해도 무리는 아니야."

미쿠리야가 끼어들며 말을 이었다.

"장내 온도와 부패 상황, 각막의 혼탁 상태를 보아 사망 추정 시각은 사흘 전까지 거슬러 올라갈 수 있어. 절차 때문에 자세한 내용은 부검 결과를 기다리고 있지만 큰 차이는 없을 거야."

"다른 근거도 있나 보네요."

"이걸 봐."

미쿠리야가 말하면서 시신 옆에 몸을 구부렸다. 이누카이와 아스카도 미쿠리야처럼 쭈그려 앉았다. 코와 입을 손수건으로 가리고 있어도 이렇게까지 가까이 가면 어쩔 수 없이 부패취가 코를 찌른다. 동물성 단백질이 분해할 때 나는 자극적인 단내였다. 아스카를 흘긋 보니 구토감을 필사적으로 참고 있었다. 직업의식이 생리적 욕구를 억누르는 모습이었다.

미쿠리야가 손가락으로 가리킨 부분은 복부에 20센티미터 정도 난 절개부였다. 일직선이 아니라 약간 꾸불꾸불한 부분마저 있었다. 절단면의 변색이 두드러져서 더더욱 눈에 띄었다.

"도저히 의사의 솜씨 같지는 않군요."

"제대로 봉합하지 않은 점도 그렇지만 절개 상태도 형편없어. 집도한 사람이 의사라면 엄청난 돌팔이야."

"어설픈 집도 방식 때문입니까?"

"메스를 댄 상태만 봐도 대충 견적이 나오지. 절개나 봉합 상태가 어설픈 이유는 애초에 상처를 제대로 봉합할 생각이 없었기 때문이야."

"배를 닫을 때 피해자는 이미 사망한 상태였겠군요."

이누카이의 확인에 미쿠리야는 고개를 살짝 끄덕였다.

"일단 닫아 놓기는 했지만."

미쿠리야의 손가락은 절개부 중앙으로 이동했다. 꿰맨 자국 몇 개가 희미하게 보였다.

"봉합이라고 할 만큼 거창하지도 않아. 상처를 봉합하려는 의도가 아니라 내용물이 쏟아져 나오지 않도록 최소한의 조치를 했을 뿐이지."

미쿠리야가 돌연 뾰족한 어투로 말했다. 고인을 애도하는 마음 때문에 화가 난듯했다.

"부검은 검시관의 영역이 아니지만 처음부터 복부가 열려 있어서 본의 아니게 속을 확인하게 됐어. 그런데 간이 적출되어 있더군."

"절개흔 외에 다른 외상도 있습니까?"

"없어. 총상도 자상도, 하다못해 삭흔도 안 보여. 마취 여부는 확실치 않지만 간을 적출하던 중이나 적출 후에 사망했을 가능성이 커."

"그럼 사인은 쇼크사나 의료사고입니까?"

"거기서부터는 부검을 해야 알아. 하지만 간 적출과 무관하지 않을 거야."

모호한 어조였지만 미쿠리야는 나름대로 결론을 내린 듯 시종일관 언짢은 표정이었다.

"장기가 없는 점은 확실히 잭 사건 때와 비슷하지만 미묘하게 다른 점도 있네요."

"그래서 이누카이 하야토를 부른 거야."

미쿠리야는 시신에 시트를 씌우며 말했다.

"잭 사건 때는 먼저 목숨을 끊은 뒤 시신을 훼손했지. 과정 하나를 건너뛰었을 뿐이라고 할 수도 있지만 그 과정 하나가 가장 중요하다고 생각하지 않나?"

처음에 살해하지 않았다면 살의가 있었는지도 불분명해진다. 의료 목적으로 배를 절개했지만 수술 도중 환자가 사망하는 바람에 시신을 묻었을 가능성이 하나. 그리고 다른 하나는 명확한 살의를 품고 피해자의 배를 갈라 간을 적출했을 가능성. 피해자가 나체로 묻혀 있었다는 사실도 이 가설을 보강한다.

"언뜻 모방범의 소행 같지만 수사에 혼동을 주려는 의도로 볼 수도 있어. 과거 잭 사건을 담당했으니 불필요한 선입견을 없애야 한다고 판단했어."

예단하지 마라.

아스카에게 던진 충고가 이번에는 다른 방향에서 자신에게 돌아왔다.

"검시관님의 개인적인 의견을 듣고 싶은데요."

"그것도 선입견의 요인이 될 수 있으니 말하지 않겠네."

"하지만 선입견을 갖고 싶어져서요."

아스카가 이의를 제기했다. 범인에 대한 분노가 아직 가라앉지 않은 듯 미쿠리야를 향한 말투도 공격적이었다.

"동기나 목적이 무엇이든 이런 식으로 방치하다니. 아무리 봐도 아직 어린아이잖아요."

감정이 약간 실린 까닭은 모성애 때문일까. 이누카이도 희생자가 아이인 사건은 싫어하지만 이는 그저 수사 과정에 낀 불순물일 뿐이다.

항의받은 모양새가 된 미쿠리야는 성가시다는 듯 아스카를 흘긋 쳐다봤다.

"선입견을 없앨 수 있는 설명을 하나 잊었군. 간이 적출됐다는 설명은 조금 부족해. 절반만 적출됐어."

아스카가 눈을 크게 떴다.

"절반이요?"

"그래, 절반은 잘려서 없어졌고 나머지 절반만 배 속에 남아 있었지. 생체간이식을 아나? 살아 있는 사람의 간 일부를 환자에게 이식한 뒤 그 간이 재생하면서 원래 크기로 자라는 방법이야. 이 역시도 단언할 수는 없지만 생체간이식 수술 도중 무슨 사고가 생겨서 그 뒤처리로 시신을 묻었다고 볼 수도 있겠지."

선입견의 요인이 될 만한 말은 하지 않겠다고 했지만 방금 발언은 미쿠리야 나름의 견해였다. 그리고 역시 단언하고 싶어 하지 않는 이유도 이해할 수 있었다.

"수술 중 과오가 원인이었다면 용의자는 분명 의료인일 겁니다. 그런데 집도 실력을 보면 의사는 의사이되 돌팔이 같아요. 조금 모순되는 추론이죠."

그 지적에 미쿠리야는 언짢은 듯 고개를 끄덕여 보였다.

"모순되기에 단언할 수 없고 어떤 이야기든 웃으며 들을 수 없을 거야."

"그렇겠죠. 만약 범인이 의료인이라면 수술 도중 포기하고 배를 제대로 닫지도 않은 셈입니다. 의료인이 아니라면 문외한이 메스를 잡고 의사 흉내를 낸 셈이고요."

어느 쪽이든 추악하고 무책임하며 무도한 행위다. 미쿠리야가 당연히 언짢아할 만했다.

미쿠리야가 천막을 나가자 나가쓰카가 대신 곤혹스러운 표정을 지었다.

"나체로 시신을 묻은 이유가 수술 도중 사망했기 때문일 수도 있지만 피해자의 신원을 숨기려는 의도일 수도 있어요. 피해자의 신원부터 밝혀야 해요."

아스카가 먼저 말을 꺼냈다.

"굳이 파헤치지 않아도 사흘 넘게 행방불명 상태라면 실종자 신고가 들어왔을 거예요. 그 부분을 조사하면 신원도 금방 밝혀지지 않겠어요?"

현장에 들어가기 전에 비치던 피로의 빛은 온데간데없었다. 땅에 묻힌 채로 발견된 소년을 생각하는 마음이 각성제 역할을 했으리라. 애초에 아스카는 경찰보다 보육교사 같은 면모가 있어서 지극히 자연스러운 분노 같았다.

반면 나가쓰카의 태도는 어디까지나 경찰관의 그것이었다.

"아스카 형사님, 이라고 하셨죠? 수사1과로 오기 전에는 어느 부서에서 일했습니까?"

"지역과 순경이었는데 갑자기 1과로 발령받았습니다."

"그렇다면 잘 아시겠네요. 매년 미성년자 실종 신고만 약 2만 건 접수되고, 그중 40퍼센트 이상이 중학생입니다. 관할서의 인력을 총동원해도 감당하기 힘든 수이고, 무엇보다 모든 사건에 인력을 투입할 수도 없습니다."

단순 가출 신고에는 경찰의 엉덩이가 무거워진다. 무시할 생각은 아니지만 처리해야 할 안건이 이곳저곳 산적해 있어 사건성이 희박한 건은 뒷전으로 밀리게 마련이다. 신고 대상이 유아로 유괴 가능성이 크거나 가출 조짐이 보이지 않았던 경우는 사건성을 의심하지만 그 외는 실종자 신고 접수로만 그치는 경우도 적지 않다.

"가족 간 유대감이 희박한 가정은 며칠 귀가하지 않는 정도로는 실종 신고조차 하지 않는 집도 있습니다. 상식적으로 생각하면 의문이 들지만 그것이 자기네 교육방침이라고 정색하고 주장하면 어쩔 수 없죠. 간 절반을 도둑맞은 이 소년도 가정환경에 따라 상황이 달라질 겁니다."

나가쓰카의 설명은 경찰관이라면 누구나 아는 내용이므로 아스카가 반박할 여지도 없었다. 분한 듯 그저 입술을 짓씹기만 했다.

"나체이기는 하지만 치과 치료 흔적이 있으면 경찰 치과의에 감정을 의뢰하면 되겠죠. 하지만 치아 감정 의뢰도 전국에서 연간 약 2천 건 이상 들어오니 대응할 수 있는 경찰 치과의는 많지 않습니다. 출동을 요청해도 즉시 대응하러 나올 수 있을지 장담할 수 없어요."

신원불명 시신이 발견되면 경찰은 경찰 치과의에게 출동을 의뢰하고 평소 치과 진료를 하는 의사가 현장에 출동한다. 그리고 시신의 치과 차트를 작성하고 X선 촬영 후 그 데이터를 지역 치과 의료 기관과 치과의사회에 조회해 당사자로 추측되는 치료 기록을 제출받는다. 그 치료 기록과 시신의 치과 소견을 대조해 감정서를 작성하는 것도 경찰 치과의의 몫이다. 명목은 검시 보조지만 어디까지 협조를 요청하는 형태라 경찰도 무리하게 요구할 수 없는 사정이 있었다.

이누카이가 아스카를 진정시킬 겸 입을 열었다.

"미쿠리야 검시관이니 입 속도 봤겠죠. 치료 흔적이 있던가요?"

"보기는 했지만 별다른 이상을 발견하지 못한 것 같았습니다. 하긴 본인의 전문 분야가 아니면 입이 무거운 사람이니까요."

"그쪽은 가망이 거의 없습니까?"

"현재로서는 얼굴 사진을 들고 다니며 묻는 것이 우선이겠죠. 당장 시작하겠습니다."

나가쓰카는 맡겨만 달라는 듯 한 손을 들더니 이누카이 일행에게서 등을 돌렸다.

"우리 관할에서 간을 반쯤 도둑맞은 아이가 묻혔다. 그런데도 움직일 생각을 안 하는 놈은 형사라고 불릴 자격도 없으니까요."

2

"간을 반만 적출했다고? 그게 무슨 이도 저도 아닌 이야기야."

이누카이에게 보고받은 아소는 가장 먼저 떨떠름한 표정을 지었다.

"잭 사건 때는 모든 장기를 남김없이 빼갔지. 그에 비하면 소심한 감이 있어."

살인에 담이 크고 작다는 표현은 부적절하지만 아소는 가끔 이런 식으로 말했다. 상사의 인간성을 잘 아는 이누카이는 가볍게 흘려들었지만 아소와 알고 지낸 기간이 아직 짧은 아스카는 그를 흘긋 쏘아봤다.

아소 반에 발령받아 처음 왔을 때 아스카는 사사건건 이누카이에게 맞섰는데 지금은 그 이유를 어렴풋이 이해했다. 이전에 소속됐던 관할서와 경시청 수사1과의 분위기가 다른 탓에 적응하기 어려웠던 이유도 있을 터다. 이 바닥에 익숙해지면 자각하지 못하지만 역시 살인을 비롯한 흉악 사건을 쫓는 부서는 인간미가 부족하다. 시민 생활을 주로 담당하는 지역 관할서와는 당연히 분위기가 다르다.

이누카이를 향한 강한 적의 때문에 알아차리지 못했지만 아스카는 아소에게도 반발심을 품고 있던 듯하다. 이는 아스카가 아니라 아소에게 들은 이야기로, 어느 순간 아스카가 자신을 따가운 눈총으로 바라보는 것을 우연히 알아차렸다고 한다.

물론 이런 경향도 아스카가 수사1과에 적응하면서 진정됐지만 나이 어린 피해자가 나오면 되살아나는 듯했다. 이번 사건이 바로 그런 경우였다.

"그래서, 네 심증은 어때? 모방범 같아, 아닌 것 같아?"

"피해자 신원조차 모르는 상태에서는 판단하기 어렵습니다. 잭 사건 때는 의료인이 용의선상에 떠올랐지만 이번에도 그렇다고는 할 수 없어요."

"메스를 다루는 솜씨가 형편없다는 미쿠리야 검시관의

소견 때문인가? 하지만 간을 반만 적출하는 일은 의료행위 밖에 없잖아."

수사회의를 할 때 아소가 말하는 내용을 음미하다 보면 잘 알 수 있다. 아소가 이렇게 이누카이와 계속 질문과 대답을 주고받는 행위는 현장을 보고 듣고 온 자와 의견을 교환하면서 나름대로 심증을 확립하려는 의도였다. 자신의 주관뿐 아니라 다양한 의견을 조감해서 방향을 정하는 방식은 실로 아소다웠다. 주변의 예상 따위 개의치 않고 경험으로 얻은 법칙과 감을 중시하는 이누카이에게는 없는 능력이어서 순수하게 감탄스럽다. 그렇다고 본받을 마음까지는 없어서 부럽지 않았다.

"의료 행위 외에도 몇 가지 예를 들 수 있습니다."

"말해 봐."

"광기 어린 집단을 처형하는 방법. 혹은 특정 종교가 행하는 주술 행위."

"……달갑지 않은 이야기로군."

"범행 양상 자체가 달갑지 않으니까요. 심상치 않은 범죄라면 심상치 않은 동기도 염두에 두어야 합니다."

"처형이든 종교 행위든 시신의 상태가 몹시 비정상적인 것은 분명한 사실이야. 하지만 그 사실만으로 범인을 정신

이상자로 한정 지으면 위험하다고."

"네, 압니다. 비정상적인 범행 양상 자체가 위장일 가능성도 배제할 수 없으니까요."

"피해자에 대해 뭔가 알아낸 것이 있나?"

이번에는 아스카가 쭈뼛쭈뼛 손을 들었다.

"살해당한 아이는 학대받은 경험이 있거나 빈곤층 자녀일 수도 있습니다."

"이유는?"

"체격 때문입니다."

아스카는 떠올리기도 싫다는 어조로 말을 이었다.

"배는 장내 가스로 부자연스럽게 부풀어 오른 상태였지만 얼굴부터 가슴, 그리고 팔다리는 키에 비해 너무 말랐어요. 근손실이라고 해도 좋을 정도였습니다."

"영양실조 경향을 보였단 말인가."

"부검 결과를 보지 않고 단언할 수 없지만 지역과에서 근무할 때 그런 처지에 있던 아이를 딱 한 번 담당한 적이 있어요. 편모 가정이었는데 어머니가 육아를 완전히 포기해서 아이는 제대로 된 식사도 못 한 상태였죠. 그때 그 아이와 매우 비슷합니다."

"흥. 육아를 포기할 만한 어머니라면 아이가 며칠째 집에 돌아오지 않아도 실종 신고를 안 했을지도 모르겠군."

아소는 역시 화가 치미는 듯 얼굴을 찌푸렸다. 아동학대를 혐오하는 마음은 경찰관뿐 아니라 제대로 된 어른이라면 당연한 반응이었다.

"현장 주변에 그런 가정이 많나?"

"한때 그 주변은 비행 청소년들의 세력권이었다고 들었습니다. 완전히 겹치지는 않지만 빈곤 가정과 비행 청소년은 밀접한 관계가 있죠."

아스카의 이야기에 이누카이는 떠올랐다. 산책하던 남성을 폭행하고 돈을 빼앗은 뒤 결국 연못에 빠뜨린 4인조 소년. 그것도 샤쿠지이에서 벌어진 사건 아닌가. 만약 비행 청소년을 탄생시키는 풍토가 아직도 변하지 않았다면 비행 청소년 그룹 내에서 벌어진 폭력 사건이라는 가설도 졸지에 현실성을 띤다.

"실제 식생활이 어떤 수준이었는지는 부검보고서에서 밝혀질 거야. 아무튼 그 지역 비행 청소년 그룹을 만날 필요가 있겠어."

원래라면 부검 결과와 감식 보고를 기다렸다가 첫 번째 수사 회의가 열린다. 물론 범인의 행적 조사와 피해자의 주변 조사도 어느 정도 성과를 거두지 못하면 수사 방침을 세우기 어렵다. 초동수사의 성과가 수사의 향방을 결정한다고 해도 결코 과언이 아니었다.

"이렇게 생각하니 그냥 모방범이 나을 것 같다는 생각이 드는군."

아소는 당장이라도 침을 뱉을 것 같은 얼굴로 말했다.

"잭은 장기를 가져간 이유가 있었어. 엽기적이든 논리적이든 이유만 있다면 납득하기는 힘들어도 이해는 되지. 하지만 사건이 광신도의 짓이라면 다소 성가셔. 동기를 정상적인 척도로 가늠할 수 없어서 논리적으로 추릴 수 없거든."

"그런 집단은 눈에 띄니까 피해자 주변을 조사하다 보면 수면 위로 떠오를 겁니다. 남들과 다른 놈은 밝은 곳으로 나와야 완벽하게 알 수 있죠."

반대로 햇빛이 비치는 곳에 있어서 더욱 주변과 같아 보이는 부류도 존재한다. 광신과 무도와 냉혹 따위는 조금도 티 내지 않고 그저 안쪽에서 혼탁한 열정을 연신 불태우는 인간들이 있다. 멀리서 보기만 해서는 찾을 수 없는 자들. 가까이 다가가도 일반인과 다른 부류라고 구별할 수 없는 짐승들.

"범인 행적 조사든 피해자 주변 조사든 샤쿠지이 경찰서의 보고를 기다릴 수밖에 없는 상황이군. 현재 우리가 시작할 수 있는 일은 시신에 남은 절개흔과 간의 적출면으로 시술한 사람을 추리는 거야. 그리고 한시라도 빨리 경찰 치과의에게 조회 결과를 들어야지."

아스카가 고개를 갸웃했다.

"미쿠리야 검시관은 집도자를 돌팔이라고 단정 지은 듯한데 절단면만 보고 실력이 좋은지 나쁜지 얼마나 판단할 수 있을까요? 문외한이 듣기에는 뜬구름 잡는 이야기 같네요."

"그것까지 포함해서 전문가의 의견을 구하는 것이 핵심이겠지. 자네들은 신속히 부검을 담당한 부검의의 의견을 듣도록 해."

"저는 따로 움직이고 싶습니다. 그쪽은 아스카 혼자서도 충분할 겁니다."

이누카이는 말하자마자 자리에서 일어났다.

"뭐야. 달리 신경 쓰이는 게 있어?"

수사에서 단독 행동이 허용될 리 없다. 하지만 아직 수사 회의도 열리지 않았고 이제 막 증거 수집을 시작한 단계니 먼저 치고 나가는 셈이다. 자신의 특성을 속속들이 아는 상사가 있기에 할 수 있는 과감한 행동이었다.

"범인에 대해 조사 좀 해 볼까 하고요."

아소의 눈이 휘둥그레졌다.

"그건 샤쿠지이 경찰서에 맡겨도 되잖아. 아직 수사 방침도 정해지지 않았고. 현지 수사는 관할서에 맡겨. 별로 호의적이지 않을걸? 협조 안 하려고 할 텐데."

"그래서 나가쓰카 경찰관과 동행하려고요. 언제는 뭐 호의적이었나요."

"불필요한 충돌은 자제해 줘. 수사 외 일로 쓸데없이 머리 쓰고 싶지 않으니까."

'쓸데없는 데 머리를 쓸 수 있을 만한 사건이라면 다행이겠지만…….'

이누카이는 이 한마디야말로 쓸데없다고 생각해 집어삼키며 형사부실을 나갔다.

샤쿠지이 경찰서를 찾아가 방문 목적을 알리자 나가쓰카는 다소 의외라는 듯 미간을 찌푸렸다.

"탐문 말입니까? 별로 상관은 없지만 아직 초동수사 단계예요."

보통 경시청과 합동수사를 하게 되면 관할서에 수사본부를 세우고 관리관 주도로 합동수사를 시작한다. 이때 경험 많은 경시청 수사관과 지역 정보에 밝은 관할서 수사관이 한 팀을 이루는 경우가 많지만 수사 회의가 시작되기 전부

36

터 움직이는 일은 드물었다.

"이누카이 형사님과는 이번이 처음도 아니니 상관없지만 그래도 조금 성급한 것 아닙니까?"

"피해자 신원을 밝히지 못하는 한 그런 회의 아무리 해도 의미 없으니까요. 게다가 나가쓰카 형사님이 마침 적절한 말을 했지 않습니까."

"제가 무슨 말을 했는데요?"

"'간을 반쯤 도둑맞은 아이가 묻혔는데도 움직일 생각을 안 하는 놈은 형사라고 불릴 자격도 없습니다'."

나가쓰카가 했던 말을 복창하자 그가 민망하다는 표정을 지었다.

"비꼬는 겁니까, 형사님?"

"아닙니다."

이누카이는 조금도 웃지 않았다.

"제게 딸이 있습니다. 땅속에서 발견된 소년과 비슷한 또래죠. 저를 움직이는 힘은 두 가지입니다. 설명이 더 필요합니까?"

잠시 이누카이를 바라보던 나가쓰카는 이내 몸에 힘을 빼듯 어깨를 떨궜다.

"……잠시 기다려 주시겠어요?"

상사에게 허락이라도 받아 왔는지, 잠시 자리를 뜬 나가 쓰카가 외출 준비까지 마치고 돌아왔다.

"이누카이 형사님답게 지금 당장 시작하겠죠?"

"점심 정도는 제가 살게요."

"그렇게 쉽게 약속하셔도 되겠어요? 지역 형사인 만큼 눈이 튀어나올 정도로 비싼 식당을 여럿 알거든요."

"아무리 비싼 밥을 먹어도 어차피 다 똥으로 나와요."

두 사람은 주차장에 세워둔 토요타 프리우스에 탔다. 교통 단속용 암행순찰차처럼 마력이 좋은 스포츠 타입은 아니지만 거리에서 흔히 볼 수 있는 모델이라 눈에 띄지 않아 수사용으로 적합했다.

"이누카이 형사님, 남들에게 호감을 사려는 마음이 있긴 하세요?"

"별로 없습니다."

"인상이 험상궂지도 않은데. 무뚝뚝하고 불도저 같은 행동은 전략입니까?"

"사소한 일로 호의를 베푸는 사람은 사소한 일로 손바닥 뒤집듯 태도가 변하죠. 그런 호의는 필요 없습니다."

"맞는 말씀이네요."

운전대를 잡은 나가쓰카는 법정속도를 지키며 샤쿠지이

거리로 나갔다. 지역 형사를 자부하는 만큼 간선도로부터 샛길까지 파악하고 있는 듯했다.

샤쿠지이는 의외로 언덕이 많은 동네다. 샤쿠지이공원을 지날 무렵부터 제법 가파른 경사가 시작됐다. 이 정도 경사면 평지를 산책하는 것보다 몇 배는 운동이 되리라.

"언뜻 보기에는 새 주택이 늘어선 안전한 동네 같은데 말이죠."

나가쓰카는 시선을 정면에 고정한 채 말하기 시작했다. 지역을 담당하는 경찰관의 말이라면 어떤 내용이든 들어볼 가치가 있다.

"메인 스트리트인 도도都道* 444호를 따라서는 세련된 빌딩과 주택이 눈에 띄지만 공원이 있는 남쪽은 꽤 오래된 주택지와 신축 주택지가 뒤섞여 있어요. 같은 공동주택이라도 오토락 같은 보안 장치가 든든하게 갖춰진 신축 맨션이 있는가 하면 개축되지 않은 채 남겨진 오래된 아파트도 있죠. 자연스럽게 고소득자는 최신 맨션으로 저소득자는 집세가 저렴한 건물로 가게 돼요."

"주택 격차군요."

---

* 도쿄도에서 관리하는 도로.

"같은 지역 안에 전혀 다른 계층이 뒤섞여 있으니 그 격차가 더욱 눈에 띄죠. 그곳에 거주하는 사람도 당연히 달갑지 않을 겁니다."

문득 아스카의 말이 되살아났다. 빈곤 가정과 비행 청소년은 밀접한 관련이 있다고 했다. 나가쓰카의 발언은 그 이야기를 뒷받침하는 말이었다.

"이래저래 예민한 시기니까요. 꿈이나 희망을 마음에 품으면서도 자신과는 절대로 연이 없는 세계라는 생각이 뼈저리게 들면 마음이 꺾이기도 하죠. 비교 대상이 눈앞에 있으니 더욱 그래요. 그래서 그런 겁니다, 형사님. 소년계도 아닌 제가 비행 청소년 그룹 야사를 아는 이유요."

"신흥 범죄조직입니까?"

"모두가 그렇다고 할 수 없지만 비행 청소년 그룹 상당수가 야쿠자와 연결되어 있습니다. 야쿠자가 미리미리 인재를 포섭하는 현장이라고 할 수 있겠네요. 그룹의 리더 격인 아이는 열네다섯 살 정도인데 거의 준 야쿠자입니다. 어린 애라도 하는 짓은 야쿠자와 다를 바 없어요."

"땅속에서 발견된 소년이 폭행당했다는 가설은 어떻습니까?"

"부정할 만한 요인이 아무것도 없네요. 타인의 고통을 모르는 아이의 잔학성은 제어되지 않죠. 비행 그룹 중 한 명이 구성원의 배를 갈랐다는 말을 들어도 놀랍지 않습니다."

"피해자 얼굴 사진 좀 볼 수 있을까요?"

나가쓰카는 품에서 사진 한 장을 꺼냈다. 시신의 얼굴을 수정한 사진이라 표정은 부자연스러웠지만 대조 작업을 하기에는 충분했다.

홀쭉하게 들어간 볼과 옅은 눈썹 외에는 특징이 보이지 않는 얼굴이었다. 굳이 집자면 요즘 아이들은 대체로 턱이 짧은 데 비해 턱이 튼튼하게 발달했다는 점이었다.

"비교적 옛날 아이처럼 생겼네요. 쇼와시대*나 1990년대에 태어난."

"환경은 사람의 얼굴까지 바꾸는군요."

무언가 깨달은 듯한 말투였다.

"이것도 모두 그런 건 아니지만 아이들은 비행 청소년 그룹에 들어가자마자 점점 들개처럼 눈빛이 변합니다. 늘 무언가에 굶주려 있고, 교활하고 여유가 없죠."

땅에 묻힌 소년도 그랬을까.

"착잡한 이야기군요."

---

* 1926~1989년으로 쇼와 천황이 재위한 시대.

"가난은 아이 탓이 아닌데 저지른 범죄는 아이들의 몫이죠. 강력범죄로 번지면 수갑 채우는 일은 우리 몫입니다."

"심란하네요."

1킬로미터 넘게 달렸을까. 샤쿠지이가와 강을 건너자 주변 건물 간 간격이 드문드문해졌다. 시신 발견 현장인 공원까지는 약 5백 미터밖에 떨어져 있지 않았다. 샤쿠지이공원역 주변과는 확연히 다르게 지은 지 오래되어 보이는 건물들이 눈에 띄었다.

"그런데 지금 어디 가는 겁니까?"

"비행 청소년 그룹이 모이는 장소요."

평일 오전. 일반 학생이라면 학교에 있을 시간이다.

"편의점이나 게임센터에 모이는 무리는 그나마 나은 부류거든요. 정말 위험한 분위기를 풍기는 아이들은 낮부터 심상치 않은 곳에 바글바글 모여 있죠. 돈이 없으니 놀러 나가지도 못하는 겁니다."

두 사람을 태운 차가 이윽고 심상치 않은 곳에 도착했다.

외관은 평범한 편의점이었지만 햇빛 가리개용 블라인드는 군데군데 망가져 있었다. 밖에서 들여다보니 폐점한 듯 상품과 진열대가 텅 비어 있었다. 화려한 광고 깃발이나 포스터도 없고 오로지 체인점 로고만 공허하게 간판을 장식하고 있었다.

"가끔 이런 가게가 있어요."

나가쓰카는 가게와 떨어진 곳에 차를 세웠다.

"그럭저럭 넓은 길가에 있고, 그럭저럭 넓은 주차장이 있으며 주변에 경쟁 가게가 없어도 폐업하는 곳. 편의점, 휴대폰 가게, 드럭스토어, 라멘 가게. 어떤 업종이든 문만 열었다 하면 1년 안에 어쩔 수 없이 폐업한다. 그런 블랙홀 같은 곳 중 하나죠."

주차장에는 자동차가 한 대도 없었고 가게 안에서 인기척도 느껴지지 않았다.

"가게 뒤예요."

그 말을 듣고 뒤쪽으로 시선을 돌리자 자전거 네 대가 눈에 들어왔다.

"뒷문을 억지로 열고 드나드는 겁니다."

"관리가 허술하군요."

"허술하게 관리해도 충분하다고 생각했겠죠. 자치회는 방범 차원에서 항의하지만 관리회사는 미적거리면서 좀처럼 움직이지 않아요."

가게 뒤에 모여 있는 무리가 눈치 채지 못하도록 편의점에서 떨어진 곳에 경찰차를 세운 듯했다.

예전에도 기습한 경험이 있기 때문이겠지. 나가쓰카는 익숙한 걸음으로 뒷문으로 다가갔다. 과연 나가쓰카의 설명대로 문손잡이 부분이 완전히 부서져 잠글 수도 없는 상태였다.

"가게는 단단히 잠겨 있어서 출입구는 여기뿐입니다. 번거로우시겠지만 놈들의 퇴로를 막아주세요."

"알겠습니다."

나가쓰카는 한순간도 주저하지 않았다. 문을 열자마자 성큼성큼 안으로 들어갔다. 전기는 끊겼지만 큰 창문으로 들어오는 햇빛 덕분에 걷는 데 지장은 없었다.

관계자 전용 공간이었을 작은 방은 가게와 바로 연결되어 있었다. 가게 구석, 밖에서 보면 사각지대인 곳에 소년 네 명이 빙 둘러앉아 있었다. 한눈에 보기에도 싸구려 염색약으로 염색한 금발 소년이 가장 먼저 일어섰다.

"뭐야, 나가쓰카. 무슨 일인데?"

"나가쓰카 형사님이라고 해야지, 바보 금발아."

아무래도 아는 사이 같았다. 가게에 들어온 사람이 경찰이라는 사실을 깨달은 나머지 세 사람은 꽁무니 빠지게 도망갔다.

하지만 유일한 퇴로는 이누카이가 가로막고 있었다.

"저리 비켜, 경찰 씨."

"이 새끼, 혼나고 싶어?"

"지금 4대2거든?"

저마다 큰소리로 소리쳤지만 엉거주춤한 시점에서 이미 승패는 결정됐다. 키가 큰 이누카이는 서 있기만 해도 소심한 사람에게 위압감을 줬다.

이누카이는 구태여 말하지 않았다. 이런 상황에서는 침묵이 웅변보다 더 큰 힘을 발휘한다. 세 사람은 이내 입을 다물고 말았다.

자세히 살펴보니 바보 금발도 나머지 세 명도 전체적으로 애티가 나는 평범한 중학생 같았다. 인상이 유달리 나빠 보이지도 않았다. 평범하지 않은 점은 앵무새처럼 울긋불긋한 머리 색 정도인가.

"너희 잡으러 온 거 아니다. 사람을 찾으러 왔어."

나가쓰카가 품에서 피해 소년의 사진을 꺼내 바보 금발 앞에 내밀었다.

"아는 사람이야?"

"대답할 의무 없는데."

상대가 말을 끝내기도 전에 나가쓰카가 바보 금발의 멱살을 잡았다.

"모르는 것 같으니 가르쳐 주지. 경찰에게 협조하는 것은 시민의 의무다."

"그건 '선량한'이 붙었을 때잖아? 우리는 딱히 선량하지 않은—"

"어른의 말을 듣는 것도 아이의 의무고."

몸 어디에 그런 힘을 숨기고 있었는지 나가쓰카는 멱살을 움켜쥔 채 바보 금발을 들어 올렸다. 목 부분의 경동맥이 압박당하자 금세 얼굴이 붉어졌다.

"잠깐, 당신! 이거 봐."

"내가 정중하게 묻잖아. 정중하지 않은 질문 방식도 있거든?"

나가쓰카가 힘을 더욱 가한 듯 바보 금발의 얼굴이 더욱 빨개졌다. 나머지 세 사람 중 한 명이 끼어들려고 했지만 이누카이가 한 번 노려보자 움직임을 멈췄다.

"정중하지 않은 질문 방식을 벌써 잊었어? 공부는 못 해도 기억력은 좋은 편 아니었나?"

"성적도 안 나쁘거든."

"그건 미안하게 됐네. 그럼 그 똑똑한 머리로 생각 좀 해 봐. 이 남자애 어디서 본 적 없어?"

바보 금발의 반항적인 눈빛은 수그러들지 않았으나 잠시

사진을 유심히 들여다봤다.

그리고 역시 반항 섞인 몸짓으로 고개를 돌렸다.

"모르는 얼굴이야."

"사실이야?"

"내가 왜 상관도 없는 놈 때문에 거짓말을 하겠어."

나가쓰카는 팔을 뻗어 세 사람에게도 사진을 보였다.

"너희는 어때?"

세 사람 모두 고개를 저을 뿐이었다. 그들의 표정을 읽는
데 익숙한 듯 나가쓰카는 콧방귀를 끼더니 바보 금발을 놓
아줬다.

"미친 짭새, 미성년자한테 폭력을 써도 돼?"

"꼬맹아, 불법침입죄도 몰라? 뭣하면 지금 당장 너희 모
두 줄줄이 수갑을 차고 칙칙폭폭 한번 해 볼래? 너희에게
참 잘 어울리는 놀이네."

"바보 취급 하지 말라고. 성적 안 나쁘다고 했잖아."

"오냐, 그랬지. 그러면 그 머리를 좀 더 유용하게 쓰도록
해."

"무슨 개소리야."

"지금 말이야. 사오 년만 지나면 개소리가 아니었다는 걸
알 거야. 그때는 후회해도 늦는다."

"흥."

"다시 확인하지. 이 소년 본 적 없어? 직접 이야기를 나누지 않았다고 해도 어디 다른 그룹에서 닮은 얼굴을 봤다고 해도 상관없다."

"더럽게 질척대네."

"끈질기지 않으면 이 일 못 하거든."

"이 자식이 무슨 짓이라도 했어?"

"뉴스도 안 보나?"

"관심 없어."

"살해당해서 다케시타숲 녹지 잡목림에 묻혀 있었어."

네 사람은 움찔한 모습이었다.

"설마 우리를 의심하는 건 아니지?"

"절도에 공갈 폭행. 웬만한 나쁜 짓은 다 배웠지? 이제 남은 건 살인 정도 아닌가."

"안 죽였어!"

"글쎄다. 평소 행실이 나쁜 꼬맹이들은 이럴 때 가장 먼저 의심받거든."

"모른다고 몇 번을 말해!"

"의심받기 싫으면 의심받지 않을 행동을 보여주라고."

"무슨 뜻이야?"

"뉴스에 관심 없어도 스마트폰은 갖고 있잖아. 조만간 이 남자아이의 얼굴이 인터넷 뉴스에 공개될 거야. 네가 아는 사람들에게 물어봐. 뭐라도 정보를 물어오면 믿어 주지."

옆에서 들으면 억지가 따로 없는 거래였지만 불법침입 운운하는 으름장이 먹혔는지 바보 금발은 울며 겨자 먹기로 입을 다물었다.

"한 번쯤은 경찰에 도움이 되는 일을 좀 해 봐. 가치관이 조금 바뀔 테니."

나가쓰카는 그 말을 남기고 등을 돌렸다.

"저 아이들이 나가쓰카 형사님의 베이커 스트리트 보이스입니까?"

나가쓰카는 "그런 말씀 마시라"라면서도 아주 싫지만은 않은 기색이었다.

"꼬리표는 붙었지만 본인 말대로 학교 성적은 나쁘지 않아요. 다만 가정형편이나 재정상황이 녹록지 않은 탓에 진학을 꿈꿀 수 없는 녀석들이죠."

"설마 야쿠자에 맞서 경찰에서도 미래 인재를 미리 발굴하려는 속셈입니까?"

"그 아이들은 상하관계가 철저하고 소속 의식도 강합니다. 경찰관에게 요구되는 자질을 갖췄다고 생각하지 않으세요? 아무튼 씨를 뿌려 두는 건 나쁜 일은 아니니까요."

이것 또한 나가쓰카가 아이들을 올바르게 인도하기 위한 나름의 지도 방법이라고 생각하면 흐뭇하기도 했다. 이누카이는 침묵으로 동의했다.

이후 나가쓰카는 세 그룹도 똑같이 '지도'했지만 피해 소년을 아는 사람은 단 한 명도 없었다.

3

12월 4일, 시신 발견 당일 저녁에 수사본부가 세워졌다.

관할서인 샤쿠지이 경찰서에 차린 수사본부 단상에는 네 남자가 앉아 있었다.

무라세 관리관.

소바시마 갸쿠지이 경찰서장.

쓰무라 1과장.

그리고 아소 반장.

단상에 앉은 무라세를 처음 보는 것은 아니지만 타인의 표정을 읽는 데 능숙한 이누카이가 봐도 변함없이 감정을 읽기 어려운 남자였다. 경질된 전임 쓰루사키 관리관과는 달리 목소리 높낮이에 변화가 적고 격해지는 법이 없었다. 평온하고 감정 기복 없이 항상 냉정했다. 냉정을 넘어 냉담하다고 평하는 사람도 있었다. 누군가에게 역정을 냈다는 소문도 없고 깐족거리는 잔소리를 들은 사람도 없다. 평소에 보이는 행동으로 생각이나 기분을 헤아릴 수 없는 유형이었다. 눈에 띄는 것을 좋아하지 않고 언론을 상대로 회견하는 것을 싫어한다는 정도만 알았다.

수사본부에서 실질적으로 진두지휘를 맡는 사람은 무라세다. 수직적 조직에서는 명령 계통 아래 있는 사람들은 늘 윗선의 눈치를 살핀다. 쓰루사키처럼 자기 현시욕 덩어리에 생각이 얕고 경솔한 관리관도 곤란하지만, 무라세처럼 속을 알 수 없는 상사도 상대하기 어려웠다.

이누카이는 중간에서 아소가 얼마나 힘들까 상상하면서도 어차피 나는 마음대로 움직이도록 허락해 주겠지, 하고 방관자처럼 생각했다.

무라세가 입을 열자 제1차 수사 회의가 시작됐다.

"그럼 샤쿠지이 다케시타숲 녹지에서 발견된 소년의 살해 사건에 대한 회의를 실시한다. 우선 시신 발견 정황부터 시작하도록."

샤쿠지이 경찰서 수사관이 자리에서 일어나 오늘 새벽

오시노 겐스케 66세가 반려견과 산책하던 중 시신을 발견, 샤쿠지이 경찰서와 기동수사대가 신고를 받고 출동해 사건성을 확인한 경위를 설명했다.

다음으로 앞쪽 대형 화면에 시신 사진이 떴다.

시신이 익숙할 법한 수사관들 사이에서 나지막한 신음이 번졌다. 사람 목숨에 경중은 없지만 그래도 아이는 특별한 경우였다. 강제로 미래를 빼앗기고 저항조차 못 한 자의 죽음 앞에서 분노가 치솟았다.

"다음, 부검 보고."

이번에는 아스카가 대답했다.

"부검은 T대학 법의학교실에 요청했습니다. 시신은 십대 남성으로 타박상과 찰과 외상이 없고 독극물 및 독성을 지닌 세균도 검출되지 않은 사실로 미루어 보아 사인은 쇼크성 사망으로 추정됩니다."

"쇼크성이라. 좀 더 구체적인 소견은 없었나?"

"가능성 중 하나로 수술 중 충격, 즉 통증을 견디지 못해 수술 도중 사망한 것으로도 볼 수 있다고 합니다."

수사관들이 일제히 웅성거렸다.

"복부 절단면에는 생활반응이 발견돼서 개복 후 사망했을 확률이 크다고 합니다."

"그 말은 마취 거부반응으로 사망했다는 뜻인가?"

"단정 지어 말하지는 않았습니다. 다만 마취에 의한 쇼크사는 매우 드문 케이스이며 그보다는 마취를 충분히 하지 않은 상태에서 간 일부를 적출하면서 일으킨 쇼크가 원인일 가능성이 크다고 했습니다."

"사망 추정 시간은?"

"위 내용물의 소화 상태로 보아 사망 추정 시간은 12월 1일부터 2일 사이입니다. 또 내용물의 양이 적다는 점이 특이 사항으로 언급됐습니다."

아스카의 목소리에 뚜렷한 긴장감이 서렸다. 변화를 눈치 챈 무라세가 먼저 재촉하자 아스카의 어조에 비통한 감정마저 어렸다.

"위 속에 소화되지 않은 음식물이 숟가락 절반 정도만 남아 있었다고 합니다. 일반적인 소화 속도를 감안해도 비정상적으로 적은 양이고, 위 수축 상태로 짐작건대 피해자는 거의 절식에 가까운 상태였던 것으로 추정됩니다."

보고가 끝났지만 기침 소리 하나 나지 않았다.

피해 소년이 영양실조 상태인 것 같다고 가장 먼저 지적한 사람은 아스카였다. 뜻밖에도 그 지적이 맞았다는 사실이 부검 결과로 증명됐지만 아스카는 기쁘지 않으리라. 오히려 더욱 탄식하고 분개했다.

분노한 사람은 아스카뿐만이 아니었다. 회의장에 모인 모든 수사관의 얼굴이 음산한 분노로 일그러졌다.

"경찰 치과의의 보고는 있나?"

"오늘 막 조회한 참이라 아직 들어온 보고는 없습니다. 하지만……."

"하지만 뭔가?"

"이것도 부검보고서에 나온 내용인데 잇몸이 붓고 출혈이 소량 보인다고 합니다. 치아 일부도 흔들리는데, 보고서에 따르면 만성적인 비타민 부족일 가능성이 있습니다."

절식에 가까운 상태와 만성 비타민 부족. 두 의학적 사실은 피해 소년이 빈곤가정에서 태어나 자랐거나 오랜 기간 충분한 식사를 못 했으리라는 추측을 가리켰다.

"원래라면 치과에 다녀야 하는 수준인데 치료 흔적이 전혀 보이지 않는다고 합니다."

무라세의 입술이 언짢은 듯 일그러졌다.

치료 흔적이 없다면 당연히 진료기록도 존재하지 않는다. 진료기록이 없다면 경찰 치과의가 아무리 조회해도 무의미하다는 뜻이었다.

"감식 보고는."

감식과 수사관이 대답했다.

"이틀간 내린 비와 기습 한파로 현장의 땅에 두꺼운 서리가 내렸습니다. 그래서 정체를 알 수 없는 족적을 채취하기 어려웠습니다."

애써 남은 족적도 계속 내리는 비에 쓸려나간 데다 얼고 녹기를 반복해 원형이 망가졌다. 자연히 채취할 수 없었을 것이다.

"모발은 다수 채취했지만 녹지 특성상 개와 고양이 등 야생동물의 털도 섞여 있습니다. 현재는 분석 작업 중입니다."

"다음, 지역 조사는 어땠나."

샤쿠지이 경찰서의 나가쓰카가 자리에서 일어났다.

"범행이 있던 날로 추정되는 12월 1일부터 2일은 비가 내리기도 해서 현장인 다케시타숲 녹지 주변을 방문한 사람이 평소의 절반도 안 된 것으로 추정됩니다."

"간단하게 가지. 목격자가 있나, 없나?"

"현재 피해 소년을 목격한 증언은 없습니다. 범행 양상을 보아 현지 비행 청소년 그룹과 관계가 있을 것으로 예상해 여러 그룹과 접촉했지만 피해 소년을 아는 자는 나오지 않았습니다. 더욱이……."

현지 조사 보고를 마친 뒤에도 나가쓰카는 자리에 앉지

않고 다음 보고를 이어갔다.

"샤쿠지이 경찰서에 접수된 실종자 신고는 물론이고 경시청 데이터베이스도 조회했지만 나온 건 없었습니다."

"수도권 밖으로 대상을 넓혀보는 건 어떨까."

"현재 검색 중인데 해당하는 결과는 아직 없습니다."

"실종자가 아니란 말인가."

가출자 모두 실종자 신고가 되어 있다고는 할 수 없다. 요즘은 자녀에게 무관심한 부모, 관심이 있어도 어떠한 사정으로 경찰에 도움을 요청하지 않는 부모가 늘고 있다.

"어디까지나 제 생각이지만."

나가쓰카는 전제를 단 뒤 더욱 분노가 치미는 의견을 꺼냈다.

"피해 소년을 포함한 온 가족이 사건에 연루됐을 가능성도 부인할 수 없습니다."

온 가족이 살해됐다면, 그에 더해 온 가족이 실종되어 의심받지 않을 상황이라면 아이 한 명이 보이지 않아도 소란 피울 사람은 아무도 없었다.

"실종자 데이터뿐 아니라 중고등학교도 조회하도록 해."

무라세의 지시에 나가쓰카는 고개를 끄덕였다.

사정을 잘 아는 나가쓰카다. 지시를 받기 전부터 이미 착수했으리라는 것은 상상하기 어렵지 않았다.

첫 수사 회의라고 하지만 성과는 미미했다. 무라세를 비롯한 단상에 앉은 여러 얼굴은 하나같이 표정이 좋지 않았다.

"어쨌든 피해 소년의 신원을 밝히는 것이 최우선 사항이다. 수도권 외 실종자 검색과 중고등학교 대상 조회 작업에 인력을 증원하기로 한다. 현지 조사도 계속한다."

무라세의 지시는 적확했지만 바꿔 말하면 그 외에는 수사의 실마리가 보이지 않는다는 사실을 가리켰다. 수사관들도 그 사정을 알기에 사기도 오르지 않았다.

이대로 회의를 끝내나 싶었을 때 무라세가 갑자기 입을 열었다.

"앞서 본 대로 살해된 피해자는 소년이다. 부검 보고를 보면 사망 직전에는 제대로 된 생활도 못 했다. 겨우 연명하다가 간을 절반 적출당했고 어설픈 마취 때문에 쇼크로 사망했다. 성인이라도 견딜 수 없는 상황이다. 그런데 십대로 짐작되는 소년이 그런 일을 당했다."

담담한 어조가 오히려 분노를 느끼게 했다. 수사관 대부분이 자세를 바르게 고쳐 앉았다.

"이 자리에도 피해 소년 또래의 아이를 키우는 사람도 있

58

을 것이다. 피해 소년을 내 자식이라고 생각하라. 그 아이의 억울함을 풀어줄 사람은 우리 경찰뿐이라는 사실을 명심하도록. 이상, 해산."

수사관들의 표정이 회의 전과 확연히 달라졌다. 마음을 건드리는 무라세의 장악술이 뛰어나기 때문일까, 아니면 무라세의 진심에 감화되었기 때문일까. 후자이기를 바라지만 지금까지 경의를 느낄 만한 관리관을 만나지 못한 이누카이는 무라세의 말을 순수하게 받아들일 수 없었다.

수사관들이 삼삼오오 모여 흩어지는 가운데 단상에 있던 아소가 히죽거리며 다가왔다.

"왜 그래? 김이 샌 얼굴인데."

"딱히 그런 거 아닙니다."

"다른 놈들 좀 봐. 관리관의 격문에 열정이 불타는 사람도 몇 있다고."

"독려 한 번으로 열정이 불탈 정도로 젊지 않아서요."

"그렇군. 네게는 사야카가 있으니 당장 효과가 있으리라 생각했는데."

"정말로 아이가 있다면 방금 관리관 같은 말을 못 했겠죠. 내 자식을 인질로 잡는 듯한 이야기였습니다."

"그건 아니야."

아소는 여전히 웃고 있었다.

"무라세 관리관은 아들이 있어. 열세 살이라고 하니 피해 소년 또래지."

뜻밖의 사실을 들은 이누카이는 잠시 말을 잃었다.

"좀 더 교활한 사람이라고 생각했는데요."

"확실히 교활하긴 하지만 교활하기만 해서는 아랫사람들이 따라오지 않아."

"반장님은 무라세 관리관을 인정하십니까?"

"상사잖아. 내가 인정하고 말고 할 게 뭐 있어. 어떻게 하면 원만하게 대할 수 있을지 생각하라고."

그런 입장이라면 동의할 수 있다.

"아스카에게는 각 중고등학교에 조회해 보라고 할 거야. 그런데 샤쿠지이 경찰서 형사와는 잘 맞아?"

"같은 경찰입니다. 잘 맞고 안 맞고 할 게 뭐 있겠어요."

되받아친 이누카이의 말에 아소는 쓴웃음을 지었다.

"그러면 계속 탐문을 다니도록 해. 관리관 지시는 아니지만 지금은 피해 소년의 신원을 밝히는 것이 가장 중요하니까."

자신을 조회 작업이 아닌 탐문으로 돌린 것은 아소 나름대로 생각이 있기 때문이리라. 냄새를 잘 맡는 이누카이에게 기대를 거는 마음 때문이기도 하지만 한편으로는 학교 관련 조회 작업이 회의적이라는 생각도 언뜻 보였다.

"학교 쪽을 조회하는 작업이 효과가 있을까요?"

"딱히 기대는 안 돼."

의중을 떠보자 곧바로 반응이 돌아왔다.

"아까 부검 보고 들었잖아. 피해 소년은 치료가 필요한 치아를 방치했어. 게다가 비타민 부족 때문에 생긴 병이었지. 알겠어? 비타민 부족은 심각한 편식이나 영양실조 때문에 발생하지. 그 덩치를 봐서는 편식보다는 영양실조일 거야."

문외한의 독단적 판단이었지만 이누카이도 같은 느낌을 받았기 때문에 굳이 반론하지 않았다.

"똑같은 실종이라도 겉으로 드러나기 쉬운 것과 어려운 것이 있어. 거북한 이야기지만 부유층은 곧바로 실종자 신고를 하고 빈곤층은 그렇지 않지. 더 끔찍한 이야기는 아이가 돌아오기를 원치 않는 가정도 있다는 사실이야."

경제적 이유뿐 아니라 부모와의 불화로 아이가 집에서 사라져도 갈 만한 곳을 몰라 실종 신고를 못 하는 경우, 마치 어느 개발도상국에서나 있을 법한 이야기지만 실제 이 나라에도 빈곤이 밀려들고 있다. 아소의 말은 과장도, 상상속에나 있는 이야기도 아니었다. 이 나라의 분명한 현실이었다.

"학교에 안 가는 아이도 적지 않아. 대안학교에 다니는 아이는 그나마 사정이 나은 편이지. 정규 학교도 대안학교도 다니지 않는, 교육제도라는 안전망에서 소외된 아이들을 표면적인 데이터로 다 파악하기 힘들지."

그러니 현장을 탐문하면서 파악하라는 뜻이었다. 현장에서 잔다리밟은 아소다운 방침이며 이 역시 이누카이도 반박할 생각은 없었다.

그러나 고려해야 할 점은 그뿐만이 아니었다.

"발로 뛰는 건 찬성입니다. 그런데 저도 생각해 둔 부분이 있어요."

"뭔데?"

"회의 때는 피해 소년에 대한 단서만 다뤘지 간을 일부 적출한 인물에 대해서는 언급하지 않았어요."

"절개부가 형편없어서 의료인의 소행인지 아닌지 단정할 수 없기 때문 아닌가."

"장기 적출 때문에 '헤이세이 잭 사건'을 연상시킨다면 이전 사건에 해당하는 루트부터 조사하는 방식이 원칙이라고 생각하지 않으세요?"

말하는 의도를 이해했는지 아소는 납득한 듯 고개를 끄덕였다.

나가쓰카가 회의장에서 나온 이누카이를 붙잡았다.

"방금 아소 반장님께서 이누카이 형사님과 탐문을 돌라고 지시하셨습니다."

쇠사슬로 묶지는 않아도 단독행동까지는 허락하지 않은 듯하다. 그렇다면 나가쓰카를 끌어들이면 될 일이다.

"그 전에 같이 움직이고 싶은 곳이 있는데요."

"좋습니다, 대안학교 같은 곳인가요?"

"병원입니다."

이누카이는 나가쓰카를 암행순찰차에 태운 뒤 액셀을 밟았다. 이미 저녁이 지난 거리는 어둡게 빛나기 시작했지만 익숙한 거리니 잘못 들 일은 없었다.

"목적지가 병원이라니, 역시 의료인이 실행범이라는 가정하에 수사합니까?"

"그렇기도 하지만 공급처 정보가 필요해서요."

암행순찰차는 이윽고 데이토대학 부속병원 주차장에 도착했다. 딸 사야카가 투병 생활을 하는 병원이지만 오늘 방문 목적은 병문안이 아니었다. 무엇보다 면회 시간도 이미 지났다.

1층 접수처의 여직원이 재빠르게 이누카이를 발견했다.

"앗, 이누카이 씨. 면회 시간은 이미……."

"오늘은 사야카를 보러 온 게 아닙니다. 이식 코디네이터 다카노 치하루 씨를 뵙고 싶습니다."

이식 코디네이터라는 직업은 처음 듣는 듯한 나카쓰카에게 이누카이가 설명하기 시작했다.

애초에 이누카이가 다카노 치하루를 알게 된 계기도 잭 사건 때문이었다. 사야카가 신부전증 환자이기 때문에 어쩔 수 없이 장기이식에 관해서는 일반인보다 잘 안다.

장기이식을 둘러싼 문제는 다양하지만 큰 줄기는 다음 세 가지이리라.

● 이식이 필요한 수혜자에 비해 등록된 공여자가 극단적으로 적다.

● 심장 등 일부 장기는 이식 수술을 할 수 있는 시설이 한정되어 있다.

● 앞선 두 가지 이유로 이식을 받으러 여전히 외국으로 떠나야 하며 자연히 막대한 수술 비용이 가중되는 경우가 있다.

설명을 들은 나가쓰카는 곤혹스러운 기색이었다.

"그러니까 형사님은 수혜자 중에 범인이 있다고 생각하시는 건가요?"

"간을 반만 적출했다는 점이 마음에 걸립니다. 단순한 살인이나 폭행이라면 그렇게 어중간하게 끝내지 않을 테니까요."

"하지만 배를 가른 인물은 의료기술 숙련자가 아니잖아요."

"명의가 돌팔이 흉내 내는 건 조작이라고 할 것까지도 없죠. 그 반대라면 어렵겠지만 말입니다."

"형사님. 그렇게 가정한다면 의료인이 범죄행위에 가담한다는 이야기가 되는데요."

"저는 처음부터 의사의 개입을 의심했습니다."

대기실에서 기다리자 몇 분 뒤 치하루가 나타났다.

"이누카이 형사님, 이런 시간에……."

말하던 치하루가 나가쓰카를 발견하고는 입을 다물었다. 아무래도 사야카 때문에 방문한 것이 아님을 깨달은 눈치였다.

"수사 때문에 오셨나요?"

"네. 참 질리지도 않게 장기이식을 조사하러 방문했습니다."

그 말을 들은 순간 치하루의 얼굴이 심각해졌다. 당연했다. '헤이세이 잭 사건' 때 치하루도 적지 않은 타격을 받았다. 자업자득이기는 하지만 코디네이터 윤리규정 위반으로 일정 기간 자격정지라는 징계를 받았다고 들었다.

"오늘 아침, 네리마의 다케시타숲 녹지에서 소년의 시신이 발견됐습니다. 아십니까?"

"점심 뉴스에서 봐서 대략적인 내용만 알아요."

"피해 소년의 간이 절반 적출됐습니다."

치하루는 곧바로 멸시 어린 표정으로 이누카이를 쳐다봤다.

"그래서 저를 찾아오셨나요?"

"제가 아는 이식 코디네이터는 다카노 치하루 씨뿐이거든요."

"설마 이식용 장기를 구하려고 어떤 의사가 간을 적출했다는 말인가요?"

바보 같은 소리라는 듯 치하루는 고개를 저었다.

"아무리 그래도 황당무계한 이야기네요."

"글쎄요. 장기 부전 환자 가족이 있는 사람에게는 황당무계한 이야기가 아닐지도 모릅니다."

신부전 환자 딸을 둔 자신의 말에는 설득력이 있었다. 치하루는 허를 찔린 듯 얼굴을 찡그렸다.

"좀 비겁하네요, 형사님."

"비겁이라니요. 범인은 지금 사람을 죽이고 있습니다. 간을 빼앗긴 피해자는 아직 십 대 소년이고요."

"저더러 또 정보를 공개하라는 말인가요?"

"이번에는 공여자 정보가 아니라 수혜자 정보예요."

장기이식의 공여자와 수혜자 정보는 모두 전국 블록 센터에서 관리한다. 따라서 코디네이터가 전용 수신자 부담 전화로 연락하면 누가 어떤 간이 필요한지 적합 기준을 포함한 정보를 그 자리에서 얻을 수 있는 시스템이었다.

"전에도 말씀드렸다시피 블록센터에서 관리하는 것은 민감한 개인정보입니다. 아무리 경찰이라도 멋대로 주무를 수 있다고 생각하지 마세요."

"멋대로 주무를 수 있다니, 그런 생각은 추호도 하지 않습니다. 예전 사건으로 이미 배웠죠. 그리고 치하루 선생님, 당신도 배웠을 겁니다. 그때 공여자 정보를 더 공개했다면 피해는 훨씬 적었겠죠."

치하루는 머쓱하게 입을 다물었다. 상대의 약점을 파고드는 취미는 없지만 수사를 위해서라면 기존 방식을 고집할 생각도 없다.

"무슨 말씀을 하셔도 이제 이식 코디네이터의 윤리 규정에 어긋나는 일은 하기 싫습니다. 그 사건 때문에 제 커리어가 얼마나 타격을 입었는지."

"치하루 선생님에게 정보를 직접 얻으려고 찾아온 게 아닙니다. 블록센터에는 수사 관계 사항 조회서를 정식으로 제출할 예정입니다."

"그러면 왜 굳이……."

"포석 같은 거죠. 치하루 선생님 말씀대로 블록센터에서 다루는 정보는 몹시 민감한 정보입니다. 아무리 경시청에서 발행한 문서라도 반발이 있겠죠. 하지만 나름대로 사전 교섭을 해 주면 거부감도 줄어들 겁니다."

"저한테 그 역할을 떠넘기려는 속셈이세요?"

"다른 누구도 아닙니다. 장기이식과 관련된 그렇게나 큰 사건으로 주목을 받은 선생님의 보고가 있으면 이식학회도 블록센터도 무시할 수 없겠죠."

역시 기분이 상한 듯 치하루가 유난히 험악한 눈빛으로 이누카이를 노려봤다.

"형사님, 제가 사람을 잘못 봤군요. 비겁한 데다 교활하기까지."

"비겁이든 교활이든 상관없습니다. 좋을 대로 말하세요."

"사야카가 들으면 뭐라고 할까요?"

68

이누카이는 대답하는 대신 사진 한 장을 꺼냈다. 시신 발견 현장에서 촬영한 피해 소년의 사진이었다.

말없이 사진을 치하루에게 내밀었다. 시신이 익숙하다고 해도 순간 움찔한 듯했다.

하지만 사진을 바라보는 동안 분통한 마음을 참듯 입술을 꽉 깨물었다.

"간을 적출하기 직전까지 절식 상태였다고 합니다. 부검을 하니 위에는 숟가락 절반가량 내용물밖에 없었고요."

치하루는 한마디도 하지 않았지만 이누카이의 설명을 이해했다는 증거로 악문 입술이 순식간에 하얘졌다.

"전형적인 영양실조 증상을 보이는 몸이네요."

간신히 짜낸 말이었다.

"공여자로는 부적합합니까?"

"그렇지는 않지만 만약 의사면허를 가진 사람이 시술했다면 자질을 의심할 수밖에 없군요."

"저는 인간으로서 자질을 의심합니다."

치하루의 손에서 사진을 거둬들인 이누카이는 미약하게 속내를 털어놓았다.

"이 이야기를 딸이 들으면 분명 질색하겠죠. 하지만 그와 동시에 이해해 주리라 생각합니다. 아버지로서 가르쳐 준 것은 거의 없지만 사람으로서 마땅히 그래야 할 일에 화낼 줄 아는 사람으로 자라 준 것 같으니까요."

"저 보고도 이해하라는 뜻인가요?"

"강요하고 싶지 않지만 사건성에 따라 그럴 때도 있습니다. 잭 사건 때도 그랬지만 그릇된 욕심 때문에 타인의 몸을 난도질하는 인간을 용서할 마음 없거든요."

치하루는 여전히 난감한 얼굴이었다. 아마도 내면에서 이식 코디네이터로서의 윤리관과 정의감이 맞부딪치고 있으리라.

어쨌든 지금 상황에서 할 수 있는 포석은 다 깔았다. 치하루가 바라는 바는 아니겠지만 이로써 블록센터에 조회서를 발송해도 반발은 적을 터다.

병원을 나오자 나가쓰카가 반쯤 기가 차다는 기색으로 말했다.

"따님이 입원해 있는데 잘도 그런 협상을 하셨네요."

"블록센터에 조회서를 제출하면 어차피 치하루 씨가 알게 됩니다. 그렇다면 처음부터 알려두는 편이 그나마 나을 거예요."

"하지만 따님도 이식이 필요한 환자지 않습니까. 블록센터의 심기를 건드리면 어쩌려고요."

"서류 한 장 때문에 수혜 환자를 소홀히 하는 조직이라고 생각하지 않지만 설령 그런다고 해도 그건 그때 생각할 문제입니다."

"따님이 원망하지 않겠습니까?"

"그럴 수도 있지만 사랑하는 딸 걱정에 일을 대충했다고 우습게 보이는 것보다는 낫습니다."

나가쓰카는 다시 한번 어이없는 얼굴로 이누카이를 바라봤다.

4

수사를 시작한 지 사흘 만에 피해 소년의 신원을 밝히는 작업은 일찌감치 암초에 걸렸다.

경찰 치과의의 답변은 역시 기대를 저버리는 '해당자 없음'이었다. 처음부터 치료 흔적이 없었기에 기대한 쪽이 잘못이었지만 그래도 그 헛스윙은 수사본부의 사기를 꺾었다.

검시와 부검으로 피해자가 십 대 소년이라고 추정했기 때문에 수사본부는 대상을 초·중·고등학교까지 확대하고 처음에는 수도권, 그다음에는 수도권 외 학교에 문의했지만 지금까지 외모와 인상이 일치하는 학생은 나타나지 않았다. 아스카는 대안학교, 방송통신고등학교까지 닥치는 대로 조회했지만 수확은 없었다.

물론 반응이 단 한 건도 없었던 것은 아니다. 도쿄 내에서 14건, 지바현에서 9건, 가나가와현에서 25건, '사진 속 소년과 매우 닮은 학생이 계속 등교를 거부한다'라는 답변을 받아 수사본부에서 해당자 자택으로 수사관을 파견해 확인했지만 모두 생존이 확인됐다. 가능성을 하나씩 무너뜨리는 것이 수사의 정석이라지만 수사본부의 한정된 인력으로 한 건 한 건 작업하려니 소모전이나 다름없었다.

일반 학교에도, 그 외 학교에도 다니지 않는 아이는 다수 존재한다. 그런 아이의 존재를 확인하는 데는 파출소 근무 경관을 동원할 수밖에 없었지만 이는 각 현경에서 요청하는 사항이기 때문에 신속성이 떨어졌다. 어쨌든 한 명의 신원을 확인하는 데만도 상당한 시간과 노력을 들여야 하는 일임을 뼈저리게 깨달았다.

"더 이상 진전이 없으면 공개수사를 해야 해."

수사 개시 나흘째가 되자 아소가 푸념하기 시작했다.

"본부에는 꺼리는 사람들도 있지만 이렇게까지 단서가 없으면 시민들의 정보에 의존할 수밖에 없어."

정보는 되도록 광범위하게 모으는 것이 정석이지만 경찰

상층부는 여전히 공개수사를 주저하는 면이 있다. 경찰의 수사능력을 의심받는다, 시민의 정보는 허위가 많아 수사관이 헛고생을 할 수도 있다, 등등 이유는 다양했다.

"정보를 광범위하게 모으는 것에는 이의가 없지만 진위와 상세 내용을 조사하는 데 또 인력과 시간이 들어요."

맹점을 꼬집으면 아소가 언짢은 표정을 지으리라는 것을 알지만 입을 다물고 있으면 왜 말하지 않았냐고 추후에 책망하니 어쩔 수 없다. 정말 다루기 힘든 양반이지만 상사를 다루는 법을 생각하라고 말한 사람은 다름 아닌 아소였다.

"시민이라고 다 선량한 건 아닙니다. 악의적인 장난이 목적이거나 평소 쌓인 분노를 풀려고 허위로 제보하는 놈들도 있어요. 정보의 신빙성을 가늠할 여유가 없으니 모두 옳은 정보여야만 하죠."

"말 안 해도 잘 알아."

알고 있지만 네게는 그 말을 듣고 싶지 않다는 말투였다.

"조회 작업에서 아무런 성과를 거두지 못한 지금, 수사 회의에서 반드시 도마에 오를 거야."

유력한 단서가 없는 이상 설령 효과를 기대할 수 없더라도 물고기가 없을 것 같은 지점에도 낚싯줄을 드리워야 체면이 선다. 비효율적인 조직의 전형적인 폐단이지만 국민의 감시를 받는 관공서는 어느 정도 이 굴레에서 벗어날 수 없다.

다른 효율적인 제안은 없을까 궁리하는데 아스카가 형사부실로 뛰어 들어왔다.

"반장님, 나왔어요."

아소가 튕겨 오르듯 일어섰다. 이누카이도 엉덩이를 들썩였다.

"어느 학교야?"

"학교가 아니에요."

아스카가 손에 든 종이 한 장을 설명하려고 했다. 본인이 직접 낚아 올린 대어에 놀라 당황한 모습이었다.

"일단 앉아."

이누카이가 시키는 대로 자리에 앉은 아스카는 겨우 진정했다. 아소가 자리를 옮겨 아스카를 정면에서 바라봤다.

"일본인이 아닐 수도 있겠다는 생각이 들더라고요."

느닷없이 말문을 열었다.

"시신의 얼굴을 봤을 때 일본인치고는 좀 옛날 사람처럼 생겼다고 생각했어요."

처음 볼 때 같은 인상을 받았던 기억이 떠오른 이누카이는 속으로 동의했다.

"혹시 아시아계 외국인이 아닐까 추측했죠. 그래서 얼마 전에 전국 출입국재류관리국에도 얼굴 사진을 돌렸어요. 그랬더니 방금 도쿄 출입국재류관리국에서 답변이 왔습니다."

아스카가 서류를 아소와 이누카이 앞에 내밀었다. 매우 세게 움켜쥐고 있었던 듯 가장자리가 구겨져 있었다.

서류는 출입국기록과 여권 일부의 사본이었다. 여권 사본에는 소년의 얼굴 사진도 첨부되어 있었다.

틀림없이 피해 소년이었다. 당연히 시신 사진을 수정한 얼굴보다 생기가 넘쳤다.

이름과 생년월일도 기재되어 있었다.

"'왕지엔순', 2006년 2월 20일생, 중국 후난성 출신. 아직 열두 살인가."

"지난달 11월 24일, 나리타 공항으로 입국했어요. 관광 비자로 들어왔고 일주일 체류 예정이었습니다."

"열두 살짜리 아이가 혼자서 관광비자로 일본까지 오다니 이상하잖아."

"아마 동행자가 있었던 것 같은데 그쪽은 아직 조회도 하지 않은 상태고……."

"일단 분명히 같은 비행기 옆자리에 앉았겠지."

아소의 목소리는 신중하면서도 다소 흥분과 날카로움

이 묻어났다. 당연했다. 이로써 피해 소년이 왕지엔순으로 확정되면 이를 돌파구 삼아 수사가 단숨에 급물살을 타게 된다.

"입국 심사할 때 지문 채취하지?"

아소는 빈틈없이 확증을 얻으려고 했다. 사진 속 얼굴이 같다는 사실만으로 달려들 만큼 단순한 상사는 아니었다.

"나리타 공항에서 지문 사진도 받았어요. 아까 감식에 넘겼고 간이 감정을 받았습니다."

"좋았어."

그 한마디에 아스카의 얼굴에 빛이 났다. 생각해 보면 수사1과로 발령받은 이후로 아스카가 아소에게 칭찬을 받은 적은 이번이 처음이었다.

"피해 소년이 왕지엔순이라고 확정되면 즉시 동행자를 찾아야 한다. 감식 보고를 기다리면서 당장 출입국재류관리국으로 가. 정체를 알 수 없는 인물이라면 그쪽도 진지하게 찾겠지. 우리가 먼저 가서 귀신처럼 닦달하자고."

순간 반짝이던 얼굴에서 금세 빛이 사라졌다. 아스카는 감정이 얼굴이 그대로 드러나는 부류라서 협상에 적합하지 않았다. 그 점은 본인이 가장 잘 알 것이다.

"혼자 가라는 건 아니야. 거기 사람 표정 읽는 데 도가 튼

77

선배가 한가해 보이잖아."

아스카는 껄끄러운 얼굴로 이누카이를 쳐다봤다. 최근 한동안 이누카이와 따로 움직였기 때문에 자유롭게 움직일 수 있으리라 생각했을지도 모른다.

"일주일짜리 관광비자라니."

아소의 목소리가 한층 낮아졌다.

자세히 설명하지 않아도 이해했다. 정말 관광 목적으로 일본에 왔다면 관광지에서 맛있는 음식, 배가 부를 만한 음식을 먹었을 터다. 그런데 왕지엔순으로 추정되는 소년의 위에는 거의 아무것도 남아 있지 않았다. 12월 1일에 사망했다고 가정하면 적어도 당일과 그 전날은 먹은 것이 아무것도 없다는 계산이 나왔다.

"설마 절식하는 걸 알면서 일본에 데려오지는 않았을 거야. 소년은 속아서 끌려왔거나 강제로 끌려왔겠지."

"어느 쪽이든 용서할 수 없습니다."

"그렇게 생각하면 출입국재류관리국에 가서 단서를 물어와."

칭찬만으로 끝내지 않고 곧바로 고삐를 조인다. 젊은 부하를 부리는 데 흔한 방법이지만 자신은 그 흔한 방법조차 제대로 사용하지 못한다고 생각하니 이누카이는 다소 열등감을 느꼈다.

아스카뿐 아니라 젊은 경찰관을 지도하고 육성하려는 노력을 언제부터 포기했을까. 자신은 타인을 움직이는 것보다 직접 움직이는 편이 성미가 맞는다는 사실을 자각했을 무렵이었을까. 사람을 통솔하는 위치에 서서 형사부실에서 보고를 기다리는 것보다 현장에 나가 범인을 쫓을 때 더 보람을 느낀다는 사실을 깨달았을 때일까.

조직에서는 팀워크가 중요하다. 이 말을 이누카이는 아이나 할 법한 이야기라고 생각하는 경향이 있다. 언제나 난국을 돌파하는 사람은 궤도를 벗어난 사람이라는 것을 아는 얼굴이었다.

본인 같은 사람은 조직에서 이질적인 존재다. 경찰조직에서 그럭저럭 쓰이는 이유는 자신을 그야말로 개처럼 부리는 아소가 상사인 덕분이다. 그 사실을 잘 알기에 아스카에게 자신의 방식을 강요해서는 안 된다고 생각했다. 쇠사슬을 물어 끊고 먹이를 계속 쫓는다. 그런 사냥개는 본인한 사람이면 충분했다.

아소가 아스카는 어떻게 대할까 생각하는데 아스카의 주머니에서 휴대폰 벨소리가 울렸다.

"네, 다카치호 아스카입니다. 아까 급하게 부탁드려서 죄송…… 네…… 그래요? 감사합니다!"

전화를 끊은 아스카의 얼굴이 다시 빛났다.

"지문, 일치한답니다."

피해 소년이 왕지엔순이라는 사실이 확인됐다.

"그럼 가자."

그렇게 말한 이누카이가 자리에서 일어나 아스카를 대동하고 형사부실을 나섰다. 그리고 아소에게 목소리가 들리지 않을 곳까지 갔을 때 뒤돌아보면서 말했다.

"반장님 지시라서 같이 가지만 이번에 냄새를 제대로 맡은 건 네 코야. 사냥감을 물고 오는 것도 네 입이면 좋겠지."

아스카가 고개를 단 한 번 끄덕였다.

여럿이 한 명을 연행하는 것이 아니라 이렇게 사냥감을 물고 늘어지는 쾌감을 느끼게 하는 것이 가장 좋을지 모른다고 마음 한구석으로 생각했다.

도쿄 출입국재류관리국은 하네다 공항과 나리타 공항에 각각 지국이 있다. 아스카가 드리운 낚싯줄을 잡아당긴 사람은 나리타 공항 지국에 근무하는 구마라이라는 입국심사관이었다.

두 사람이 지국을 방문하자 곧바로 구마라이가 응대했

다. 이름과 달리* 늘씬한 몸매에 친절한 남자로 말과 행동도 부드러웠다.

"실은 관리국에서도 주시하고 있었습니다."

사무실에 앉자마자 구마라이가 입을 열었다.

"관광비자로 입국해서 불법 체류하는 패턴은 흔해서 체류 예정이 지난 입국자는 자동으로 명단에 올라갑니다. 이 왕지엔순이라는 소년도 체류 예정인 일주일이 지났는데도 출국을 안 해서 무슨 일인가 고민하던 참이었어요."

이곳에서 조사는 아스카에게 맡겼다. 이누카이는 옆에서 궤도 수정에만 전념하기로 했다.

"추적할 계획은 없었습니까?"

"어차피 열두 살이잖습니까. 불법취업 가능성도 작으니 관광 일정을 연장했을 수도 있겠다고 생각했습니다. 그런데 설마 살해당했을 줄이야."

"현장 사진입니다."

아스카가 표정을 죽이고 왕지엔순의 시신 사진을 내밀었다. 순간 눈을 부릅뜬 구마라이는 눈살을 찌푸리며 중얼거렸다.

---

* 구마라이(熊雷)의 '구마(熊)'는 '곰'을 뜻한다.

"끔찍하네요."

"부검 결과 소년의 위에서는 내용물이 거의 나오지 않았어요. 그뿐 아니라 만성 영양실조에 시달린 것 같습니다. 깡마르고 쇠약한 데다 끼니까지 챙기지 못한 상태에서 간을 절반 적출당한 뒤 어설픈 수술 실력 탓에 쇼크사한 것으로 추정됩니다. 사망한 뒤 비 내리는 녹지공원 잡목림에 묻혔고요."

아스카는 담담한 어조로 말하도록 애쓰는 모습이었다. 제법 훌륭한 방법이라고 생각했다. 왕지엔순의 뜻하지 않은 죽음을 각인해서 구마라이의 협조를 이끌어내려고 했다.

"……정말로 끔찍하군요."

"출입국기록을 확인했습니다. 왕지엔순은 이번에 처음 일본에 입국했죠?"

"기록대로라면 그렇겠죠."

"열두 살 아이가 처음 온 나라에서 제대로 밥도 못 먹고 장기를 적출당해 마치 폐기물처럼 버려졌습니다."

"말씀이 심하시네요."

구마라이는 눈살을 찌푸린 채 아스카를 정면으로 응시했다.

"저더러 뭘 하라는 말씀입니까?"

"절대로 열두 살 소년이 혼자 외국까지 올 리 없어요. 아마 동행자가 반드시 소년과 가까운 좌석에 앉았을 겁니다. 당연히 입국심사 때도 근처에서 감시하며 한동안 같이 움직였을 테고요."

절대로, 아마, 당연히. 이 세 단어가 연속 등장하다니 마뜩잖았다. 경찰이 억측만으로 수사하고 있다는 인상을 심어줄 수 있다.

그러나 이누카이는 굳이 끼어들지 않았다. 입국심사관은 국가 공무원 시험을 치르고 임용된 법무 사무관이며 그들의 행동 원리는 직책과 규율이다. 수사 협조를 구하려면 마땅한 절차를 밟아 공문을 주고받는 것이 원칙이었다.

그런데 아스카는 구마라이의 인성에 호소하려고 했다. 평소 감정에 쉽게 휩쓸리는 점이 아스카의 단점이라고 생각했지만 지금은 그 단점을 무기로 삼는 점이 흥미로웠다.

"수상한 입국자의 데이터를 제공해 주세요."

"왕지엔순은 시신으로 발견됐다는 객관적 사실에 근거한 조회였기 때문에 협조할 수 있었습니다. 하지만 단순히 동행했을지도 모른다는 조건으로 개인정보를 공개하기는 곤란합니다. 설령 수상한 사람을 찾아내더라도 우선 공문을 보내든 정식 절차에 따르셔야 합니다."

"왕지엔순의 신원 파악에만 벌써 사흘을 보냈습니다. 그 사이에 범인은 점점 현장에서 멀어지고 있어요. 수사본부는 이제 하루도 낭비할 수 없습니다."

"하지만."

"원수를 갚고 싶습니다."

상대를 찌르는 듯한 한마디였다.

"낯선 나라에서 굶주린 데다 사람 대접을 받지 못하고 버려진 아이의 억울함을 풀어주고 싶어요."

너무 감정적이고 유치한 주장이었다. 계산이 없는 대신 설득력도 없어서 도무지 관할부처 소속 공무원 간의 협상 같지 않았다. 실무에 능한 자가 상대였다면 코웃음 치며 끝났으리라.

그러나 구마라이는 조금도 웃음소리를 내지 않았다.

아스카의 설득을 정면에서 마주하고 받아들여 한동안 미동도 하지 않았다.

"조금만 시간을 주시겠습니까?"

그 말을 남기고 이누카이와 아스카를 남겨둔 채 자리를 떴다.

10분, 15분 지나는 동안 불안에 잠긴 아스카의 얼굴이 흐려졌다.

"제가 지뢰를 밟은 걸까요?"

"구마라이 씨의 프라이드를 밟았을지도 몰라."

"네!?"

"법무 사무관의 양심을 시험하는 짓을 했어. 코웃음 치지 않았으니 당연히 다른 반응이 돌아오겠지."

20분이 지나려던 무렵에서야 마침내 구마라이가 나타났다.

"아마 이 사람이 아닐까 싶습니다."

말과 동시에 어떤 인물의 출입국기록과 얼굴 사진을 내밀었다.

이름 저우밍룬, 중국 푸젠성 출신 32세. 눈썹이 옅고 무자비해 보이는 얼굴이었다.

"이 사람이 왕지엔순 옆 좌석에 앉았습니다. 비행기에서 내린 뒤 입국심사 때도 바로 뒤에서 기다렸던 것 같고요."

"성이 다르네요. 가족이 아닌 것 같습니다."

"네. 하지만 입국심사가 끝나자 그 남자가 소년의 어깨를 잡고 짐을 찾아 공항을 나갔습니다. CCTV 영상으로도 확인했습니다."

빠른 일 처리에 감탄하기 전에 능숙한 솜씨에 불안감이 엄습했다. 아스카도 같은 생각이었는지 조심스럽게 구마라이의 안색을 살폈다.

"저기…… 혹시 이거, 구마라이 씨가 독단으로……."

"설마요."

구마라이가 한바탕 웃음을 터뜨렸다.

"아스카 형사님이 제게 한 것처럼 저도 총괄심사관을 설득했죠. 승낙받는 데 꽤 오래 걸렸지만 말입니다."

그렇다면 사양할 필요는 없었다. 이누카이도 적극적으로 저우밍룬에 대한 정보를 확인했다.

저우밍룬의 거주지는 푸젠성 싼밍시. 그곳 지리를 잘 모르는 이누카이라도 푸젠성이 바다에 접한 지역이라는 사실쯤은 안다. 또한 푸젠성은 악명 높은 서터우가 거점으로 삼은 지역이기도 했다.

서터우는 1990년대부터 밀항 사업으로 세력을 키운 범죄조직이다. 이누카이의 머릿속에서 왕지엔순의 일본 입국과 밀항 사업이 뒤얽혔다.

"출입국기록을 보니 저우밍룬은 비즈니스 목적으로 여러 차례 일본에 방문한 것 같네요."

"네. 거의 한 달에 한 번꼴로 왔습니다. 게다가 체류 기간도 매번 일주일이었고요. 불온하게 딱딱 들어맞는다고 할 수 있죠."

불온한 요소는 또 하나 있었다. 저우밍룬이 한 달에 한 번꼴로 일본을 방문했다는 사실이다. 만약 입국할 때마다 왕지엔순처럼 누군가와 동행했다면 어떨까. 외국에서 온 아이가 실종돼도 그 사실을 알아차리는 사람도 추적하는 사람도 없다.

어느 날 산책하던 개가 땅에서 파내지 않는 한.

"유감스럽지만 출입국재류관리국에서 협조할 수 있는 사항은 여기까지입니다."

구마라이는 두 사람을 바라봤다. 시선을 피하는 것을 허락하지 않는 진지한 눈빛이었다.

"하지만 관리국 직원이 아니라 한 사람으로서 부탁드립니다. 반드시 소년의 억울함을 풀어주세요."

구마라이에게 정보를 얻어 돌아갔더니 아소가 매우 기뻐했다.

"이 저우밍룬이라는 놈에게 물으면 사건이 단숨에 해결되겠군."

반장님, 하고 이누카이는 운을 띄우며 우려하던 점을 말했다.

"저우밍룬은 과거에도 여러 번 일본에 드나들었습니다.

왕지엔순처럼 아직 땅에 묻혀 있는 피해자가 더 있을 수도 있습니다."

"아직 묻혀 있다라. 비유일 수도 실제로 그럴 수도 있는 말이군."

아소는 말하고 나서야 조심성 없는 발언이다 싶었는지 혀를 낼름했다.

"아무튼 쫓아야 할 대상이 확실해졌어. 중국 당국에 문의해서 저우밍룬을 철저히 조사해."

아소의 판단 자체는 틀리지 않았지만 수사 대상이 중국인이다 보니 상황이 달라졌다. 아소의 보고를 받은 무라세가 경시청을 통해 중국 사법기관에 문의했지만 좀처럼 정보를 넘겨주지 않았다. 중국 자체 사법기구도 일본 경찰에 협조하지 않은 분위기 같았다.

애초에 일본이 범죄인 인도조약을 맺은 국가는 미국과 한국 두 나라뿐이다. 현재 일본과 중국 사이 정치적 긴장 관계도 무관하지 않으리라. 범죄 척결이 세계 공통 명제라 해도 국가와 국가를 가르는 이데올로기의 차이와 속내는 물리적 거리보다 더 멀었다.

사흘을 기다려도 중국 현지 경찰의 답변이 없자 마침내 아소는 울화를 터뜨렸다.

"그 나라는 범죄자를 감싸고 도는 거야?"

'설마 그렇지는 않겠죠.'

이누카이는 속으로 부정했다. 과거 중국 당국에서 대규모 사기 사건을 적발했을 때도 일본에 통보했다.

핵심은 중국 내에서 표면으로 드러나지 않은 사건, 다시 말해 중국 입장에서 중요하지 않은 안건은 소홀히 취급한다는 사실이었다. 게다가 왕지엔순 살해범이 저우밍룬이라는 물증도 없으니 단순한 정보 요청에 친절하고 정중하게 대응할 리도 없었다.

"자기 발등에 떨어진 불이 아니라서 그래요. 중국 내에서 일어난 사건이라면 그들도 가만히 앉아 있지는 않을 텐데."

"범인이라고 확정된 건 아니지만 저우밍룬을 대면 조사하지 못하고 왕지엔순의 사정을 알 수 없으면 수사도 앞으로 나아갈 수 없어."

물론 저우밍룬의 얼굴 사진을 입수한 수사본부는 현장 근처에서 그를 목격한 사람들의 증언을 수집하기 시작했다. 그러나 왕지엔순 때와 마찬가지로 저우밍룬을 봤다는 증언은 아직 나오지 않았다.

"중국 쪽 답변만 한없이 기다리다가는 답이 안 나와. 가능하면 우리가 직접 가서 조사하고 싶은데 말이야."

아소가 분통을 터뜨리자 아스카가 이상하다는 듯 물었다.

"우리가 현지에 직접 갈 수 없나요?"

"파견 자체는 문제가 없지. 형사 한 명을 보낼 예산은 있어. 문제는 인재야. 수사본부에 중국어에 능통하고 빠릿빠릿한 놈이 안 보여. 경시청 전체에서 찾으면 후보가 몇 명 있지만 그들은 그들대로 일상 업무가 있으니까. 다른 과나 반에서 무리해서 끌고 올 수도 없는 노릇이지."

그러자 아스카가 자신의 얼굴을 손가락으로 가리켰다.

"저요."

"뭐라고?"

"저 대학에서 중국어를 전공했어요. 유학한 적도 있고요."

2

두 나라의 빈곤

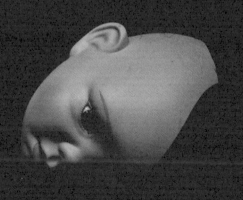

1

12월 10일, 아스카는 창사황화국제공항에 내렸다. 유학 시절에는 베이징 시내에만 머물렀고 다른 지역으로는 나가지 않았기 때문에 후난성은 처음이었다.

지방 공항이지만 창사황화국제공항은 눈이 부실 만큼 최신식으로 지어졌다. 로비도 쓰레기 하나 떨어져 있지 않은 청결 그 자체였다. 몇 년 전에 본 베이징서우두국제공항과 비교해도 손색없었다.

의외로 입국장은 다소 한산했다. 그래서 아스카의 이름을 크게 적은 피켓을 든 사람을 금방 발견했다.

"제가 다카치호 아스카입니다."

"아아, 안녕하세요. 야스코우치입니다."

남자는 자신을 소개하자마자 싱글벙글 웃었다. 다시 보니 배가 불룩 나온 완벽한 맥주통 체형으로 멜빵 없이는 바지를 못 입을 사람처럼 보였다. 아랫볼이 불룩한 얼굴로 웃는 얼굴에는 아이 같은 귀여움이 느껴졌다.

야스코우치 리키야, 도쿄신문 베이징지국 특파원. 쓰무라 1과장을 통해 현지에서 협조해 줄 사람을 구했는데, 그 사람이 바로 야스코우치였다. 자세히 묻지는 않았지만 형사부장 인맥이 힘을 발휘한 듯했다.

"일본에서 발생한 사건 때문에 일부러 이 먼 후난성까지 오시다니. 고생이 이만저만이 아니네요, 경시청에서 근무하는 것도."

"아뇨, 저도 중국은 두 번째입니다. 학창 시절에 유학했거든요."

"호오. 어디에서 유학하셨어요?"

"베이징이요."

"아아, 그렇다면 언어는 문제없으시겠네요. 하지만 우선 도시와 주민의 삶이 상당히 다르다는 사실을 말씀드려야겠군요."

왕지엔순이 일본에 입국한 이유를 찾기 위한 중국 출장

을 허락받았을 때까지는 좋았다. 문제는 그다음이었다.

유학 중에도 얼핏 들은 이야기지만 중국이라는 나라는 중앙도시와 지방의 상황이 완전히 달랐다. 국토가 광활한 데다 다민족으로 구성된 이유 때문이기도 하리라. 중앙집권체제지만 지방에는 지방 권력자들이 위세를 부리며 활개친다. 경찰조직도 지방경찰은 지역 권력자와 유착관계이기 때문에 중앙과는 반쯤 분리되어 있다고 했다. 즉 왕지엔순의 사정을 조사하려면 중앙 인민경찰에게 협조를 요청하기보다 지역 경찰과 직접 협상하는 편이 빨랐다.

"여러 차례 취재 다녀서 현지 경찰에 나름대로 연줄이 있습니다."

야스코우치는 얼버무렸지만 이런 경우 연줄은 돈을 뜻했다. 아스카도 알다시피 이 나라에서 힘을 발휘하는 것은 지위와 돈이었다. 둘 중 하나를 갖고 있으면 대체로 수월했다.

"왕지엔순 사건은 저도 압니다. 아직 열두 살이었죠. 안타까운 일을 당했어요."

"수사에 협조해 주셔서 감사합니다."

"아뇨, 서로 돕는 거죠. 저희 지국장님이 안부 전해 달라고 하셨습니다. 그쪽 형사부장님과는 오래전부터 절친한 사이셨나 봐요."

아소에게 이야기를 들어 알았다. 도쿄신문 지국장이 사회부 소속이었을 시절, 형사부장을 전담 마크하는 기자였다고 한다. 절친한 사이라기보다는 끊으려야 끊을 수 없는 공생관계이리라.

야스코우치가 말한, 서로 돕는다는 인사치레도 방심할 수 없었다. 현지 안내를 돕는 대가를 넌지시 요구하는 말이었다.

"저, 야스코우치 기자님. 사실 저는 수사1과로 발령받은 지 이제 겨우 2년째예요."

"오호, 그래요?"

"그래서 상사의 의중을 짐작하거나 이심전심으로 속내를 꿰뚫어 보는 것, 전혀 못 합니다. 혹시 교환 조건 같은 게 있다면 차라리 솔직하게 말씀해 주시면 고맙겠어요."

옆에서 나란히 걷던 야스코우치가 신기한 존재를 보는 눈빛을 했다.

"직설적인 분이시네요."

"변화구를 던질 줄 모를 뿐입니다."

"아니, 아니에요. 유사시에 결정구는 역시 직구죠. 그런 사람 싫지 않습니다."

야스코우치가 쾌활하게 웃어넘겼다.

"저도 구체적으로 아는 건 아니지만요. 분명 왕지엔순을 죽인 용의자가 체포되는 순간 도쿄신문에 귀띔해 주는 정도의 조건일 겁니다."

"네!? 하지만 이쪽 지국에 정보를 누설해 봤자 별 의미 없지 않나요?"

"도쿄 본사에 흘려서 생색을 낼 심산이죠. 특종을 잡으면 회사에 기여도도 올라가니까요."

영전이나 승진, 무엇이든 인사 발령 때 가점이 된다는 논리다.

"괜찮으시겠어요? 여기 수사가 헛수고가 될 수도 있어요."

"똑같아요. 우리네 언론쟁이들 하는 짓도 대부분 헛스윙입니다. 타율은 1할도 안 되죠. 무엇보다 마침 저도 이 나라에서 이뤄지는 장기이식을 조사하고 있으니 지국장님도 제가 적합한 사람이라고 판단하셨을 겁니다."

공항 밖으로 나오니 후난의 하늘은 맑았다. 베이징의 탁한 하늘만 아는 아스카의 눈이 휘둥그레지는 풍경이었다.

그러고서 곧바로 부정적인 생각이 들었다. 베이징 하늘이 탁한 원인은 급격한 경제발전과 무관하지 않았다. 달리 말하면 하늘에 구름 한 점 없이 맑은 후난은 베이징만큼

발전하지 못한 셈이었다.

"왕지엔순의 집은 후난성 사오양현에 있는 마을이죠? 공항에서 고속철도를 타고 가서 택시로 갈아타야 해요. 좀 걸립니다."

베이징만 아는 아스카는 안이했다. 고속철도도 택시도 도시와 똑같이 생각해서는 안 됐다.

결국 다음 날이 되어서야 왕지엔순의 마을 근처 역에 도착했다. 심지어 역에서 마을까지 들어가는 데 시간이 더 걸린다고 했다.

"이렇게 먼 거리라면 택시비가 만만치 않게 들 텐데요."

"괜찮습니다. 바가지 씌우지 않는 한 그야말로 터무니없이 낮은 요금이니까요. 그래서 택시 기사들은 장거리 손님을 매우 환영합니다."

역 앞 로터리에서 택시들이 손님을 기다리고 있었다. 야스코우치는 익숙한 모습으로 가장 앞에 있는 택시로 다가갔다.

그런데 그가 웃는 얼굴로 택시 기사에게 내뱉은 첫마디에 아스카는 깜짝 놀랐다.

"이봐, ×××××."

기가 막혀 입이 저절로 벌어졌다. 도저히 달리 포장할 방법이 없는 멸칭이었다. 곧 탑승할 택시의 기사에게 시비를 걸다니 도대체 무슨 경우인가.

그런데 택시 기사는 순간 어리둥절하다가 야스코우치를 따라 웃었다.

"이 차면 괜찮겠네요."

야스코우치가 뒷좌석에 탔다. 체격이 체격인지라 혼자 좌석을 절반 넘게 차지했다. 아스카보다 훨씬 유창한 중국어로 기사와 대화를 나눴다. 목적지까지 요금을 확인한 뒤 요금 협상을 시작했다. 특별히 드문 광경은 아니었다. 손님이 일본인이라는 사실을 알아채자마자 요금을 올리는 기사가 많기 때문에 자기방어 수단으로 흥정해야 한다는 것을 배웠다.

"협상 완료예요. 갑시다."

아스카가 뒤늦게 올라타자 택시가 출발했다.

"여쭤봐도 돼요?"

"무엇이든지요."

"아까 그거, 무슨 뜻이에요?"

"기사가 일본어를 알아듣는지 시험해 봤습니다. 가면서 차에서 사건에 대해 이야기할 수도 있을 테니까요. 저 사람이 대화 내용을 알아들어서 이상한 곳으로 정보가 새어 나가면 힘들어집니다."

"기사님이 일본어를 할 줄 알았다면 어떻게 할 생각이셨어요? 싸움이 날 상황이었잖아요."

"상대의 안색이 변하는 순간 도망치면 돼요."

유들유들하게 말하는 모습을 보니 일상에서 사용하는 방법인 듯했다. 덩치 큰 아기처럼 생겨서는 행동은 엉뚱한 사람이었다.

"선임 특파원이 전수해 준 방법이거든요. 처음에는 몹시 거부감 들었는데 상대도 아무렇지 않게 '샤오구이쯔'나 '르번구이쯔*'라고 지껄이니까 곧 적응되더라고요."

아스카도 현지인에게 그렇게 무시당한 적이 있다. 하지만 그때 상대는 중년이나 노년이었고 아스카와 같은 세대부터 그 아랫세대 중국인은 차별 의식이 약하다고 들었다. 그러니 야스코우치의 주장에 순순히 수긍할 수 없었다.

"왕지엔순은 장기가 적출된 상태였다고요?"

"네."

"그 이야기를 듣자마자 장기이식이 떠올랐어요. 수사본

---

* 샤오구이쯔(小鬼子), 르번구이쯔(日本鬼子). 일본인을 낮잡아 부르는 멸칭.

부의 생각은 어떻습니까?"

"가능성 중 하나로 인식하고 있습니다."

"하지만 가장 큰 가능성 아닙니까? 그러니 장기이식의 중심지가 되어가는 중국까지 걸음했겠죠."

중국이 장기이식의 강국이 되어간다는 말은 과장이 아니었다. 일본에서 출발할 때 조금 조사했는데, 2005년 기준으로 중국의 장기이식 시행 건수는 연간 약 1만 2천 건이었다. 건수만 따지면 미국 다음으로 많았다.

"일본은 왜 장기이식 수가 늘지 않는지 아십니까?"

"공여자가 압도적으로 부족하기 때문이라고 들었습니다. 아무리 최신 설비와 기술을 갖춰도 기증하는 장기가 없으면 무용지물이잖아요."

"그렇죠. 그럼 중국은 왜 최근 몇 년 사이 장기이식 강국으로 떠올랐는지 아십니까?"

일본과는 반대되는 논리라는 사실을 안다. 수술 건수를 늘리려면 공여자를 늘리면 된다. 하지만 장기기증자나 뇌사자가 기다렸다는 듯이 병원 앞에 줄을 설 리가 없지 않은가.

"사형수예요."

야스코우치가 잘라 말했다.

"사전에 사형수의 동의를 받아 형 집행 후 장기를 적출합니다. 의료진을 미리 대기시키기 때문에 신선한 장기를 적출할 수 있죠."

"그러려면 사형 집행 건수 자체가 많아야 하잖아요."

"많습니다, 실제로."

야스코우치의 얼굴에서 미소가 사라졌다.

"중국은 엄벌주의가 일반적이라 사형이 적용되는 죄목이 무려 마흔여섯 가지나 됩니다. 절도나 마약 소지도 해당할 정도니까요. 권력형 사형판결도 점점 많아지죠. 사상범도 그래요. 중국 입장에서 최악의 죄는 여전히 중국공산당에 대한 반역이거든요."

이야기가 어딘가 불온한 낌새를 풍겼다. 야스코우치도 얼굴을 약간 찌푸렸다.

"파룬궁을 기억하십니까?"

"중국의 컬트 교단 같은 곳이죠."

"컬트 교단이 아니라 독자 운동법을 전파하고자 한 단체입니다. 그런데 리더가 카리스마 있는 인물이었기에 피해망상증이 있는 공산당이 그들을 컬트 교단으로 몰아 대량 투옥했어요. 사형수가 증가한 이면에는 그런 정치적 배경도 깔려 있습니다."

"사형수가 많아진다고 장기이식에 동의하는 사형수도 많아질까요?"

"그 점은 사생관이라기보다 도덕관의 차이인데, 중국에서는 악행을 저지른 자는 철저히 악자라는 인식이 배어 있어요. 즉 사형을 선고받을 만한 범죄에 발을 담근 자는 세상을 위해 전력을 다해야 비로소 죄를 씻을 수 있다는 사고방식이죠. 물론 그게 다는 아닙니다. 장기이식에 동의한 죄수의 유족에게는 사례금 몇만 위안이 지급되는 것도 큰 이유예요."

"그건 본인 동의 장기 매매 아닌가요?"

"네. 하지만 유족에게 돈을 남길 수 있는 만큼 그냥 죽는 것보다 몇 배는 낫겠죠."

정신적인 이유와 경제적인 이유 두 가지 때문에 사형수의 장기이식이 용인된다는 의미다.

"사형 집행장에는 의료진이 대기하고 있어서 시간이 지날수록 장기가 손상되는 현상을 막을 수 있어요. 사전 검사도 할 수 있으니 간염이나 에이즈 감염 위험도 피할 수 있고요. 갓 적출한 장기를 이식하니 수술 성공률도 높아집니다. 수술을 많이 하다 보니 집도의의 경험도 올라가죠. 그러는 만큼 성공률도 더욱 높아지고. 어떻게 보면 음침한 악

순환이지만 결과적으로 중국은 장기이식 강국이 되었습니다. 기증되는 장기는 많고 집도의의 솜씨도 숙련되니 자국에서 수술받을 수 없는 환자들은 비싼 비용을 내고 중국으로 오죠. 이런 경우 환자 본인뿐 아니라 가족도 함께 오기 때문에 여행 비용에 체류 비용까지 고액의 외화가 창출됩니다. 그래서 한때는 중국 정부도 외국인 대상 이식 수술을 장려했어요."

"일본인도 말입니까?"

"예외가 아닙니다. 이식 수술 후진국일수록 희망자가 더욱 많으니까요."

아스카의 마음속에서 슬슬 양심이 비명을 지르기 시작했다. 절도에 마약 소지, 그리고 사상범과 대략 일본에서는 극형에 처하지 않는 죄로 사형당한 중국인의 장기로 일본인 환자가 목숨을 이어간다. 때와 장소에 따라 생명의 가치가 바뀐다. 사상과 사회 시스템 차이로 목숨을 구하는 자와 죽는 자가 나뉜다.

차창 밖을 바라보니 택시는 벌써 도심을 빠져나와 전원 복판을 달리고 있었다. 흘러가는 풍경과 엔진소리로 택시가 상당한 속도로 달린다는 사실을 알 수 있었다.

"비단 국내뿐 아니라 수술과 장기 수요가 증가하면 당연히 중개인이 고개를 쳐듭니다. 소위 장기 브로커죠. 실은 저도 장기 브로커를 쫓다가 이식의 실태를 자세히 알게 됐어요."

"중국에서 장기 브로커는 불법인가요?"

"아슬아슬하게 합법입니다. 일본에서 장기 알선 같은 행위로 대가를 받으면 장기이식법에 저촉되거든요. 그런데 일본 내에서 알선하면 죄가 되지만 중국에서 중국법인을 설립해 작업하면 걸리지 않아요. 물론 해외에서 이뤄져도 장기이식법이 적용되지만 중국 내에서 중국인 공여자와 수혜자 사이를 알선하면 문제가 없으니 거기에 일본인 환자가 얽혀도 은폐하기 쉽죠. 그래서 장기 브로커 중에는 아슬아슬하게 불법인 줄 알면서도 뛰어드는 일본인들도 섞여 있습니다."

일본인 환자에게 장기를 제공하려고 다른 국가에 법인을 설립해 합법적으로 장기를 찾아 헤매는 같은 나라 사람이라니. 생각만으로도 혐오감이 등줄기를 덮쳤다.

"사형 집행 건수와 함께 장기 브로커 또한 증가했습니다. 다른 사람의 장기를 이쪽에서 저쪽으로 옮기는 것만으로 큰돈이 되는 장사니까요. 너도나도 뛰어드는 것도 당연하죠."

"그렇게 돈이 되나요?"

"한 가지 예를 들면 폐 이식은 병원이 40만 위안, 병원장과 의사가 각각 2만 위안, 장기 브로커가 14만 위안씩 챙겼다고 합니다."

14만 위안이라면 엔화로 약 220만 엔이다. 수술에 드는 비용의 약 4분의 1을 손에 쥐는 셈이니 확실히 쏠쏠한 장사라고 할 수 있다.

"하긴 아무나 장기 브로커가 될 수 있는 건 아닙니다. 사형 집행은 인민법원에서 관장하고 브로커는 죄수와 직접 접촉할 수 없어요. 그러니 인민법원과 병원 양쪽에 줄을 대야 중개할 수 있죠. 돈을 잘 버는 브로커일수록 인맥이 넓습니다."

인맥과 돈을 가진 자가 그 세계에서 군림하는 이치는 장기이식 사업 세계에서도 통했다. 듣다 보니 화가 치밀었다.

"그렇게 중국은 장기이식 강국이 된 셈인데 그 명성에 찬물을 끼얹는 사건이 일어났습니다. 2007년에 사형제도가 재검토됐고 그전까지는 지방에서 결정된 집행명령을 중앙 최고인민법원에서 결정하게 됐죠. 중국에서 사형이 너무 많이 집행돼서 세계인의 비난이 집중된 데다 정부 입장에서도 지방의 결정권을 빼앗겠다는 목적이었습니다."

원래 지방 간부들은 자신의 이권을 우선하려고 종종 중

앙의 뜻을 무시해 온 전과가 있었다. 정부가 에너지 절약과 오염물질 감소 목표를 내세워도 지방은 이익을 추구해 환경오염을 유발하는 기업에 계속 투자하려 했던 사건이 그 대표적인 예다.

후진타오 체재 시절 공산당 지도부는 결국 지방을 향해 분노를 드러냈다. 2007년 3월에 열린 전국인민대표대회 서두에서 원자바오 총리가 '일부 지방과 기업이 환경보호에 관한 법규를 엄수하지 않았다'라며 지방 간부들을 지목해 비난했다.

"최고인민법원이 사형 집행 결정권을 장악하자 집행 건수가 예전의 20퍼센트 수준으로 감소했다더군요. 집행 건수가 줄어들면 당연히 혜택을 받을 수 있는 존재는 인맥과 돈을 가진 특권계급으로 한정되죠. 그리고 그런 실상이 환자의 입을 통해 외국 언론에 보도되면 전 세계의 비난을 받을 우려가 있습니다. 그래서 2006년 11월에 장기이식에 관한 회의가 광저우에서 개최됐고, 외국인 대상 이식 금지를 선언했습니다. 외국인 대상 장기이식은 2007년 이후 금지라는 시련을 맞았죠."

설명을 듣는 동안 불쾌한 예감이 등줄기를 타고 올랐다.

한번 확장된 시장이 그렇게 쉽게 축소될 리 만무했다. 이

권과 돈의 맛을 안 자가 돈줄을 쉽게 놓을 리 없었다.

"짐작대로 법으로 꽁꽁 묶인 장기이식 사업은 지하로 숨어들게 됐어요. 장기 수요는 여전히 많고 수술을 위해서라면 비싼 비용도 불사하는 외국인도 많죠. 그런데 공급되는 장기는 만성적으로 부족해요. 두 요인이 범죄를 유발하는 것은 오히려 자연스러운 이치였습니다."

길가의 촌스러운 레스토랑에서 잠시 쉬어가기로 했다. 아스카는 파스타를 주문했는데 나온 음식은 이름만 파스타일 뿐 완전히 우동이었다. 평소 먹던 음식을 외국에서 똑같이 맛보려는 것 자체가 사치일지 모른다. 오랫동안 특파원 생활을 한 야스코우치는 익숙한 모습으로 아무 거리낌 없이 피자를 골랐다. 수많은 메뉴 중에 피자가 가장 일본인 입맛에 맞는다고 했다. 아스카는 그렇게까지 배고프지 않았지만 야스코우치는 피자 2인분을 입에 가득 넣고는 기운 넘치게 쉬지 않고 떠들었다. 중국 특파원은 이 정도 에너지가 없으면 할 수 없나 보다 생각했다.

"빨리 말씀해 주세요."

"그게 참, 다른 사람 식성에 이래라저래라할 수는 없지만 말입니다. 괜찮으시면 한 조각 드세요."

고작 파스타 주문 때문에 고생하는 것은 지방인 탓도 있겠지만 이 레스토랑의 입지 탓도 작지 않으리라. 번듯한 레스토랑이라기보다 변두리에 있는 드라이브 인 레스토랑으로 주변에 다른 건물은 없다. 게다가 손님은 아스카 일행을 포함해 겨우 네 명, 맛있는 음식을 내놓을 마음이 사그라들 것이다.

레스토랑까지 오는 길 풍경 또한 초라했다. 시골 풍경이라고 하면 듣기에는 좋지만 결국 문화적 건조물과 시설을 찾아볼 수 없다. 땅을 보면 비포장도로, 하늘을 보면 전선 한 가닥 없었다. 주택마저 터무니없는 간격으로 흩어져 있을 뿐 궁상맞은 논밭이 끝없이 펼쳐져 있었다.

"유학하셨으니 아시겠지만 베이징 시내와 농촌 지역은 사람들의 생활 형편이 전혀 달라요. 그야말로 다른 나라 아닐까 싶을 정도로."

야스코우치는 온화한 얼굴로 상당히 신랄한 말을 꺼냈다.

"특히 이곳 후난성 사오양현은 중국 정부가 빈곤현으로 지정한 지역입니다. 일본에도 한계 취락*이 있지만 그것과

---

* 고령화나 인구 감소 등으로 65세 이상 고령자 비율이 마을 인구의 50퍼센트 이상을 차지해 사회적 공동체 기능 유지가 한계에 이른 마을.

는 비교조차 할 수 없을 수준이에요."

빈곤현이라는 단어는 처음 들었다.

"정부는 1986년에 특히 빈곤가정이 많은 273개 현을 빈곤현으로 지정하고 7년에 걸쳐 기아 상태에서 벗어나게 하는 정책을 세웠습니다. 방치하면 중앙과 지방의 경제 격차가 극단적으로 벌어질 테고 이는 결국 정부와 공산당의 기반을 위태롭게 할 테니까요."

"현 간부는 못마땅할 수도 있겠네요. 본인의 행정 집행 능력이 부족하다는 낙인이 찍히는 셈이니까요."

"그런데 그들은 불평 한마디 하지 않았습니다. 오히려 빈곤현이라는 불명예스러운 칭호를 먼저 탐내는 족속마저 있었죠."

"왜죠?"

"빈곤현으로 지정되면 빈곤 척결을 명목으로 정부에서 정책과 자금을 지원받을 수 있거든요. 그래서 누가 봐도 빈곤한 지역을 외부에서도 잘 보이도록 방치했습니다. 계속 정부 지원을 받고 싶으니 자금이 내려와도 빈곤이 극심한 지역은 수수방관했죠. 왕지엔순의 고향인 사오양현 둥춘이 바로 그런 곳입니다."

방문하기 전부터 빈곤 지역이라고 못을 박았기 때문에 각오는 했다. 그러나 목적지가 가까워질수록 야스코우치의 말이 과장도 빈정거림도 아니었다는 사실을 깨달았다.

길 양옆으로 펼쳐진 논밭은 빈말로라도 관리된 상태라고 말하기 어려웠다. 잡초가 자라는 대로 방치해 밭인지 아닌지도 모호했다. 시험 삼아 창문을 여니 쉰내가 코를 찔렀다. 가축과 분뇨의 냄새가 뒤섞여 풍기는 자극적인 악취에 눈이 따가웠다.

"대규모 배수 설비 설치를 기대할 수 없으니 공장을 유치할 수도 없어요. 도심에서 멀리 떨어져 있어 땅을 사려는 사람도 나타나지 않고요. 남은 수단은 농업뿐인데 시설과 자금이 없으니 아직도 백 년 전 수확 방식에서 벗어나지 못하는 실정이죠. 그래서 빈곤한 상황이 전혀 개선되지 않는 구조입니다.……아, 도착했네요."

택시가 서서히 속도를 줄이며 마을 앞에 섰다.

아스카는 잠시 아연했다.

야스코우치가 말한 대로 백 년 전 농촌 풍경이 눈앞에 펼쳐졌다.

주택을 짓기에 걸맞은 땅을 확보할 수 없는지 실제 거주 구역 자체는 아담했다. 그 협소한 부지에 자그마한 건물들이 모여 있었다. 도로는 비포장 상태였고 전선과 전봇대도 찾아볼 수 없으니 아직 전기조차 들어오지 않는 마을일지 모른다.

건물은 모두 초가지붕이고 벽은 회반죽이 드러난 상태였다. 일본의 외양간도 이보다는 나으리라. 입구는 덧문 한 장만 달려 있었다. 문틈이 크게 나 있어서 힐끗 들여다보니 낮인데도 집 안은 어두웠다.

주민 몇 명이 밖에 나와 있었다. 밭일 작업복인지 하나같이 프린트가 완전히 벗겨진 셔츠와 구겨지고 해어진 바지 차림이었다. 주민은 호기심과 혐오가 뒤섞인 눈빛으로 아스카를 응시했다.

"환영받지 못하는 것 같네요."

"아뇨, 환영해도 좋을지 탐색하는 겁니다. 마을에 오는 외지인은 두 부류밖에 없거든요. 돈을 쓰고 가는 자와 착취해 가는 자."

아이의 모습도 보였다. 세 살쯤 된 남자아이가 반라로 땅바닥에 주저앉아 벌레를 잡으려고 했다.

아이의 몸을 본 아스카는 가슴이 무너지는 기분이었다. 비정상적으로 말랐다. 한눈에 봐도 기아 상태임을 알 수 있었다. 목욕도 제대로 못 했는지 온몸이 땟국에 절었다.

마을 안으로 들어갈수록 이곳에 오면서 맡은 이상한 냄새가 강렬해졌다. 양과 닭 같은 가축의 울음소리도 들렸다.

야스코우치는 주민 한 명을 붙잡고 물었다.

"왕지엔순 군의 집은 어디입니까?"

애초에 손바닥만 한 구역에 집 여러 채가 바글바글 모여 있는 마을이었다. 왕지엔순의 집은 금세 알 수 있었다.

"이 안쪽이라는 듯합니다."

야스코우치의 뒤를 따라가자 그 집은 마을에서도 가장 볼품없는 건물이었다. 벽 곳곳에 구멍이 뚫려 있고 유리창 전체에 금이 가 있었다. 마치 진도 2 정도 지진이라도 난 집 같았다.

"실례합니다."

야스코우치는 건물 외관과 이상한 냄새를 애써 무시하며 집으로 들어갔다. 마침내 얼굴을 내민 사람은 중년 여성이었다. 마르다 못해 영양 불량으로 보였다. 소맷부리로 힘줄이 불거진 손등이 언뜻 보였고 머리카락이나 피부에는 전혀 윤기가 없었다. 만지면 버석버석 소리가 날 것만 같았다.

"왕지엔순 군의 집 맞습니까?"

"맞는데, 지엔순은 없어요. 당신들 누굽니까?"

"저는 신문기자 야스코우치라고 합니다. 이쪽 여성분은 멀리 도쿄에서 오신 경찰관입니다."

"경찰관?"

순간 여자의 얼굴에 경계심이 드러났다. 그러나 야스코우치는 외모와는 달리 민첩하게 움직였다. 여자의 눈앞에 느닷없이 왕지엔순의 얼굴 사진을 들이민 것이다.

"왕지엔순 군의 어머니 맞으시죠? 이 소년이 왕지엔순 군 맞습니까?"

"그렇긴 한데……, 어떻게 일본 경찰이 여기까지……."

"왕지엔순 군이 사망했다고 합니다."

지금까지 두 사람을 수상쩍게 바라보던 어머니가 그 한마디에 돌변했다.

"거짓말."

"거짓을 말하려고 일부러 도쿄에서 여기까지 올 이유가 있겠습니까? 이번 달 4일에 공원 잡목림에서 숨진 채 발견됐습니다."

어머니는 야스코우치의 말을 듣자마자 갑자기 두 손으로 얼굴을 가리며 짐승의 울음 같은 소리로 통곡했다.

아스카도 상대가 감정을 드러내는 데 익숙했지만 그래도 이 통곡은 예사롭지 않았다. 이웃 주민들이 항의하러 올까 봐 조마조마했지만 이상하게도 아무도 찾아오지 않았다.

"왜…… 어째서."

"왕지엔순 군이 누군가에게 어떤 이유로 살해당했는지는 아직 모릅니다. 그 이유를 조사하기 위해 다카치호 아스카 형사가 직접 방문한 거예요."

"지엔순, 지엔순, 내 아들."

"지엔순 군의 억울함을 풀어주기 위해 수사에 협조해 주세요."

야스코우치의 중국어는 유창했지만 어머니의 마음을 열 만한 설득력은 없다고 느꼈다. 아스카는 교대 의사를 표시한 뒤 어머니 앞에 섰다.

아들의 죽음을 확신한 듯 눈이 절망의 빛으로 물들어 있었다. 이럴 때는 밀어붙여서는 안 된다. 어머니가 되어 본 적은 없지만 같은 여자로서 어떤 심정일지 미어질 정도로 잘 알았다.

통곡이 흐느낌으로 잦아들었을 때 아스카가 다시 질문을 꺼냈다. 중국어가 유창하지 않은 탓인지 어머니는 눈과 귀를 집중하는 기색이었다.

"왕지엔순 군은 잡목림에 묻혀 있었습니다."

그 아이의 위에 소화되지 않은 제대로 된 음식물이 거의 없었던 것은 아직 꺼내지 말아야 할 사실이리라.

"왕지엔순 군은 가족 없이 홀로 일본에 왔습니다. 도대체 무슨 사정이 있었나요?"

어머니는 여전히 울었지만 잠시 후 띄엄띄엄 말하기 시작했다.

"입양 보냈어요."

"굳이 일본에 있는 가정으로, 말이에요?"

"우리 집은 아이가 넷이나 되는데 도저히 다 키울 여력이 안 됐어요. 곤란하던 참에 마침 막내 지엔순을 양자로 들이고 싶다는 사람이 나타나서……."

"양부모 될 사람이 직접 찾아왔나요?"

"아니요, 입양 중개인이 왔어요."

자신도 모르게 야스코우치와 얼굴을 마주 봤다. 장기 브로커의 그림자가 이곳에도 어른거렸다.

"일본인 부부에게 입양된다는 건 정말 기쁜 이야기였어요. 이 마을, 이 집에 있으면 번듯하게 살지도 못 하고 제대로 된 교육도 못 받으니까."

"입양 때 일본에서 부부가 왔나요?"

"아뇨, 서류 절차도 일본 입국 준비도 전부 그 남자가 맡았어요. 우리는 지엔순만 보내면 됐고요."

아들을 보내는데 아무리 그래도 너무 경계심이 없다는 점이 의아했지만 야스코우치가 소매를 툭툭 잡아당겼다.

"이 근방에서 입양은 매우 축복받은 케이스예요."

어머니가 알아듣지 못하도록 야스코우치가 일본어로 속삭였다.

"장남 말고는 다들 어릴 적부터 시내로 돈을 벌러 나가거나 불법 취업인 줄 알면서도 서터우를 통해 외국으로 나가요. 끔찍한 예를 들자면 출산한 순간 아이가 딸이면 바로 죽이기까지 한다더군요."

"갓 태어난 아기를 죽인다니. 에도시대 기근*도 아니고."

"생명의 가치는 나라와 장소에 따라 달라지죠."

이해해도 여전히 납득하기는 어려운 말이었다.

"그렇게 죽이는 걸 생각하면 외국의, 게다가 부유층의 입양아가 되는 것은 생각지도 못한 행운이니까요. 천재일우, 흔희작약. 경계심이 옅어질 만합니다."

입양을 보내는 쪽은 수동적이므로 상대방이 오지 않거나 중개인이 모든 일을 도맡더라도 간섭할 수 없는 처지였다.

---

* 에도시대에 극심한 생활고로 키울 아이만 남기고 갓 태어난 아이를 죽이는 '마비키' 풍습이 횡행했다.

"그 중개인의 이름과 연락처를 아세요?"

그 질문에 어머니는 일단 느릿느릿한 걸음으로 안쪽으로 들어갔다. 돌아왔을 때는 명함 한 장을 움켜쥐고 있었다.

명함은 중국어로 적혀 있었다.

중일입양협회 베이징지부 대표 마제 겐이치

아스카는 순간 기지를 발휘해 출입국재류관리국에서 입수한 저우밍룬 사진을 꺼내 내밀었다.

"네, 맞아요. 이 사람이 마제 씨예요."

어머니는 몇 번이나 고개를 끄덕이며 대답했다. 거래 상대에게 신상을 밝히다니 조심성 없다고 생각했는데 역시 가명이었던 모양이다.

명함에 적힌 협회 주소는 도쿄도 세타가야구. 대표번호와 휴대폰 번호도 버젓이 적혀 있었다. 헛수고일 테지만 그래도 나중에 확인만이라도 해야겠다.

마지막으로 이 한 가지만은 꼭 확인해야겠다는 마음이었다.

"왕지엔순 군을 부검하니 간이 절반 적출돼 있었습니다. 사인은 수술 중 쇼크였어요. 어머니, 뭔가 짚이는 거 없으세요?"

이번에도 어머니의 안색이 달라졌다.

아들의 죽음을 슬퍼하던 어머니의 얼굴에서 흉계를 들킨 교활한 여자의 얼굴로 변한 것이다.

하지만 그것도 한순간이었다. 어머니는 다시 얼굴을 가리고 울기 시작했다. 부주의하게 드러낸 민낯을 감추려는 시도가 아스카의 눈에도 분명히 보였다.

"왕지엔순 군이 집을 떠난 건 언제죠?"

"지난달 23일이요."

둥춘에서 베이징 시내까지 넉넉잡고 하루가 걸린다. 왕지엔순이 나리타에 도착한 날짜가 11월 24일이니 시간상 어긋나는 점은 없었다.

"명함을 가져가도 될까요?"

어머니는 주저 없이 고개를 끄덕였다. 이제 어머니에게서 물을 것은 없었다.

인사를 하고 떠나려던 순간, 야스코우치가 갑자기 떠올랐다는 듯 어머니에게 물었다.

"입양 보내는 데 얼마 받으셨습니까?"

그 말을 듣자마자 어머니가 보인 반응은 그야말로 가관이었다. 갑자기 화를 내면서 야스코우치에게 덤벼들었다.

말이 너무 빨라서 아스카는 알아들을 수 없지만 표정과 말투에서 아스카와 야스코우치에게 욕설을 퍼붓고 있다는 사실은 분명했다.

"이만 가죠."

어머니의 공격을 무시하며 야스코우치는 아무 일도 없었다는 듯 집을 떠났다.

"다시 오기만 해 봐라. 이 샤오구이쯔!"

뒤통수로 날아오는 욕설만은 똑똑히 알아들었다.

"이 나라 장기이식은 공급과 수요가 맞지 않는다고 아까 설명했죠. 외국인 대상 장기기증도 표면상으로 금지됐고. 그러면 장기이식 사업은 자연히 지하로 숨어들어 길을 찾습니다."

다행히 택시가 마을 앞에서 기다려 줬다. 아스카는 뒷좌석으로 허둥지둥 도망쳤다.

"2006년 11월에 허베이성 스자좡시에서 비참한 사건이 일어났습니다. 왕이라는 남자가 노숙자를 감금한 뒤 장기브로커와 연락해 의사 다섯 명과 장기이식을 논의했죠. 다섯 의사는 변전소의 한 방으로 보내졌고, 그곳에서 시신과 마주했어요. 의사들은 곧바로 수술해 장기를 적출하고 왕에게 1만 5천 위안을 준 뒤 장기를 가지고 자신들의 병원으로 돌아갔습니다."

"노숙자 시신을 사형수라고 속였군요?"

"시신이 죄수복을 입지 않은 것을 수상하게 여긴 의사들이 경찰에 신고했어요. 당국이 수사하자 변전소 뒤 우물에서 장기가 적출된 시신이 발견되어 범행이 드러났습니다. 장기를 노린 살인이었는데 아마 비슷한 사건이 어딘가에서 반복되고 있겠죠. 장기를 기증하는 사형수가 없다면 직접 만들겠다는 발상이 그렇게 생뚱맞은 것도 아니고요. 하지만 이건 명백한 범죄죠. 고작 1만 5천 위안 때문에 사형판결을 받으면 수지가 안 맞지 않습니까. 그래서 장기 브로커들이 생각해 낸 방법이 농촌 아이들을 입양하는 겁니다."

이야기의 얼개를 쉽게 상상할 수 있었다. 아스카는 역겨워서 구토감이 치밀었지만 야스코우치의 설명을 들을 수밖에 없었다.

"한 자녀 정책 아시죠?"

"아이는 한 명만 낳으라는 정책 말이죠?"

"네. 그런데 아무리 그래도 둘째가 생기는 부부가 있으니까요. 자식을 많이 원하는 부부도 있고요. 오해하기 쉽지만 이 정책의 핵심은 둘째를 출산하면 벌금을 징수한다는 세칙입니다. 세수 부족에 허덕이던 당 지도부의 고육지책이었어요. 당 지도부에게 이 정책은 강심제 같은 존재로 징수한 벌금으로 재원이 불어나면 바로 폐지할 계획이었습니다. 그런 정책을 유지하면 가까운 미래에 저출산 고령화를 초래할 것이 불 보듯 뻔했으니까요. 그런데 당 지도부도 지방 간부도 좀처럼 폐지 못 했습니다. 벌금 징수액이 예상보다 커서 애쓰지 않아도 수입이 보장됐거든요."

둘째부터는 벌금만 내면 낳아 기를 수 있다. 문제는 벌금조차 낼 수 없는 빈곤층이었다.

"가난할수록 아이가 많다. 외식이나 여가를 즐기지 못하는 부부가 집에서 하는 일이라고는 하나뿐이니까 말입니다. 그런데 무작정 아이를 낳았지만 막상 벌금은 낼 수 없는 형편이죠. 농가만 해도 장남 말고는 필요 없고요."

온몸에 한기가 덮쳤다.

"장기 확보에 사활을 건 브로커의 요구와 농가의 이해관계가 성립되는 순간입니다."

"……인신매매잖아요."

"그래서 입양으로 포장했죠. 게다가 아이를 중국이 아닌 외국 양부모에게 보내 장기를 적출하니까요. 외국에서 벌인 범행이니 당국의 손길이 미치기도 어려워요."

"일본에서 저지른 범죄라면 경찰이 나서서 수사해요."

"피해자가 신원을 알 수 없는 중국인 소년이어도 피해자가 일본인일 때처럼 수사하겠습니까? 입양으로 출국했으니 중국인이라고 하기도 어렵죠. 하지만 귀화 절차가 진행되지 않았다면 일본인도 아닙니다. 중국인도 일본인도 아닌, 즉 무국적 소년이에요."

아스카는 박쥐 일화가 떠올랐다. 엄니가 있으니 짐승이라며 새들이 무서워하고, 날개가 있으니 새라며 짐승들에게 배척당한 존재.

"물론 왕지엔순의 어머니는 모든 흉계를 알면서 아들을 입양 보낸 겁니다. 아니, 저우밍룬에게 적절한 돈을 받았을 테니 이 경우는 팔았다고 해야겠죠. 참고로 아이의 장기는 사형수의 장기기증 시절에도 늘 부족했어요. 열두 살 이하 범죄자는 드무니까요. 그래서 어린이의 장기는 희귀하고 거래 가격도 성인에 비해 부르는 게 값이죠. 장기 브로커 입장에서는 사형수의 장기를 알선하는 것보다 수입이 더 쏠쏠합니다."

가슴속에 음산한 분노가 치밀었다.

어머니에게 받은 명함은 비닐봉투에 넣어 뒀다. 그것을 꺼내 시선을 떨어뜨렸다. 네 귀퉁이가 얼룩지고 몇 군데가 구깃했다. 분명 소중히 간직하지 않고 부엌 구석에 방치했을 터다.

다시는 중개인에게 연락할 생각이 없었기 때문이다.

명함을 꽉 움켜쥐고 싶은 충동이 치밀었지만 필사적으로
참았다.

그 반동으로 무릎이 떨렸다.

아스카는 지금 그 어느 때보다 분노했다.

2

아스카가 중국으로 떠난 다음 날, 12월 11일 오후 7시.

근무를 마친 니시무라 마오는 퇴근길을 서둘렀다. 원룸 자취. 집에서 기다리는 사람은 없지만 이런 추운 날에는 혼자서 냄비 요리에 한잔하고 싶었다.

공항 관련 기업에 근무하는 스물네 살 직장인. 청초한 복장과 수수하면서도 촌스럽지 않은 패션 센스로 남자 직원들이 자신에게 어떤 환상을 품고 있을지 대충 상상이 갔다. 아슬아슬하게 성희롱을 피해 가는 중년 상사의 잡담도 웃어넘기는 성격도 분명 플러스 요인일 터다. 그러나 실제로는 긴조슈*와 안주라면 사족을 못 쓰는 아저씨 취향의 술꾼

이었다.

냉장고와 싱크대 수납장에는 좋아하는 술이 가득했다. 손에 든 비닐봉지에는 역시 마오가 좋아하는 가라스미**가 개봉되기만을 이제나저제나 기다리고 있었다. 요즘은 편의점 안주도 무시할 수 없다. 이 가라스미에 어울리는 술은 과연 무엇일까.

이런저런 배합을 고민하는 것만으로도 직장에서 쌓인 스트레스가 흔적도 없이 사라졌다. 자신은 쉬운 여자라고 내심 감탄하는데 길 위에 못 보던 것이 널브러져 있었다.

사람이다.

이 일대는 하네다 공항과 가까워서 공항 관련 회사와 창고가 들어서 있다. 이 때문에 가게나 음식점이 손에 꼽을 정도로 적으며 저녁이 지나면 인적도 뜸해진다. 어쩌면 길 위에서 만취객을 발견한 사람은 자신이 처음일지도 모른다.

성질 급한 회사라면 슬슬 송년회를 할 시기니 결코 드문 광경은 아니었다. 같은 술꾼으로서 칭찬할 수는 없지만 조금은 동정심도 샘솟았다. 내버려 둘 수 없어서 마오는 취객

---

* 60퍼센트 이하로 정미한 백미를 원료로 저온 발효한 청주.
** 숭어알 등을 소금에 절인 뒤 말린 식품. 주로 술안주로 먹는다.

에게 다가갔다가 놀랐다.

아직 어린아이잖아.

앳된 얼굴이 남아 있는 남자. 아무리 봐도 고등학생은 아니었다. 그렇다면 중딩이 본인 주량도 모르고 바쿠스의 세례를 받았다는 말인가.

미성년자라면 이야기가 다르다. 보살피는 김에 설교하는 것이 어른의 의무다.

"저기, 애. 이런 데서 자면 얼어 죽어."

몸을 흔들려고 손을 뻗다가 멈칫했다.

술에 취한 얼굴이 아니었다. 얼굴이 붉기는커녕 창백했다.

소년은 숨을 쉬지 않았다. 황급히 가슴에 귀를 대 봤지만 심장박동은 들리지 않았다.

아직 술 한 방울 마시지 않았는데, 마오는 비틀거렸다.

***

오타구 하네다 길 위에서 소년의 시신이 발견됐고 신고를 받은 기동수사대는 현장으로 직행했다. 현장 부근을 순찰하던 중이라 가마타 경찰서 인력보다 늦게 도착했다. 서무 담당 관리관이 다소 늦게 현장을 확인했고, 시신을 확인하자마자 수사1과 아소반을 호출했다.

―그쪽 반에서 쫓는 사건과 연관 있을지도 모릅니다.

검시도 끝나지 않은 단계에서 특정 반을 지목하다니 이례적인 일이었다. 아스카가 출장 갔기 때문에 이누카이는 혼자서 현장으로 향했다.

서무 담당 관리관은 상세하게 설명하지 않았다지만 아소반을 호출한 시점에서 어렴풋이 예상했다. 아소 본인도 씁쓸한 얼굴이었으니 아마 같은 상황을 짐작했을 터다.

아니나 다를까 블루시트로 천막을 만든 현장에는 미쿠리야 검시관이 검시를 마치고 기다리고 있었다.

"아마 두 번째 피해자일 거야."

최악의 예상은 대부분 적중한다.

"자, 이걸 봐."

이미 전라 상태인 시신 앞에서 합장했다.

또다시 아이.

다만 소지한 학생증으로 일본인이라는 사실을 확인했다고 한다.

"이런 상황에서 국적은 상관없어. 이게 상관있지."

미쿠리야가 지적하기 전부터 눈치챘다. 색을 잃은 배에 남아 있는 한 줄기 봉합 자국. 길이는 20센티미터 정도로 약간 구불구불했다. 왕지엔순의 몸에 남아 있던 절단면과 흡사했다.

"이렇게까지 특징이 확실하면 범인의 시그니처라고 볼 수 있겠어."

미쿠리야가 내뱉듯 말했다.

"숨을 거둔 지 오래 지났습니까?"

"이제야 턱관절이 사후 경직 조짐을 보이기 시작했어. 숨진 지 이제 두 시간 정도야."

현재 오후 7시 30분. 그렇다면 사망 추정 시간은 오후 5시 30분 전후인가.

"옷에도 현장에도 다툰 흔적은 없어. 아마 길 가다 쓰러진 것에 가까운 상황일 거야."

"수술은 지난번과 동일인의 소행으로 보입니까?"

"적어도 봉합 흔적은 그렇게 보여. 지난 사건에서 절단면 사진을 공개하지 않았으니 다른 사람이 모방했다고 볼 수 없겠지."

"이번에도 쇼크사일까요?"

"외상은 봉합 흔적 말고는 전혀 안 보여. 하지만 안구와 피부 일부에 황달이 발견됐어."

미쿠리야는 시신 왼쪽 눈꺼풀을 열었다. 과연 흰자가 연노란색을 띠며 탁했다.

"간을 대량 절제하면 간 기능이 떨어져서 황달을 동반한 간부전을 일으키는 경우가 있어. 부검 결과를 기다려야겠지만 십중팔구 간이 정상이 아닐 거야."

"그런데 이번에는 제대로 봉합했네요."

"봉합 흔적만 보고 판단하면 역시 집도한 사람의 실력이 의심스러워. 간 부분 적출 성공률이 안정적이기는 하지만 맹장을 떼어내는 것만큼 간단한 수술은 아니야. 돌팔이가 손댔다면 합병증을 일으킬 위험도 크지. 수술 중 실수가 미친 영향이 속효성이냐 지효성이냐 차이일 뿐이야."

미쿠리야는 그 어느 때보다 초조해 보였다. 그는 범인이 의료인이라고 생각하지 않는 듯했다. 문외한 따위가 의사 흉내를 내는 것이 언짢은 기색이었다.

"내가 화난 것 같나?"

"검시관님 입장에서는 수술로 사람을 유린하며 패륜을 저지르는 자를 용서할 수 없겠죠."

"내가 용서할 수 없는 사람은 아소반 너희들이야."

미쿠리야는 위협하듯 이누카이를 똑바로 응시했다.

"이번에도 어린애가 살해당했어. 아직 머리에 피도 안 마른 아이들이 돌팔이인지 문외한인지도 모르는 바보 자식에게 유린당하고 있다고. 빨리 잡도록 해. 만약 세 번째 희생자가 나오면 그때는 네놈들 배를 가를까 봐 걱정해야 할 거라고 네 상사에게 전해."

미쿠리야는 그렇게 내뱉고는 곧바로 천막 밖으로 사라졌다.

이누카이는 먼저 도착한 기동수사대 수사관에게 다가갔다.

"피해 소년이 학생증을 소지하고 있었다면서요."

"이겁니다."

도키와라는 수사관이 비닐봉투에 담긴 학생증을 꺼냈다.

"히가시코지야중학교 2학년, 오지오 마사토. 학교에 알리고 가족에게도 연락하고 있는데 아직은……."

"연락처가 유선전화입니까?"

"아뇨, 학교에서 알려준 번호는 어머니 휴대폰인데 몇 번을 걸어도 받지 않더군요. 지금 다른 사람이 집으로 가고 있습니다."

도키와는 난감한 기색으로 말했다. 요즘은 학교에서 학부모에게 휴대폰으로 연락하는 경우가 많다고 들었다. 문자메시지라면 전달사항도 기록에 남기 때문에 여러모로 편리하리라.

"다른 소지품은요?"

"먹을 것을 사서 돌아가는 길이었는지 슈퍼마켓 봉지를 들고 있었습니다. 내용물은 반찬이었어요."

"이곳으로 오는 길에 슈퍼마켓은 못 봤는데요."

도키와는 역시 비닐봉투에 넣어 둔 슈퍼 비닐 봉지를 보여줬다.

"봉지에 있는 로고를 보면 슈퍼마켓이 집에서 먼 곳이라는 걸 알 수 있습니다."

"반찬은 뭐였습니까?"

"닭튀김 한 팩. 그게 다입니다."

묘했다. 닭튀김이라면 요즘은 편의점에서도 판매한다. 굳이 멀리 떨어진 슈퍼마켓까지 찾아갈 이유가 있을까?

"다른 소지품은 지갑과 휴대폰뿐이었습니다. 돈은 251엔 가지고 있었고요. 휴대폰은 현재 감식에 보냈는데, 사망 직전에 통화한 기록은 없습니다."

갖고 있던 돈의 액수도 마음에 걸렸다.

"음식을 사러 간다고 해도 수중에 251엔밖에 없다니 열세네 살치고는 너무 적은 금액 같은데요."

"실은 저도 그 점이 마음에 걸립니다. 요즘은 카드로 물건을 사는 아이도 많지만 이 소년은 카드도 한 장 없었거든요."

집과 학교가 가깝다면 교통카드도 필요 없다. 상황 자체
는 납득이 갔다.

그러나 이누카이는 어렴풋이 위화감을 느꼈다. 소지품을
보면 물건 주인의 생활상을 엿볼 수 있지만 오지오 마사토
에게는 아무것도 보이지 않았다.

게다가 시신 발견 현장에도 문제가 있었다. 왕지엔순은
살해 뒤 시신을 잡목림까지 옮겨 묻었다. 그렇다면 오지오
마사토도 마찬가지로 다른 장소에서 살해된 뒤 이곳까지
옮겨졌을까.

이누카이는 닭튀김 팩을 흘긋 보고는 슈퍼마켓에 다녀오
는 길에 납치됐을 가능성은 작다고 확인했다. 팩에 붙어 있
는 스티커에 적혀 있었다.

—타임 세일 오늘의 특가 상품

재고를 처리하려고 일정 시간이 지나면 남은 식품을 반
값 정도 할인 판매하는 특가 상품이었다. 주부들이 장을 보
러 나오는 오후 5시가 기준이라고 들은 적이 있다. 특수한
사정이 없는 한 이 닭튀김은 오후 5시 이후 가게 앞에 줄을
서서 산 것이며 사망 추정 시간이 오후 5시 30분 전후라면
시간상 앞뒤가 맞았다.

물론 슈퍼마켓에 간 사람이 본인이 아닐 수도 있지만 이는 너무 사소한 점까지 파고드는 생각이었다. 즉 오지오 마사토는 슈퍼마켓에 다녀오는 길에 갑자기 몸에 이상이 생겨 그대로 길거리에서 사망했다는 추론이 가장 합리적이었다.

상황만 보면 거의 자연사에 가까웠다. 하지만 미쿠리야는 왕지엔순 때와 같이 어설픈 수술로 인한 사망을 시사했다. 이누카이의 심증도 그와 같았다. 미쿠리야는 속효성과 지효성이라고 표현했지만 이누카이는 배 속에 시한폭탄을 설치한 것이나 마찬가지라고 생각했다.

자리를 뜨는 순간 미쿠리야가 보인 분노에 동의했다. 오지오 마사토의 시신을 내려다보는 동안 가슴 속에 피어난 살의 비슷한 감정을 부정할 수 없었다.

이누카이는 젖혀 있던 시트를 들어 시신을 다시 덮었다.

그 순간 멀리서 소란스러워졌다.

"피해 소년의 어머니가 도착했습니다."

도키와의 뒤에서 50대로 보이는 여성이 모습을 드러냈다. 집으로 돌아가는 길이었는지 외출복 차림이었다. 얼굴은 창백했고 흐트러진 머리를 신경 쓸 여유조차 없어 보였다.

피해자와 유족을 대면시키는 업무만큼 내키지 않는 일은 없다. 그래도 필요한 과정이기에 어머니를 시신 곁으로 안내했다.

"급작스러운 일에 경황없으시겠지만 피해자 확인을 부탁드립니다."

이누카이는 되도록 사무적으로 말한 뒤 방금 덮은 시트를 다시 걷었다.

"……말도 안 돼."

어머니는 그 한마디만 흘린 채 그 자리에 무너져 내리듯 주저앉았다.

그리고 이누카이에게 양해를 구하지 않고 손가락으로 시신의 얼굴을 어루만졌다.

"이거 거짓말이죠? 거짓말이라고 해요."

"마사토 군입니까?"

재차 물었지만 이누카이의 목소리는 귀에 들어오지도 않는 모습이었다. 어머니는 얼굴을 시신의 얼굴에 가져다 비비려고 했다. 부검을 앞둔 지금 불필요한 개입은 바람직하지 않다.

"어머님, 죄송합니다."

뒤에서 어머니의 어깨를 잡고 일으키려고 했다. 그러나

여성의 힘이 의외로 강해 상당한 힘을 들여야 시신에서 떼어낼 수 있었다.

"마사토, 마사토."

계속 떼어내도 어머니는 두 손을 필사적으로 뻗어 아들의 몸을 만지려고 했다. 너무 강한 힘에 도키와까지 가세해야 했다.

남자 둘이서 제지하자 그제야 어머니는 몸부림을 멈췄다. 그러고는 땅바닥을 손으로 짚고 울면서 고개를 숙였다.

"미안. 미안해……. 이러면 엄마는……."

도키와는 울컥하는 감정을 참느라 표정이 딱딱해졌지만 이누카이는 다른 이유로 얼굴이 굳었다.

어머니의 말이 도무지 이해가 가지 않았기 때문이다.

3

어쨌든 오지오 마사토의 집에 방문해 조사해야 했다. 마사토의 시신을 확인한 어머니 지사토를 데려다주기 위해 이누카이는 집까지 동행하기로 했다. 현장에서 걸어갈 수 있는 거리라고 했지만 만일을 대비해 지사토를 조수석에 태웠다.

시신 발견 현장인 하네다 공항 주변은 공항 관련 회사와 창고가 즐비하지만 노미가와강을 건너면 저층 주택과 공동주택이 눈에 띄게 많아졌다.

지사토는 차에 탄 뒤 한마디도 꺼내지 않았다. 고개를 숙인 채 오열을 참는 기색이었다. 이누카이가 길을 물으면

"저 모퉁이에서 좌회전" 식으로 짤막하게 대답할 뿐이었다.

이미 밤 11시가 넘은 시간이었다. 편의점을 밝히는 조명을 제외하면 집집마다 창문으로 새어 나오는 어슴푸레한 빛만이 아스팔트를 비쳤다. 늦은 밤이 되면 인적이 뜸해지는 곳이 도쿄에 몇 군데 있지만 이곳은 특히 그러했다. 이누카이가 기억하기로는 조금 더 가면 번화가가 있지만 질 나쁜 사람이 눈에 띄기 때문에 여자 혼자 걷기 위험했다.

오지오의 집은 2층짜리 공동주택이었다. 아무리 봐도 날림으로 지은 듯 보이는 외관에 집세가 저렴하리라 짐작할 수 있었다.

계단이 좁아 큰 가구는 들어갈 수 없을 듯했다. 희미하게 퀴퀴한 냄새도 풍겼다. 과일 썩는 냄새에 먼지가 뒤섞인 듯한 냄새였다.

"들어오세요."

당장이라도 꺼질 듯한 목소리는 아들의 죽음에 충격을 받아 기력이 쇠한 탓인 줄 알았는데 집 안으로 들어가자마자 그럴 만한 이유가 있다는 사실을 깨달았다.

건물 외관과 협소한 계단을 보고 방 개수가 적으리라 짐작은 했다. 그러나 황폐한 집 안 분위기는 예상 밖이었다. 어떤 거주 공간이라도 입주 당시에는 정돈이 잘 되어 있기 마련이다. 그리고 그곳에서 생활해 가면서 안녕과 불안, 만족과 불만, 희망과 절망이 색과 형태를 바꾼다.

오지오 마사토의 집은 불안과 불만과 절망만이 만연했다. 가장 먼저 발을 들여놓은 곳은 부엌을 겸한 거실이었다. 금방이라도 명멸할 것 같은 어두운 전구. 이전에 살던 입주자나 오지오 가족 때문에 더럽게 얼룩진 벽. 세월이 흐르며 낡아서 요철이 생긴 마룻바닥. 지금 당장 대형쓰레기로 내놓아도 이상하지 않은 가구들. 여기저기 벗어놓은 옷. 이것저것 적는 바람에 새빨개진 달력. 쓰레기로 빵빵하게 부푼 비닐봉투. 신문 더미. 어딘지 모르게 썰렁한 느낌이 드는 것은 틈새로 숨어 들어오는 냉기 탓만은 아니리라.

계단에서 풍기던 퀴퀴한 냄새가 더욱 짙어졌다. 거주자도 그 사실을 눈치챘는지 방향제를 둔 모양이지만 원래 나던 이상한 냄새에 화약 약품 냄새까지 뒤섞여 더욱 코를 찔렀다.

무의식적으로 손으로 코를 막으려다가 간신히 마음을 다 잡았다.

"마사토 군의 방은 어디입니까?"

"마사토 혼자 쓰는 방은 없어요."

지사토는 초연한 모습으로 식탁 앞을 스쳐 지나가며 말

했다.

"집에 공간이 두 개뿐이거든요. 옆방은 공부방 겸 우리 모자 침실이에요."

우리, 라는 의미를 의자 수를 보고 이해했다. 단 두 개. 자세히 관찰하니 식기도 두 개씩뿐이었다.

미닫이문 너머에 있는 방은 약 3평짜리였다. 구석에 놓인 책상은 마사토의 물건이리라. 이 방에도 벗어놓은 옷이 여기저기 널브러져 있었지만 잡지나 게임물은 보이지 않았다.

"두 분이서 사셨나요?"

"마사토가 열 살 때부터 쭉 그랬습니다."

지사토가 권하자 이누카이는 맞은편에 앉았다. 다리 길이가 고르지 않아 몸을 움직이면 의자가 덜컹거렸다.

"마사토가 어떻게 살았는지 물으시려는 거죠?"

"병원에서 사망한 것이 아니라면 어떤 죽음이든 일단 수사 대상입니다. 게다가 아드님의 시신은 자연사로 처리하기에 여러 가지로 의문점이 있습니다."

"무엇이 석연치 않다는 말씀이죠?"

"복부에 봉합 흔적이 있었는데 검시관 말로는 도저히 면허를 가진 의사의 수술 솜씨로 안 보인다더군요. 도대체 어떤 의사가 그런 수술을 했습니까?"

"몰라요."

대답하는 순간, 지사토는 시선을 약간 피했다.

"개복 수술입니다. 어머니인 지사토 씨가 모를 리 없지
않습니까."

"늘 같이 있는 게 아니니까요. 생활 시간대가 완전히 달
라요."

"그런 어처구니없는 변명이 통하리라 생각합니까?"

너무나 엉뚱한 소리로 핵심을 피하는 대답에 그만 나무
라는 말투로 다그쳤다. 그러나 지사토는 눈 하나 깜짝하지
않고 말을 이었다.

"남편은 평범한 직장인이었습니다."

이누카이의 질문을 무시하는 태도였지만 마사토의 가정
환경도 알아야 하므로 굳이 말을 자르지 않았다.

"수도공사 회사에 다녔어요. 성실하고 다정한 사람이었
는데 도박 중독자여서…… 생활비로 감당할 수 있을 때는
괜찮았는데 그러다가 사채를 끌어다 쓰면서부터…… 그
뒤로 사채업자가 매일같이 집으로 찾아왔어요. 여기로 이
사 오기 전 일이지만…… 그러던 어느 날, 회사를 무단결근
하고 집에도 돌아오지 않더군요."

"연락은 왔습니까?"

"아뇨, 제가 남편 휴대폰으로 전화를 걸었지만 이미 정지 처리되어 있었어요. 그래도 사채업자는 상관하지 않고 집으로 쳐들어왔죠."

"지사토 씨가 보증을 섰습니까?"

"전부는 아니지만 두세 건 정도요. 하지만 저도 파트타임 근무자여서 도저히 매달 갚을 수 없는 금액이었어요. 그래서 개인파산을 신청했죠. 그래도 보증을 서지 않은 부분은 계속 빚 독촉을 받았어요. 남편이 집에 없다는 걸 알면서도 매일 집으로 찾아오면 돈을 받아낼 줄 알았겠죠."

아무리 가족이라도 보증인이 아닌 사람이 빚을 갚을 의무는 없다. 그러나 제삼자가 임의로 갚는 돈은 상관없다는 논리였다.

"동네에 소문이 파다하게 퍼지기도 했고 전에 살던 집은 집세가 비싸서 이사하기로 했어요. 꼭 필요한 가구와 갈아입을 옷만 챙겨서. 거의 야반도주 수준이었죠."

"이사한 뒤에는 어땠습니까?"

"빚쟁이들이 더 이상 찾아오지 않았어요. 하지만 전에 일하던 파트타임도 그만둘 수밖에 없어서……. 하여간 직장까지 찾아왔거든요. 그래서 새 일자리를 구하러 다녔는데 나이가 이렇다 보니 파트타임 자리 정도밖에 없는 데다 근무시간도 이런 시간대뿐이에요. 그래서 마사토와 마주칠 시간이 없었죠. 어쩌다 쉬는 날에도 피곤하니 오전에 자고, 마사토는 마사토대로 오후에 아르바이트를 가고……."

"아직 열네 살인데요. 아르바이트를 할 수 있습니까?"

"드러내놓고 사람을 구하지는 않지만 청소나 서빙 정도는 시켜주는 곳도 있어요. 선배 인맥인가 뭔가로 그런 아르바이트를 구했다는 것 같아요."

즉 마사토도 어느 정도 수입이 있었다는 뜻이다. 그러자 또 다른 의문이 생겼다.

"마사토 군은 집에서 먼 슈퍼마켓에서 음식을 사서 돌아오는 길에 쓰러진 것으로 추측됩니다. 마사토 군이 산 음식은 닭튀김 특가 상품이었는데 수중에는 겨우 251엔이 있었죠. 닭튀김은 집 근처 편의점에서도 살 수 있습니다. 그런데 일부러 먼 곳까지 간 이유는 편의점에서 사기 아깝다고 생각해서였을 겁니다. 아르바이트로 돈을 버는 상황인데 십 엔 단위까지 아끼는 건 조금 이해가 가지 않습니다. 방에도 게임기나 만화잡지는 찾아볼 수 없던데요. 번 돈은 어디로 사라졌을까요?"

"글쎄요……. 마사토가 번 돈은 그 아이의 것이니까요."

"외출할 때 마사토 군이 입었던 옷은 셔츠와 청바지였습니다. 셔츠는 대형마트에서 파는 두 벌에 천 엔짜리 물건입니다. 요즘 중학교 2학년 학생이 외출복으로 고르기에는 너무 궁한 옷이라고 생각하지 않으십니까?"

"슈퍼마켓에 잠깐 갔다오는 거라면……."

"잠깐의 외출이라도 오가는 길이나 슈퍼마켓에서 반 친구들과 마주칠지도 모릅니다. 친구들이 옷차림을 볼 수도 있는데 너무 무심하다고 생각 안 하십니까?"

"글쎄요."

"어머님은 퇴근이 늦습니다. 하지만 마사토 군에게 저녁 식사는 준비해 주지 않은 듯하네요. 부엌 싱크대에 음식을 먹고 난 접시도 없더군요."

"……저녁은 사 먹을 때도 있어요."

"흠, 사 먹는다라. 한창 클 열네 살 소년이 닭튀김 한 팩으로 저녁이 될까요?"

"원래부터 입이 짧은 아이였어요."

지사토는 고개를 떨군 채 이누카이를 똑바로 쳐다보지 않았다.

아니, 진지하게 대답할 마음이 없어 보였다.

"어머님. 마사토 군이 세상을 떠나서 슬픕니까?"

"당연하죠."

돌연 목소리가 높게 치솟았다.

"아이를 먼저 보내고 괴롭지 않은 엄마가 어디 있겠어
요."

"그렇다면 경찰에 협조 바랍니다. 안 그러면 아드님의 한
을 풀어줄 수 없습니다."

"마사토가 살해당했다는 말씀이에요?"

순간 이누카이는 할 말이 없었다. 겉으로 보기에는 지극
히 자연사여서 미쿠리야도 부검 결과를 기다려 봐야 한다
는 견해였다. 사건 관계자에게 분명하지 않은 사실을 전달
하는 것도 칭찬받을 행동이 아니었다.

"목이 졸렸거나 어디 찔린 상처라도 있었나요?"

"아뇨, 외상은 없었습니다. 다만 아무래도 복부에 난 봉
합 흔적이 마음에 걸립니다."

"그 흔적에 대해서는 모른다고 했잖아요. 더 물어볼 게
없으면 이만 돌아가세요."

이대로 순순히 물러나자니 부아가 치밀었지만 지사토의
거부반응이 극심했다. 축객 명령에도 눌러앉으면 이누카이
의 입장이 곤란해진다. 지금은 일단 철수할 수밖에 없었다.

"실례했습니다. 다음에 다시 찾아뵙겠습니다."

"사람 귀찮게 하시네요."

"어머님은 성가실지 몰라도 사망한 소년들은 그렇지 않습니다."

"들?"

"배에 봉합 흔적을 남긴 채 사망한 소년은 마사토 군만이 아니거든요. 얼마 전에도 유사한 사건이 발생했습니다. 아니, 어쩌면 앞으로도 희생자가 더 나올지도 모르죠."

지사토가 천천히 고개를 들었다. 이누카이는 그녀의 표정이 바뀌기를 기대했다.

"그래도 말씀 안 해 주시겠습니까?"

지사토는 잠시 생기 없는 눈으로 이누카이를 응시하다가 맥이 빠진 모습으로 고개를 떨구고 말았다.

이럴 때 아스카라면 같은 여성이라는 무기로 끈질기게 설득하려나. 이누카이는 어울리지도 않는 생각을 하며 집을 떠났다.

지사토와 실종된 남편 오지오 마키오의 재정 상태는 각 금융업체에 조회해 알아냈다.

먼저 마키오가 실종되기까지 과정은 지사토의 설명대로였다. 이웃을 탐문하고 금융업체에 조회를 요청한 결과 그녀의 설명이 옳다는 사실이 증명됐다. 예전에 살던 곳에 빚쟁이들이 몰려든 일도, 지사토와 마사토가 서로 의지하며 살아온 이야기도 전부 사실이었다.

실종 후 마키오가 어디서 무엇을 하고 있는지는 수사본부 조사로도 아직 밝혀지지 않았다. 주민등록지도 이동하지 않았고 목격 정보도 없다. 지사토의 증언대로 완전히 잠적한 듯했다.

그런데 지사토의 현재 거주지 주변을 탐문하다가 새로운 사실을 알게 됐다.

"지금 사는 동네인 가마타의 집에도 빚쟁이들이 몰려왔나 봐."

가마타 경찰서의 보고를 받은 아소는 벌레 씹은 표정으로 말했다. 빚 독촉이 해결됐다고 들은 이누카이는 잘도 속았구나 싶어 입술을 깨물었다.

"이달 초에 가마타 아파트 주변을 서성이는 남자를 인근 주민들이 목격했대. 그래서 빚 현황을 다시 조회했더니 새로운 정보가 나왔어."

"금융업체에서 데이터를 숨기고 있었습니까?"

"아니. 빚쟁이들이 우르르 몰려든 이유는 지사토 본인에 대한 채권 때문이야."

아소가 꺼낸 서류는 각 금융업체에서 제출한 답변서였다.

"남편과 같이 살 때부터 이미 빚을 졌어. 남편의 빚을 갚는 날 앞뒤로 변제일들이 있는 것으로 봐서는 남편이 빌린 돈을 갚으려고 본인 명의로 돈을 빌렸을 거야. 돌려막기인 셈이지."

"지사토는 이사하기 전에 파산 신청을 했잖아요."

"아아. 그것도 확인했어. 하지만 개의치 않고 파산한 사람에게도 돈을 빌려주는 업자들도 있어. 일단 파산 선고를 받으면 7년 뒤에나 파산 신청을 할 수 있으니 떼어먹힐 걱정을 안 해도 되는 셈이니까."

각각 사유가 있겠지만 대부분 개인파산은 수입과 지출의 균형이 맞지 않기 때문에 발생한다. 즉 돈을 빌린 사람은 재정이 파탄 난 사람이며 한번 파산 신청을 한 사람에게 돈을 빌려주는 이상 회수할 가능성이 상당히 컸다.

"대부분 소프트 불법사금융*이라고 부르는 수법인데 대출 잔액 합계는 150만 엔이 넘더군. 물론 조회한 곳 말고도 빚이 더 있었다고 봐도 무방할 거야."

과거형인 점이 마음에 걸렸다.

---

* 친절하게 응대해 고객을 방심하게 하는 불법사금융을 뜻한다.

"빚이 더 있었다? 그러면 지금은 없다는 뜻입니까?"

"이번 달 초에 빚쟁이가 집 근처를 어슬렁거렸다고 했잖아. 그 빚을 4일에 모두 갚았다더군. 그래서 빚쟁이들도 4일을 기점으로 자취를 감췄지."

"150만 엔이 넘는 빚을 전액 다 갚았다고요?"

"가마타 아파트의 집세는 월에 5만 3천 엔이야. 수도세와 전기요금, 통신비를 더하면 7만 엔에서 8만 엔 사이일 거야. 거기에 두 사람분 식비까지. 어머니의 파트타임 수입과 아들의 아르바이트비를 합쳐도 빠듯해. 150만 엔이 넘는 현금을 도대체 어디서 끌어왔을까."

돈의 흐름을 보면 사람의 행동을 알 수 있을 때가 있다. 지사토가 바로 그런 경우였다.

"지사토를 다시 한번 대면 조사하겠습니다."

여자의 거짓말을 간파하지 못한 적이 한두 번이 아니지만 역시 익숙해지지 않았다. 시종일관 고개를 숙이고 있어 표정을 읽지 못했다는 말은 변명밖에 되지 않았다.

새삼 자신이 한심스러워 구역질이 났다.

"집에 들어갔을 때 본 바로는 가구는 모두 싸구려고 고급스러워 보이는 옷도 없었어요. 유흥비로 흥청망청한 흔적도 없었고요."

"돈이 어디서 들어와서 어디로 나갔는지 죄다 불명확하군."

"임의 동행을 요청하겠습니다."

첫 조사는 오지오 가족의 생활 상태를 파악하려는 의도도 있어서 집에서 진행되었지만 이번에는 그럴 필요가 없다. 그래봤자 상대에게 유리한 상황만 만들어 줄 뿐이다. 사건 이후 며칠 지났으니 지사토도 충격에서 벗어났을 테고 지난번에 대답하지 않은 부분을 언급할 수도 있다. 아들의 죽음에 조금이라도 책임을 느낀다면 수사에 협조하리라.

단 지사토 본인에게 켕기는 점이 없었을 때 이야기지만.

임의 동행을 요청하자 예상대로 지사토는 출두에 응했다. 살풍경한 취조실을 보고 당황한 기색으로 이누카이의 맞은편에 앉았다.

"여기까지 와 주셔서 감사합니다."

"아니에요, 경조휴가를 받아서 괜찮아요."

마사토의 부검은 진작에 끝났고 시신도 유족 인도 절차에 들어갔다. 시신을 인수하면 지사토도 장례를 치러야 하기 때문에 조사하기에 절호의 기회였다.

"마음 정리는 좀 되셨습니까?"

이누카이가 묻자 지사토의 눈빛이 순식간에 험악해졌다. 이누카이도 아이를 둔 부모이기 때문에 마사토를 잃은 지 얼마 안 된 지사토의 심정을 쉽게 짐작할 수 있었다. 여자의 마음은 잘 몰라도 부모의 마음이라면 알았다. 그래서 일부러 지사토의 신경을 거스를 만한 이야기를 꺼냈다.

"아직 장례식도 안 끝났는데 마음 정리가 됐겠어요?"

"제가 실례했군요. 하지만 지난번에는 경황이 없어서 미처 생각나지 않은 것들도 오늘은 이야기할 수 있지 않을까 해서요."

"마사토에 관해서는 그날 말씀드린 게 다예요."

"고작 그 몇 십 분 동안 한 말이 다라고요?"

지사토가 눈썹을 실룩거렸다.

"열네 살. 우리처럼 나이 먹은 어른에게는 지나간 짧은 시간이지만 당사자들에게는 둘도 없는 시간이었을 겁니다."

"생판 남인 형사님에게 그런 말 들을 이유 없습니다."

"말씀하신 대로 생판 남이지만 제게도 마사토 군 또래 딸이 있거든요."

지사토는 의외라는 표정을 지었다. 자신을 신문하는 형사도 당연히 가족이 있는 사람이라는 사실을 깨달은 얼굴이었다.

이누카이는 주머니에서 사야카의 사진을 꺼내 지사토에게 보였다. 자신의 사생활을 공개하고 그 대가로 상대의 진술을 끄집어내는 방법은 일반적으로 자주 사용하는 신문 방식이었다.

사야카의 정보를 사건 관계자에게 공개하는 데 거부감을 느꼈다. 과거 사건 때는 용의자에게 역이용당해 사야카가 위험에 처한 경험도 있다. 그러나 지사토의 심리를 파고들기에 부모라는 공통점보다 더 좋은 수단은 떠오르지 않았다. 참으로 한심한 아버지라며 자조했지만 그렇다면 적어도 형사로서는 합격점을 받고 싶었다.

"아이를 먼저 보내는 고통은 상상할 수 없습니다. 하지만 열네 살이라는 어린 나이에 세상을 떠나야 했던 마사토 군의 억울함이 그보다 더 가슴 아프죠."

다음으로 이누카이가 꺼낸 물건은 마사토의 시신 사진이었다. 검시 때 촬영한 사진이라 외상이 전혀 없어 다행이었다. 핏기는 없지만 마치 잠든 듯 보였다.

지사토의 반응이 눈에 띄게 달라졌다. 자석에 끌리듯 사진을 집어 들고는 그대로 못 박힌 듯 응시했다.

"사인이 무엇이든 열네 살 소년이 터무니없이 목숨을 빼앗기다니 어른의 책임이라고 생각하지 않으십니까?"

대답은 없었다. 지사토는 그저 넋을 잃고 사진만 바라봤다.

"마사토 군의 죽음이 단순히 자연사라면 천수를 다했다며 체념할 겁니다. 하지만 부검 결과는 그렇지 않았어요. 마사토 군은 간부전에 합병증을 일으켰습니다."

부검보고서에 상세히 적혀 있었다. 미쿠리야의 견해가 적중했음을 보여주는 내용으로, 간 일부를 적출한 집도자의 어설픈 수술 실력에 대해서도 언급했다.

"간 일부를 적출한 수술이 모든 일의 원흉이었습니다. 그 일만 아니었다면 마사토 군이 목숨을 잃지도 않았죠. 그런 수술을 어머니인 지사토 씨가 몰랐을 리 없습니다."

어조에 조금 힘을 실었지만 지사토의 시선은 사진에 고정된 채 꼼짝도 하지 않았다.

"오지오 지사토 씨. 실은 당신의 재정 상황을 조사했습니다. 지난번에는 남편의 빚에 대해서만 말했는데 사실은 지사토 씨 명의의 빚도 있더군요."

이누카이는 각 금융업체에서 수집한 조회 결과를 내보였지만 지사토의 머리와 눈은 여전히 움직이지 않았다. 그래도 지사토가 이누카이의 말을 듣고 있다는 전제로 계속 이야기할 수밖에 없었다.

"지금 주소로 이사한 뒤에도 빚은 꾸준히 늘었습니다. 매달 지출 총액이 파트 타임 수입을 잡아먹어서 돌려막기할 수밖에 없었겠죠. 그런데 이번 달 4일에 그 빚을 모조리 일괄 상환했습니다. 마사토 군의 저녁 식사비도 부족한 판에 어디서 그런 큰돈을 마련했습니까?"

일단 말을 끊고 지사토의 대답을 기다렸다. 그러나 몇 초가 지나도 지사토는 아무런 반응도 보이지 않았다.

금지된 방법을 쓸 수밖에 없었다. 부모라면 누구나 반박하고 싶어 하는 질문을 퍼붓는 방법밖에는.

"빚을 갚으려고 마사토 군을 팔았습니까?"

즉시 효과가 나타났다.

지사토는 갑자기 얼굴을 사진에 묻더니 표정을 감췄다.

"지사토 씨."

대답을 재촉하자 자세를 그대로 유지하던 지사토의 몸이 손끝부터 어깨, 어깨에서 상체로 떨리기 시작했다. 사진을 감싼 두 손 사이로 새어 나온 것은 오열이었다.

"……마사토."

쥐어 짜내는 목소리는 몹시 일그러져 마치 다른 사람의 것처럼 들렸다.

"마사토!"

돌연 목소리가 커졌다. 지금까지 억누르던 감정의 둑이 한꺼번에 무너진 것 같았다.

한번 울음이 터졌으니 멎을 때까지 기다릴 수밖에 없었다. 이누카이는 참을성 있게 지사토가 진정될 때까지 지켜보기로 했다.

5분 정도 지나자 울음소리가 차츰 잦아들었다. 떨리던 어깨도 조금 진정된 지사토는 마침내 사진에 묻은 얼굴을 들었다.

참혹한 얼굴이었다. 옅게 화장했는데 아이라인이 번져 거의 흘러내려서 눈 밑이 거뭇했다.

"말씀해 주시겠습니까?"

"……정말로…… 진짜, 정말로 어쩔 수가 없었어요. 남편의 빚을 갚느라 제 수입으로는 부족해서…… 집세가 싼 가마타의 아파트로 이사했지만 역시 팍팍해서 저도 마사토도 하루에 두 끼밖에 못 먹고 식자재도 특가 판매 상품밖에 못 샀어요……. 제, 제가 능력이 없어서 한창 클 나이인 남자아이에게 밥도 제대로 못 먹였어요."

부검보고서 소견에는 '영양실조 징후가 보인다'라고 적혀 있었다. 어렴풋이 예상했지만 어머니의 입으로 직접 들으니 마사토가 더욱 안쓰러웠다.

"마사토의 아르바이트도 안 되는 줄 알았어요. 시키고 싶어서 시킨 게 아니라고요. 내가 밤늦게까지 일하는 걸 보다 못한 마사토가 아르바이트를 하겠다고 먼저 나섰어요."

지사토는 가빠진 숨을 진정시키고 나서야 다시 입을 열었다.

"처음엔 나도 반대했죠. 중학생이 아르바이트하다가 걸리면 처벌을 받으니까요. 하지만 마사토가 상황이 이러니 어쩔 수 없다며 밀고 나가서……."

"생활보호를 받을 생각은 안 하셨습니까?"

"형사님, 모르세요? 생활보호비는 빚 갚는 데 못 써요. 저도 이런저런 궁리를 했죠. 남편에게 가정폭력을 당했다고 보호시설에 도움을 청해볼까, 차라리 마사토를 시설에 맡겨 볼까. 하지만 어떤 제도에도 우리 모자는 해당하지 않아서……."

복지제도를 잘 모르는 이누카이도 지사토의 궁핍한 상황을 조금은 이해할 수 있었다. 현재 사회보장제도는 완벽하지 않아서 어떤 안전망에서도 혜택을 받지 못하는 사람들이 있다. 제도의 일관성 때문에 만든 조건이 부메랑이 되어 제도에서 소외당하는 사람이 항상 일정하게 존재했다. 지사토가 말한 생활보호와 가정폭력 보호시설도 그중 하나였다. 궁핍한 살림을 고려하면 구제 대상일 텐데 제도의 허점이 지사토 모자를 외면하고 말았다.

"빚은 2백만 엔이었어요."

"역시 조회가 안 되는 업체도 있군요."

"제가 한 번 개인파산을 하는 바람에 합법적인 업체에서는 돈을 빌릴 수 없었어요. 마지막으로 찾아간 불법 업체는 딱 봐도 수상해 보이는 곳이었죠. 신호등에 전단지만 붙어 있는 곳이었어요. 낌새가 이상했지만 그런 곳이 아니면 방법이 없었어요. 그 불법 업체에서 50만 엔을 빌렸어요. 무리하고 무리해서 낸 빚이었으니 첫 상환부터 막히고 말았죠. 이제 파산도 못 하고 따로 돈을 빌릴 곳도 찾지 못하니 어떻게 해야 할지 막막하더군요. 온갖 궁리를 하다가 업체 담당자와 상담했어요. 이제는 유흥업소에서 일하는 것도 각오했거든요. 그런데……."

"그런데?"

"요즘은 유흥업소도 젊고 예쁜 아가씨들이 많이 유입돼서 당신 같은 외모로는 아무 데도 쓸모없다고……. 실제로 그곳에서 돈을 빌리기 전에 딱 한 번 소프랜드* 면접을 본

---

* 목욕탕 시설을 갖춘 방에서 마사지 등을 제공하는 성매매 업소.

적 있는데 문전박대당하다시피 했어요. 담당자의 말은 사실이었죠."

여자로서 그것이 굴욕인지 아니면 안심할 일인지 이누카이는 알 도리가 없었다. 하지만 유흥업소에서 돈을 버는 방법도 막혔다면 더 이상 방법이 없다는 것도 수긍이 갔다.

"그랬더니 그 담당자가 제안하더라고요. 아들의 간 일부를 기증해 의료에 도움을 줄 생각은 없냐고……."

역시 그렇게 된 이야기군. 예상했다고는 하지만 이누카이는 짜증이 났다.

"간부전으로 고생하는 아이가 있는데 부모의 간은 부적합해서 이식을 받을 수 없어 곤란하다, 만약 아드님의 간이 적합하다면 간의 3분의 1을 2백만 엔에 사겠다, 라고."

"그래서 바로 승낙했습니까?"

"바로는, 아니에요."

지사토는 고개를 크게 저었다.

"아무리 빚이 많아도 아들의 신체 일부를 팔아넘긴다니, 그런 생각은 추호도 해 본 적 없어요. 그래서 처음 제안받았을 때 딱 잘라 거절했죠. 하지만 담당자가 너무 끈질기더라고요. 검사라도 받아보라고."

"간이 수혜자에게 이식 적합한지 알아보는 검사 말이죠?"

"제, 제 간으로는 안 되냐고 물었어요. 마사토가 아니라 저라면 간 정도는 팔아도 괜찮다고 생각했죠. 하지만 간이 필요한 사람이 아이라서 공여자의 나이가 비슷하지 않으면 의미가 없다더군요. 검사만 받으면 빚 상환을 기다려 준다고 했고, 저도 절박해서 검사만 받게 했어요. 그런데 적합 결과가 나오는 바람에……."

"그래서 간 이식에 동의했습니까?"

"제가 한 게 아니에요!"

지사토가 비명에 가까운 목소리로 부정했다.

"동의는, 마사토가 먼저 말했어요. 엄마에게 물장사를 시킬 수 없다고. 간은 반 없어도 일상생활에 지장 없고 또 재생된다니까. 그리고 2백만 엔도 준다는데 그렇게 하자고."

가슴이 미어졌다.

설령 지사토의 증언이 맞는다고 해도 열네 살 소년이 그런 말을 할 수밖에 없는 상황이 너무나 가혹했다.

"저는 반대했어요. 아이의 장기 일부를 팔아 부모 빚을 갚는다니 짐승이나 할 짓이라고 생각했으니까. 하지만 담당자와 마사토가 한통속이라도 된 듯 적출 수술을 허락하라고 압박했고, 다른 업체의 상환일도 지나 버려서…… 정말로 더는 도리가 없었어요."

지사토는 다시 고개를 숙이고 울음을 터뜨렸다. 맞은편에 앉아 있는 이누카이는 또다시 기다리는 처지였지만 어쩔 수 없었다.

한동안 오열이 이어졌고 상황을 살피던 이누카이가 다시 말을 걸었다.

"간 적출은 어느 병원에서, 어떤 의사가 집도했습니까?"

"그걸, 모르겠어요."

"모른다니, 그럴 수가 있습니까? 미리 검사도 했을 텐데."

"검사 때도 수술 때도 마사토만 데리고 갔어요. 엄마가 따라갈 필요 없다며 강경했거든요."

"적출 수술 후에 공여자도 금방 퇴원할 수 없을 겁니다."

"4일에 수술했고 마사토는 10일에 집으로 돌아왔어요. 아이에게 어느 병원이었냐고 물었는데 꽤 먼 곳인 것 같았다고 하고 자세히 설명은 못 했어요."

4일이면 지사토가 빚을 전액 상환한 날이다. 즉 마사토의 간 일부가 적출된 같은 날 거래를 실행한 셈이다. 마사토는 10일에 퇴원했고 다음 날 길거리에 쓰러졌다.

"그래도 마중은 나갔을 거 아닙니까."

"불법 금융업체 담당자가 마사토를 차로 태워다 줬어요."

"담당자만 왔습니까?"

"아니요. 뒷좌석에 다른 남자 한 명이 앉아 있었어요. 이름도, 어떤 사람인지도 안 알려줬지만."

"그 업체 담당자 이름과 연락처가 뭡니까."

"지 오 파이낸스의 야베라는 사람이에요."

"연락처는요?"

그게……, 라며 지사토가 말을 흐렸다.

"제가 아는 건 그쪽 전화번호뿐이에요. 대표번호가 아니라 090으로 시작하는 휴대폰 번호로 걸면 늘 야베 씨가 받았거든요."

"그럼 사무실이나 영업소 같은 곳은 어디에 있습니까?"

"가 본 적 없어요. 대출 신청도 심사도 전화로 끝냈고 대출도 상환도 야베 씨 쪽에서 처리해서."

지사토는 들고 온 가방에서 휴대폰을 꺼냈다. 화면에는 '지 오 야베'라는 이름과 전화번호가 떠 있었다.

야쿠자가 뒤에서 운영하는 업체라도 사무실 정도는 마련해 놓는다. 그런데 요즘 소프트 불법사금융이라고 불리는 무리는 사무실조차 없이 전부 전화만으로 업무를 본다. 지오 파이낸스도 그런 부류이리라.

"빚을 다 갚았다면 차용증 원본을 돌려받으셨죠?"

"그게…… 전액 상환일에 모두 파기했어요. 쓰레기를 내

160

다 버려서 지금은 남아 있지 않아요."

도대체 무슨 짓이야.

기가 죽은 상대에게 불만을 쏟아내고 싶은 심정이었다.

"2백만 엔은 계좌로 받았습니까?"

"아뇨. 야베 씨에게 전액 현금으로 받았어요."

은행 계좌로 이체했다면 상대방 계좌와 연락처를 알아낼 수 있다. 그러나 현금으로 전달하면 아무런 증거가 남지 않는다. 야베라는 인물이 처음부터 마사토의 간을 노렸다면 전부 이해가 가는 이야기였다.

"야베의 얼굴은 기억하죠?"

"네. 만나면 바로 알아볼 수 있을 거예요."

일단 휴대폰 번호로 야베 본인, 혹은 지 오 파이낸스를 추적할 수밖에 없었다. 거기서 마사토를 수술한 병원과 집도의를 밝혀내면 사건은 단번에 해결될 터다.

그때, 이누카이의 머릿속이 번뜩였다.

"잠깐만요."

잠시 자리를 비운 뒤 수사자료 더미 속에서 저우밍룬의 사진을 빼내 취조실로 돌아왔다.

"마사토를 데려다 준 차에 야베 외에 다른 남자도 있었다고 했죠? 혹시 이 남자였습니까?"

이누카이가 내민 저우밍룬의 얼굴 사진을 지사토가 차분하게 응시했다. 이윽고 자신 없는 목소리가 흘러나왔다.

"비슷한 것 같은데……, 죄송합니다. 찰나에 봐서 잘 모르겠어요."

'그리 쉽게 연결될 리 없나.'

이누카이는 속으로 혀를 찼지만 지사토 한 명에게 얻을 수 있는 정보는 그것이 한계였다.

"수술을 마치고 돌아온 마사토 군의 모습은 어땠습니까? 컨디션이 나쁘다거나 신체에 이상이 나타나지는 않았습니까?"

"컨디션, 나빠 보이기는 했어요. 하지만 수술 때문에 몸 상태가 나쁘다는 걸 제게 알리기 싫었던 것 같아요. 마사토는 그런 아이였어요."

그런 아이였어요, 라고 다시 중얼거린 지사토는 책상에 푹 엎드렸다.

"미안해요, 미안합니다, 미안해……."

사과의 대상이 이누카이인지 마사토인지 확인할 마음도 들지 않았다.

4

15일, 중국에 출장 갔던 아스카가 귀국했다. 여독을 풀 새도 없이 아스카가 수사 회의에서 보고한 내용에 무라세를 포함한 수사본부 전원의 얼굴이 어두워졌다.

"입양을 가장한 인신매매란 말인가."

입술을 짓씹는 무라세를 보고 몇몇 수사관들의 눈이 휘둥그레졌다. 무라세는 좀처럼 감정을 드러내지 않는 관리관이었다. 그러나 아이를 표적으로 하는 범죄, 심지어 장기를 빼앗기 위한 목적이라니 분노를 참을 수 없을 것이다.

"왕지엔순의 어머니가 갖고 있던 명함에 적힌 '중일입양협회'라는 곳은 가상 단체였습니다."

이어진 아스카의 보고는 예상한 내용이었지만 마제 겐이 치이자 저우밍룬의 수상한 냄새를 부각하기에 충분했다.

"출입국기록은 여권을 기본으로 하지. 여권에는 저우밍 룬, 명함에는 마제 겐이치. 우리 상식으로는 여권에 기재된 내용을 믿고 싶지만 장기매매를 중개하는 무리야. 위조 여 권이 아니라는 보장은 어디에도 없어."

이누카이의 의견은 조금 달랐다. 저우밍룬은 여러 차례 일본과 중국을 오갔다. 위조 여권을 사용하기에는 정신적 인 부담이 컸을 터다. 일을 원활하게 진행하기 위해서 최소 한 여권만큼은 진짜를 사용했으리라 추측했다.

하지만 저우밍룬이라는 인물이 실존하는지는 중국 당국 에 문의할 수밖에 없었다. 더구나 오지오 지사토의 증언에 따르면 마사토의 죽음에도 저우밍룬으로 짐작되는 인물이 엮여 있었다. 어쨌든 저우밍룬의 신원을 밝혀내면 왕지엔 순을 살해한 범인을 찾아낼 가능성도 커진다.

"경찰청을 통해 인민경찰에 문의하지. 그쪽도 다른 건으 로 경찰이 움직이고 있을지 몰라."

다음은 마사토 사건이었다. 지사토를 대면 조사한 이누 카이가 보고했다. 지사토가 진술한 내용을 말하자 무거워 지는 회의실 분위기가 느껴졌다.

"현재 지 오 파이낸스 담당자인 야베에게 접촉을 시도하고 있습니다."

"사무실이 없는 업체인가."

"휴대폰 하나로 고객을 낚는 듯합니다. 역탐지해야 해서 준비를 마친 뒤 접촉할 예정입니다."

"휴대폰 번호로 사용자를 알아낼 수는 없나?"

"선불 휴대폰을 사용하는지 통신사에 조회해도 안 나옵니다."

"최근 유행하는 소프트 불법사금융과 장기매매가 어떻게 연결되어 있는지가 관건이군. 조직범죄대책부와 연계하는 편이 좋겠어. 반사회 세력이 관여했을 가능성도 있다."

일단 알겠다는 뜻을 전했지만 이누카이는 폭력조직 연루설에 회의적이었다. 간을 적출한 뒤 보인 엉성한 일 처리가 과연 야쿠자의 소행을 연상시키지만 중국의 빈곤현까지 가서 장기를 조달하려면 그에 상응하는 규모와 네트워크가 필요하다. 세력이 웬만큼 광범위한 폭력조직이 아니면 할 수 없는 일이지만 그런 조직이라면 오히려 눈에 띄는 짓은 삼갈 터다. 게다가 그만큼 거대한 조직이면 실력이 확실한 조직 전담 의사가 있을 테니 그런 아마추어 냄새를 풍기는 봉합 흔적은 남기지 않을 것이다.

하지만 이는 어디까지나 이누카이의 감에 불과했다. 그저 감일 뿐인 의견을 회의 상에서 꺼내봤자 제대로 논의되지 않을 테니 잠자코 있었다.

"두 번째 피해 소년의 생활권에 불법 의료 행위를 하는 자는 없나?"

이에 가마타 경찰서의 수사관이 대답했다.

"과거 검거한 사례까지 모두 조사했지만 현재 그런 인물은 보이지 않습니다."

"무면허로 검거된 사람의 범위를 수도권까지 넓히도록."

무라세의 지시는 적확했다. 그러나 한편으로 이누카이는 지시 내용이 융통성 없는 것 아닌가 미심쩍었다. 물론 전과자부터 조사하는 것이 정석이지만 집도자는 초범인 것 같기 때문이었다.

"많은 내용을 논의했지만 결국 핵심은 두 소년의 배를 가른 집도의와 불법 장기이식을 사업으로 벌이는 뻔뻔한 인간들이다. 게다가 마사토 군 어머니의 진술을 믿는다면 놈들은 오로지 아이의 장기에 집착하는 듯하다."

아이를 표적으로 삼는다는 사실만으로도 충분히 악랄한데 진정한 목적이 장기라면 더욱더 무도하다는 뜻이었다. 자식을 키우는 수사관이 적지 않으니 그들의 가슴을 따끔하게 파고드는 말이었다.

"특정인에게 원한을 품은 범죄가 아니라 단지 젊은이의 장기를 탐내는 범죄라면 사건이 계속 일어날 수 있다. 각자 자리에서 더욱 분발하기 바란다. 이상."

무라세의 구령에 수사관들이 흩어지는 가운데 아소가 이누카이와 아스카를 불렀다.

"아스카. 늦었지만 중국까지 먼길 다녀오느라 고생했어."

"아닙니다."

아스카가 고개를 저었다. 수사 회의 때도 그랬지만 아스카의 표정은 시종일관 긴장이 가득했다. 아소도 눈치챘는지 드물게 아스카를 배려하는 눈치였다.

"왜 그래. 여독이 안 풀려서 그런가? 아니면 화장품에 순간접착제라도 섞은 거야?"

형편없는 농담이었지만 아소 나름대로 사기를 북돋우려고 건넨 말이었다. 그러나 아스카는 조금도 웃지 않았고, 경직된 표정은 더욱 험악해졌다.

"누구라도 그 상황을 목격하면 표정이 이럴 수밖에 없을 거예요."

다급하게 풀어놓기 시작한 말은 왕지엔순의 고향에 대한 이야기였다. 최근 급속히 발전한 나라에서 소외된 빈곤현의 주민들. 그리고 몸 말고는 팔 것이 없는 궁핍한 현실. 듣기만 해도 풀 길 없는 분노와 허무감에 가슴이 미어졌다.

"끔찍한 이야기야."

아소는 노골적으로 얼굴을 찌푸렸다.

"가난은 범죄의 소굴이라는 말이 있는데 이게 바로 전형적인 사례야. 가난은 범죄를 낳지만 동시에 범죄에 잡아먹히기도 하지. 입에 풀칠하려면 원래 팔아서는 안 되는 것까지 팔아야 하는 상황에 내몰려. 왕지엔순도 오지오 마사토도 처지가 비슷하지. 그래서 같은 범죄에 휘말린 거야."

중국과 일본. 국가로서 체제도 다르고 지리상으로도 떨어져 있다. 하지만 두 소년이 겪은 고통은 흡사했다. 빈곤한 가정환경과 고달픈 삶. 언제 어디서나 가장 큰 피해자는 어린아이들이었다.

"인간쓰레기들이 바글바글한 교도소에서도 아이를 상대로 범죄를 저지른 수감자는 다르게 취급해. 반쯤 묵인하에 괴롭힘당하고 같은 죄수들이나 교도관들에게 멸시받지. 범죄에도 최소한 지켜야 할 선이나 인의가 존재해. 아이를 죽인 놈은 악당들도 혐오한다고."

악당들조차 혐오하는 범죄라면 경찰관은 그보다 더하다. 왕지엔순과 오지오 마사토가 휘말린 사건은 그런 의미에서 최악의 사건이라고 할 수 있었다.

"왕지엔순과 오지오 마사토 사건이 연달아 일어났다는 사실은 아직 언론에 공개하지 않았어. 안 봐도 훤하지, 공개하자마자 여론이 들끓을 테니까. 아직 제대로 된 단서도 없는 상황에 외부 압력을 받기 싫겠지."

아소의 추측도 틀린 말은 아니었다. 그러나 여론이나 언론이 두 사건의 연관성을 알기 전에 유력한 단서를 물고 오라는 뜻이기도 했단.

"현재 꼬리가 보이는 건 지 오 파이낸스의 야베라는 남자뿐이다. 반드시 잡아. 마사토 어머니의 진술을 믿는 한 야베가 분명 장기매매에 가담했을 테니."

"오후에는 역탐지가 준비돼요. 준비가 다 되면 야베와 접촉을 시도하겠습니다."

예정대로 이누카이는 통신사의 협조를 받아 지 오 파이낸스와 최초 접촉을 시도했다.

이미 머릿속에는 연기할 캐릭터를 확정해 뒀다. 삼십 대 중반이 지난 독신 남성. 도박에 빠져 멀쩡한 금융기관에는 문전박대를 당한 쓸모없는 인간. 거들먹거리지만 어딘가 불안한 목소리를 연기하면 신빙성이 높아진다. 연기 계획은 완벽했다. 연기학원에서 배운 메소드를 이런 상황에서 활용하게 될 줄 당시에는 상상도 못 했으니 인생이란 알 수 없다.

아소와 아스카, 그리고 통신사 직원들이 대기하는 가운데 이누카이는 090으로 시작하는 번호로 전화를 걸었다.

신호음이 한 번, 두 번. 세 번째 울리는 중에 상대가 전화를 받았다.

—네. 지 오 파이낸스입니다.

상대의 목소리는 대기하는 아소를 포함해 다른 사람들도 이어폰으로 듣고 있었다.

"음, 저기. 20만 엔 정도 빌리고 싶은데요."

너무 많지도 적지도 않은 금액. 최초 대출금으로 적당한 금액이리라.

—감사합니다. 대출을 원하시는 고객이군요. 저희 회사는 어디를 통해 알게 되셨죠?

"아는 사람한테 들었습니다."

—감사합니다. 그럼 성함과 주소, 직장을 말씀해 주세요. 심사 결과는 추후 저희가 알려드리겠습니다.

"담당하시는 분 성함을 알고 싶은데."

—저는 히라오카라고 합니다.

"저기 말이에요, 혹시 야베라는 사람 있습니까? 가능하면……."

그 순간 갑자기 전화가 끊어졌다.

이누카이는 곧바로 통신사 담당자를 쳐다봤다. 그러나 직원은 고개를 저을 뿐이었다.

"아마 차량으로 이동하고 있을 거예요. 세타가야구의 기지국 안에서 신호가 잡히긴 했지만……. 통화 시간이 조금 더 길어야 했어요."

상대가 눈치챌 만한 대사를 던진 기억은 없다. 이누카이가 야베의 이름을 꺼낸 순간 상대가 일방적으로 전화를 끊었다.

"경계한 거야."

아소가 내뱉듯 말했다.

"오지오 마사토의 사망 기사를 보고 몸을 사린 거지. 오지오 모자와 접촉한 야베를 잘라냈어."

그저 담당에서 제외했을까, 아니면 조직에 피해가 가지 않도록 처리했을까.

"세타가야구를 순찰하는 경관에게 찾아보라고 하지."

지사토의 협조를 얻어 야베의 몽타주를 그린 뒤 수사본부에 공유했다. 순찰 중인 경관들에게도 돌렸지만 상대도 이동 중이라면 쉽게 발견할 수 없을 것이다.

　그리고 이누카이가 우려한 대로 야베로 보이는 남자는 끝내 찾지 못했다.

3

가난한 자의 자산

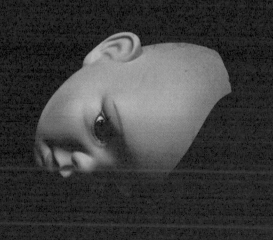

1

—자, 선택하세요. 이누카이 형사님.

주사기를 손에 든 '닥터 데스'가 쏘아붙였다. 주사기에 담긴 내용물은 근육 이완제. 정맥에 직접 주입하면 틀림없이 죽는다.

—이 사람에게는 남은 시간이 얼마 없어요. 앞으로 길어 봤자 10분이나 15분. 갈비뼈는 부러지면 안쪽으로 휘죠. 아마 폐를 찔렀을 거예요. 폐에서 생긴 출혈이 역류해 구강에 피가 고였어요. 설사 이 대들보를 치운다 해도 지금 여기에는 메스 하나 없고요.

—당신은 아무 도구도 없어요?

—이 사람을 편하게 해 줄 도구는 갖고 있죠. 그게 바로 이 주사기예요.

　상대는 벌써 몇 번이나 같은 수법으로 범행을 반복했다. 이누카이 앞에서도 주저하지 않으리라.

　—바보 같은 짓 마요! 그건 살인이야.

　—그런 것쯤은 알죠. 그러면 이 사람이 계속 괴로워하는 모습을 손 놓고 보고만 있을까요? 그건 죄가 아닌가요?

　아니야, 그것은 윤리 문제다. 경찰인 자신을 향한 질문이 아니었다.

　이누카이는 부정하려고 했지만 목소리가 나오지 않았다.

　—아니요, 다르지 않아요. 형사님에게는 사야카라는 딸이 있죠. 만약 사야카가 점점 위독해져서 본인이 안락사를 원한다고 할 때 형사님은 찬성할까요, 아니면 반대할까요? 지금 내가 손을 대려는 환자와 사야카가 도대체 뭐가 다를까요? 윤리와 법률로 구분하려고 해도 소용없어요. 사야카가 있는 한 형사님은 이 선택에서 도망칠 수 없으니까.

　왜지.

　—법이 허용하지 않더라도 윤리적으로 묵인할 수밖에 없는 범죄도 존재해요. 경찰이라면 앞뒤 따질 것 없이 나를 체포해야 하지만 아버지이기도 한 당신은 주사기를 빼앗

지 못해요.

겨드랑이에 기분 나쁜 땀이 흘렀다. 안다. 이것은 자신이 형사와 아버지 중 어느 쪽을 우선시하느냐를 판가름하는 잔혹한 시험이다. 불가항력이었다고 변명해도 평생 이 장면에서 벗어날 수 없다.

—형사님의 직업윤리가 끝까지 이 환자의 안녕을 거부한다면 주사기를 박살 내요. 딱 3초 드리죠. 그 이상은 환자에게 고문이에요.

주사기를 빼앗아야……. '닥터 데스'에게서 주사기를 빼앗으려는데 왜인지 팔이 움직이지 않았다.

—이누카이 형사님. 이것은 근육 이완제를 주사하는 나와 그것을 잠자코 지켜본 당신 둘이서 짊어질 죄예요. 지금부터 환자의 숨이 멈추는 순간을 똑똑히 두 눈에 새겨요.

하지 마.

그만둬.

보이지 않는 속박이 풀리고 나서야 팔을 움직일 수 있었다. 이누카이는 '닥터 데스'를 향해 달려갔다.

하지만 몸이 마음대로 움직이지 않았다. 마치 슬로모션처럼 팔다리가 둔했다.

—잘 봐요. 우유부단한 당신이 한 사람을 죽이는 순간을.

주사기 바늘이 환자의 정맥을 찾아 피부를 찔렀다.

그 순간 이누카이가 소리쳤다.

"그만둬!"

이누카이는 자신의 목소리에 벌떡 일어났다.

눈을 뜨니 수면실의 익숙한 천장이 보였다. 다른 사람이 없어서 다행이라며 안도했다. 옆에 누가 자고 있었다면 얼굴이 빨개졌으리라. 정말이지 자신의 잠꼬대 때문에 잠에서 깨어난다니 그 사실을 아소반 사람들이 알게 된다면 나중에 무슨 소리를 들을지 모를 일이었다.

난방이 '약'으로 설정되어 있을 텐데 이마가 땀에 젖어 끈적거렸다. 잠옷 대신 입었던 셔츠를 벗고 새 옷으로 갈아입은 뒤 화장실로 향했다.

도중에 형사부실 옆을 지났다. 아소나 다른 사람이 일하는지 키보드를 다닥다닥 두드리는 소리가 복도로 새어 나왔다.

화장실에 도착해 수도꼭지를 돌리자 손을 에는 찬물이 쏟아졌다. 일부러 찬물 세수를 하고 나니 비로소 정신이 맑아졌다. 얼굴 근육이 수축하고 땀이 씻겨 내려갔다.

몹시 불쾌한 꿈이었다. 닥터 데스 사건이 종결된 지 1년이 지났는데 범인을 체포하던 순간은 바로 어제 일처럼 생생했다. 범인을 검거했는데도 이처럼 후회와 안타까운 마음이 드는 사건은 처음이었다.

꿈을 꾼 이유를 안다. 생명을 돈으로 사고파는 범행 양상이 기억을 되살렸기 때문이다. 경찰로서는 명백한 범죄지만 환자인 딸을 둔 아버지로서는 심정적으로 완전히 부정할 수 없었다. 그렇게 공사를 가르는 모순이 이누카이의 마음에 똬리를 틀었다. 외부의 적이라면 맞서기만 하면 되지만 내면의 적과는 어떻게 싸워야 할지 몰랐다.

젠장. 이누카이는 욕설을 내뱉었다. 이 모든 것은 자신이 아버지이기 때문이다. 사야카를 생각하는 마음이 그대로 자신의 약점으로 연결됐다. 마치 사야카를 인질로 잡힌 기분이었다.

제정신이 들자마자 졸음도 날아갔다. 손목시계를 확인하니 새벽 4시 8분, 다시 잔다고 해도 세 시간도 채 못 잘 시간이다.

'어차피 못 잔다면…….'

그렇게 생각한 이누카이가 형사부실을 들여다봤더니 아니나 다를까 아소가 컴퓨터 앞에서 난감한 표정을 짓고 있었다.

"반장님."

"뭐야, 이런 어중간한 시간에."

"반장님이야말로 뭐 하세요. 철야세요?"

"난 괜찮아."

아소는 이누카이를 쳐다보지도 않은 채 컴퓨터 화면만 응시했다.

"현장을 누비는 너희가 잠이 부족하면 안 되지. 잘 수 있을 때 자 둬."

"아스카 같은 신입에게 할 법한 말씀이네요."

"그 녀석이라고 평생 신출내기겠어? 이번에 출장 다녀오더니 표정이 많이 달라졌더라고."

아스카의 변화라면 이누카이도 진작 알아차렸다. 귀국했을 때 얼굴에는 비장감마저 감돌았다. 아소반 팀원들과 같은 형사의 얼굴이 되어 있었다. 행복은 마음을 풍요롭게 하지만 비극은 마음을 단단하게 한다. 현장 형사들이 나날이 거칠어지는 이유는 슬픔이 쌓이고 쌓여서겠지.

아스카가 직접 보고 온 왕지엔순의 처지와 오지오 마사토의 그것이 오버랩됐다. 빈곤층을 겨냥한 장기매매는 자식이 없는 수사관들의 마음에도 불을 지폈다. 이렇게 아소가 밤새 작업하는 사정도 그와 무관하지 않았다.

"그러고 보니 가마타 경찰서에서 새 보고가 올라왔어. 오지오 마사토가 경찰 선도를 받은 이력이 있다는군."

"수사 회의 때는 나오지 않은 정보죠?"

"회의 직후 생활안전과에서 올라왔다나 봐. 지난 여름 가마타 번화가를 어슬렁거리다가 그랬대."

가마타의 번화가라면 유흥업소가 즐비한 곳이기도 했다. 중학생이 그런 장소에서 어슬렁거렸다니 선도 대상이 되는 것도 당연했다.

"당연히 학교에서는 여름방학에도 학생들이 혼자서 번화가에 드나드는 것을 금지하고 있어. 교칙 상 오지오 마사토는 불량 학생이라는 평가지. 실제로 학교에서는 오지오 마사토에게 꼬리표를 붙이고 제대로 지도하지도 않았어. 하지만 그 소년을 선도한 담당자의 보고에 따르면 오지오 마사토는 나이답게 개구졌지만 순수했다더군. 담당자는 왜 그 아이가 죽어야 했느냐며 분노했어."

"학교의 공식 입장이 그렇죠, 뭐."

과거에 학교폭력에서 파생된 살인사건을 담당한 이누카이는 학교에 편견이 있었다. 교사 대부분과 학교는 본인들의 치부를 은폐하는 데 급급할 뿐 정작 학생들은 전혀 돌보지 않는다는 편향된 시선이었다.

그런데 이후에도 청소년 관련 사건을 계속 담당하다 보니 그 생각이 전혀 편견이 아님을 알게 됐다. 모든 학교가 그렇지는 않으리라 믿고 싶지만 이누카이가 아는 학교는 대부분 추문에 겁을 먹고 불미스러운 사건이 드러나는 것을 두려워하며 카메라 플래시 세례를 받게 될까 봐 전전긍긍했다. 무엇보다 자신의 실책을 규탄받는 것을 무서워했다.

제자들의 현재나 미래보다 자신들이 우선이었다.

변명 같지만 사건이 터지고 나서 이누카이를 비롯한 경찰들이 할 수 있는 일은 죽은 자의 한을 풀어주기 위한 복수전뿐이었다. 청소년들이 가해자나 피해자가 되는 것은 가정과 학교에서만 막을 수 있다. 그런데 그 학교가 체면을 챙기는 데 급급한 것이다.

일어나지도 않은 일을 입에 담아도 소용없지만 만약 오지오 마사토가 선도를 받은 뒤 학교에서 지도하고 보호했다면 이번과 같은 비극은 일어나지 않았을지도 모른다. 오지오 모자의 궁핍한 삶에 경찰이 아닌 다른 조직이나 단체가 구원의 손길을 내밀었다면 마사토가 자신의 장기를 팔 필요가 없지 않았을까…….

스스로에게 묻다가 이누카이는 힘없이 고개를 저었다.

곤란해. 스스로가 싫어하는 사고회로로 빠져들고 있다. 사건이 벌어졌으니 이제 경찰의 영역인데 타인에게 책임을 전가하기 시작했다.

"학교 사정과는 별개로 왕지엔순과 공통점을 또 하나 발견했어요."

"뭔데, 말해 봐."

"빈곤가정이나 아이를 보호하는 조직이나 공동체가 기능하지 않았어요. 즉 왕지엔순과 오지오 마사토 둘 다 고립됐다는 사실입니다."

흥. 아소는 꺼림칙한 듯 콧방귀를 꼈다.

"고립됐기 때문에 먹잇감이 됐다는 관점인가. 하긴 그런 측면이 있을 수도 있지. 포식동물도 무리 지은 먹이에는 쉽사리 다가가지 않으니까. 놈들이 노리는 상대는 무리에서 낙오된 개체니까."

무리에서 낙오됐다. 비정하지만 맞는 표현이라고 생각했다. 집단은 그 자체가 방호벽 역할을 한다. 외적에게 습격당하는 순간, 벽은 견고해져서 내부의 생명체를 보호하려고 한다. 경찰 집단에 속한 이누카이는 그런 생각이 더욱 강했다.

그때 동트기 전의 고요를 깨고 아소의 유선전화가 울렸

다. 물론 새벽 4시가 지난 시간에 온 연락치고 달가운 소식
은 없다.

"네, 아소입니다."

역시 아소의 표정이 순식간에 험악해졌다. 이누카이를
조심스럽게 흘긋 본 뒤 알겠다고 대답했다.

수화기를 내려놓은 아소는 이미 지휘관의 얼굴로 바뀌
었다.

"이렇게 어중간한 시간에 일어나는 일치고 제대로 된 게
없지."

"저도 그렇게 생각합니다. 현장에 가야 합니까?"

"또야."

아소는 등 뒤에 있는 화이트보드에 붙여 놓은 왕지엔순
의 사진을 손가락으로 가리켰다.

"또 샤쿠지이 경찰서 관내에서 일어났어. 피해 소년은 열
다섯 살. 편의점 철거지에서 숨진 채 발견됐어. 시신의 배
에 봉합 흔적이 있다는군."

샤쿠지이.

편의점 철거지.

맹렬한 기시감에 사로잡혔다. 설마 그 장소가 범행 현장
으로 사용됐다는 말인가.

"기동수사대와 샤쿠지이 강력계가 이미 출동했어. 갈 수 있겠어?"

명령을 내릴 필요도 없다.

이누카이는 긍정하는 동시에 형사부실을 뛰쳐나갔다.

확인한 주소지에 가까워질수록 샤쿠지이 경찰서의 나가쓰카와 동행했던 일이 되살아났다. 새벽 5시가 되기 조금 전, 샤쿠지이의 거리는 아직 어둠에 잠겨 있지만 분명 한 번 와 본 적 있는 거리였다.

불길한 예감일수록 적중한다. 목적지로 짐작되는 장소는 바로 나가쓰카가 소년 네 명과 눈싸움을 벌인 편의점 터였다.

매장 안이 보이지 않도록 외부에서 블루시트로 가렸다. 부지에는 사람들이 지나다닐 수 있도록 시트를 깔아 보행로를 만들어 놨고 보행로 바깥에서는 감식과 사람들이 땅바닥을 샅샅이 살피고 있었다. 저마다 내쉬는 입김이 조명을 받아 부옇게 떠올랐다.

"수고하십니다, 이누카이 형사님."

가장 먼저 말을 건 사람은 나가쓰카였다.

"번번이 수고를 끼치게 됐습니다."

마치 자신의 책임이라는 듯 나가쓰카는 민망한 기색으로 고개를 숙였다.

고개를 드시라 부탁했지만 나가쓰카의 심정도 손에 잡힐 듯 보였다. 자신의 관할에서 이렇게 단기간에 같은 범행이 반복해 일어나는 것은 굴욕일 뿐 아니라 비난의 화살이 관할서는 물론 경시청에까지 쏠리기 때문이다.

"이누카이 형사님이 함께해 주시면 마음이 편안해져요. 강력계는 말할 것도 없고 샤쿠지이 경찰서 전체가 숨 쉬는 것도 조심스러워하는 상황이거든요."

나가쓰카는 곧바로 목소리를 낮췄다.

"사건이 발생했다는 걸 안 소바시마 서장이 분노의 격문을 띄웠습니다."

수사 회의 석상에 앉아 있던 소바시마의 모습은 아직도 새로웠다. 무라세 관리관의 한마디 한마디에 일일이 반응하던 신경질적인 인물이었다. 그럴 만도 하다고 생각했다. 자신의 앞마당에 두 번이나 소변을 누고 도망친 도둑고양이를 그 앞마당 나무에 매달아 두려는 부류였다.

"피해자는 열다섯 살 소년이라고 들었습니다. 신원은 밝혀졌나요?"

"신원이고 뭐고 얼마 전에 형사님도 만난 적 있는 소년입니다."

"설마."

"요나미네 데루오, 15세. 네, 그 금발의 바……, 금발 소년입니다."

요나미네 데루오의 시신은 편의점 안에서 발견됐다. 발견자는 세 친구로 모두 얼마 전 만났던 얼굴들이었다.

"우선 시신을 볼 수 있을까요?"

나가쓰카는 뒤늦게 깨달은 모습으로 이누카이를 편의점 안으로 안내했다. 두 번 일어난 일은 세 번도 일어난다. 설마 했지만 세 번째도 그 검시관이 담당했다.

"꼴도 보기 싫은 놈이 나타났군."

이누카이가 들어가자마자 미쿠리야가 악담을 퍼부었다.

"내가 말했을 텐데. 만약 세 번째 희생자가 나오면 네 놈들 배를 가를 거라고. 아소 반장에게 안 전했어?"

"제대로 전했습니다."

평소에도 신랄한 말투로 말하는 미쿠리야지만 이번에는 노기에 살기까지 더했다. 이누카이도 그만 주춤하고 말았다.

"수사 인력도 늘렸습니다. 반장님은 오늘 밤까지 새셨어요."

"그 결과가 세 번째 희생자인가? 잔소리는 나중으로 미루지. 일단 고인과 직접 만나도록 해."

미쿠리야가 발밑을 덮은 시트를 걷자 가장 먼저 눈에 익은 금발이 시야에 들어왔다. 피부는 색을 잃었고 복부에는 이미 시그니처가 된 봉합 흔적이 선명하게 남아 있었다. 더불어 경부에서 목을 조른 흔적이 희미하게 발견됐다.

"직장 온도와 사후경직, 그리고 안구의 백탁 상태로 추측건대 숨진 지 다섯 시간에서 여섯 시간 지났어."

역산하면 사망 추정 시각은 어젯밤 19일 밤 11시부터 12시 사이라는 의미다.

"사인은 마찬가지로 그 수술 방식 때문입니까?"

"아니."

미쿠리야는 경부에 남은 삭흔을 가리켰다. 분명 손으로 조른 흔적은 아니지만 끈 종류를 사용한 것치고는 가느다랗고 변색 상태도 심하지 않았다.

"보기 드문 흔적인데요."

"삭흔보다 찰과상이야. 유도의 조르기 기술에 가까워."

다음으로 시신 옆에 쌓인 옷을 가리켰다.

"이 소년이 입고 있던 화이트 셔츠 옷깃과 목에 남은 흔적이 일치해. 유도의 안아조르기 기술을 사용하면 이런 흔적이 남지."

경찰학교에서 웬만한 격투기는 배우기 때문에 안아조르기가 어떤 기술인지 안다. 등 뒤에서 상대의 왼쪽 겨드랑이에 왼손을 넣고 왼쪽 옷깃을 아래로 당겨 조인다. 그다음 오른손으로 팽팽해진 왼쪽 옷깃을 움켜쥔다. 마지막으로 왼손으로 오른쪽 옷깃을 잡고 아래로 당기면서 오른손 손목을 돌려 조른다. 조르기 기술 중 기본 중의 기본이라고 할 수 있다.

"경동맥을 압박당한 상대는 실신해. 즉시 손을 풀면 뇌로 가는 혈류가 다시 흐르지만 계속 조르면 의식을 잃은 상태가 지속되지. 그대로 방치해도 위험한데 범인은 친절하게도 의식불명이 된 피해자의 코와 입을 막은 듯해."

미쿠리야는 시신의 눈꺼풀을 열었다.

"여길 봐. 안구에 점 출혈이 나타났어. 부검하면 각 장기에 울혈이 발견될 거야. 이제 심장과 대혈관 내 혈액이 암적색 유동성을 보이면 질식사의 세 가지 조건이 완성되지."

"하지만 목의 찰과상과 봉합 흔적 외에 눈에 띄는 외상은 없지 않습니까."

"범인은 프로 격투가까지는 아니지만 기술이 숙련된 인물이야. 유도를 웬만큼 배운 사람이라면 중학생을 처리하는 일 따위 식은 죽 먹기일 거야."

"범행 현장도 여기일까요?"

"그건 감식에게 물어. 식은 죽을 먹었어도 발자국에 특징은 있겠지."

"안아조르기 같은 기술을 쓰면 옷깃에 범인의 피부가 남죠?"

"범인이 맨손이었다면 그렇겠지."

냉담한 말이 이누카이의 기대를 처참히 부스러뜨렸다. 12월 중순을 지나 꽁꽁 얼어붙는 시기에 장갑을 끼는 사람은 적지 않다. 더욱이 최근에는 장갑 소재도 다양해서 세게 마찰해도 표면이 벗겨지지 않는 제품이 판매된다. 살인에 능숙한 범인이라면 당연히 그 정도 장비는 생각해 뒀을 터다.

"이것도 감식에서 할 일이지만, 언뜻 보기에는 셔츠 옷깃에 그럴듯한 잔류물을 보이지 않았어. 하긴 내 눈은 현미경과 비교할 수 없을 정도로 옹이구멍이지만."

자조처럼 들리는 말이지만 자부심의 반증이었다. 미쿠리야의 관찰력과 정밀함은 감식과 사람도 혀를 내두를 정도기 때문이다. 물론 현미경과 비교할 수는 없지만 그의 소견을 결코 무시할 수 없었다.

"봉합 흔적도 같은 의사의 소행일까요?"

"표피의 회복 상태를 보면 피해자는 수술 후 꽤 오래 며칠이나 살았어. 처음부터 장기만 적출하고 죽일 생각이었다고도 볼 수 있지만 이 봉합 흔적을 보면 역시 돌팔이나, 그도 아니면 메스를 잡은 지 얼마 안 된 의대생 아닐까. 아무튼 도저히 생명을 맡길 엄두가 나지 않는 놈이야. 그런 돌팔이가 날뛰게 하다니 그런 너희도 용서가 안 돼."

처음에 선언한 대로 잔소리 시간이 시작됐나.

"도쿄 내 의사면허를 취득한 놈이 아무리 많아도 이 정도로 실력이 미숙한 놈은 오히려 소수일 거야."

"무면허일 수도 있습니다."

"메스를 포함해 의료기구를 다루는 기업과 도매업자는 한정돼 있어. 최종 소비자 중에서 정상적인 의사를 쳐내면 나머지 찌꺼기 중 범인이 있겠지."

말 안 해도 안다는 항변은 목구멍으로 삼켰다.

"최종 소비자는 다른 반에서 조사하고 있습니다. 하지만 최근에는 다크웹에 의료기구까지 경매로 올라오고 있어요. 정식 경로로 입수하지 않은 경우 수사가 난항을 겪을 겁니다."

"……인터넷에서 오만 가지를 다 판단 말인가."

"요즘 세상이 그래요."

"간도 인터넷에서 팔아 줬으면 세 사람은 배가 갈리지 않았을 테지."

미쿠리야는 이식학회 사람들이 들으면 기함할 말을 비꼬듯 내뱉은 뒤 편의점을 나갔다. 두 사람의 대화를 옆에서 지켜보던 나가쓰카가 조심스럽게 말을 걸었다.

"왕지엔순 때보다 더 분노한 것 같네요."

"무슨 조화인지 세 건 모두 미쿠리야 검시관이 맡았으니까요."

"그럴 만하네요."

무심코 뱉은 말이었겠지만 분한 마음이 느껴졌다.

"그러고 보니 나가쓰카 형사님과 피해자는 오래전부터 알고 지낸 사이죠? 베이커 스트리트 보이스로서."

"셜록 홈즈와 왓슨처럼 유용하지는 않았어요. 기껏해야 정보망 중 하나였죠. 그래도……."

나가쓰카 나름대로 정이 있었으리라. 말을 끊은 채 한동안 무언가를 견디는 모습이었다.

"……실례했습니다. 시신을 발견한 세 사람을 대기시켜 놨습니다. 이야기해 보시겠어요?"

"부탁합니다."

세 사람은 경찰차 뒷좌석에 모여 앉아 있었다. 모두 열다섯 살, 요나미네 데루오와는 동급생이라고 한다. 오른쪽부터 가키우치 다카야, 아이다 구니히코, 마루오 쇼타. 그런데 세 사람 사이에서도 서열이 존재하는 듯 경찰의 질문에 대답하는 사람은 오로지 다카야뿐이었다.

이누카이가 조수석에 타자 세 사람은 말없이 이누카이를 쳐다봤다. 얼굴을 기억하는 눈치니 성적이 나쁘지 않다는 말은 거짓이 아닐 수도 있겠다.

"시신을 발견한 사람은 누구야?"

이 질문에 세 사람이 모두 손을 들었다.

"발견 당시 상황을 말해 봐."

"만나기로 해서 나갔어요, 우리."

역시 다카야가 대답했다.

"어젯밤 10시에 샤쿠지이역 앞 편의점에서. 그런데 우리 셋만 모였고 데루오는 30분이 넘도록 나타나지 않았어요. 그 녀석은 시간을 칼같이 지키는 놈이라 늘 우리보다 먼저 나오는데 어제따라 늦었죠."

"휴대폰이 있잖아."

"여러 번 전화해도 안 받더라고요. 지금까지 이런 일은 없어서 짚이는 곳을 찾아보자고 우리끼리 이야기했죠."

"그래서 아지트인 여기로 온 건가? 시신은 어떤 식으로 쓰러져 있었지?"

"가게 한가운데에 덩그러니요."

"시신 주변에 뭐가 떨어져 있지는 않았고?"

세 사람은 기가 죽은 모습으로 고개를 저었다. 차량 실내 등이 어두워서 또렷하게 보이지는 않지만 세 사람 모두 안색이 나쁜 것 같았다. 아무리 비행 청소년이라고 해도 시신을 볼 일은 많지 않기 때문이다.

"애초에 모인 이유가 뭐야? 역 앞에 우르르 몰려다녀봤자 돈이 없으면 게임센터에도 못 가잖아."

"쏜다고 하더라고요."

"데루오가? 중딩 주제에 도대체 무슨 바람이 불어서?"

"몰라요. 그냥 그저께 좋은 돈줄을 찾았으니 19일 밤에 모이라고 했어요."

"좋은 돈줄? 누굴 협박하기라도 한 건가?"

"그러니까 모른다고 했잖아요. 그런 돈줄이면 우리도 좀 나눠 갖고 싶으니까 데루오에게 물었어요. 그런데 안 알려주더라고요. 그 대신 한턱 쏘겠다고 했어요."

"……좀 이상하다고는 생각했어요."

쇼타가 갑자기 말을 얹었다.

"데루오는 지난달까지만 해도 빚이 장난 아니었거든요.

193

그런데 어느 틈에 빚을 다 갚고 이번에는 형편이 좋아졌다는 식으로 말했어요."

쭈뼛쭈뼛 이누카이의 눈치를 보는 모습이 작은 동물을 연상케 했다.

"잠깐, 그게 무슨 말이야. 빚이 장난 아니었다니."

"내기 마작이요. 데루오가 거기서 져서 92만 엔이나 빚을 졌어요."

"92만 엔? 중학생이 질 법한 빚이 아닌데."

"처음에는 우리끼리 했어요. 1천 점에 40엔 정도로."

1천 점에 40엔. 계산하면 반장 마작*에서 아무리 크게 져도 2천 엔 정도다.

"그런데 데루오 놈이 기고만장해서 어느 날부턴가 마작장에 가서 치기 시작했어요. 거기서 질 나쁜 놈들이랑 둘러앉아서……. 결국엔 판이 커져서 1천 점에 1만 엔까지 갔죠. 그래서 빚을 그만큼이나 진 거예요."

1천 점에 1만 엔이라는 판돈은 오랜만에 들은 기분이다. 판돈이 너무 커서 야쿠자와 엮인 연예인이나 운동선수들

---

* 마작 게임의 기본 단위. 한국과 중국에서는 보통 1장(1년)으로 하고 일본은 이를 절반으로 줄인 반장으로 한다.

이나 치는 시세였다.

함께 마작을 한 상대가 야쿠자라면 데루오가 걸려들었다고 봐도 무방했다. 처음에는 적은 판돈으로 이기게 해서 사행심을 부추긴다. 그렇게 서서히 판돈이 커지고 본인이 눈치챘을 때는 빚이 눈덩이같이 불어난다. 물론 중학생이 그만한 판돈을 낼 수 없다는 사실은 상대도 안다. 빚을 지우는 형태로 당사자를 예비 구성원으로 만드는 작업이다.

"그렇게 많은 빚을 갚은 데다 이번에는 자기가 쏜다고 하고, 대단한 돈줄을 잡았구나 싶었죠."

"지금 이 이야기 사실이야?"

"이런 거짓말 해봤자 진짜 같겠어요?"

경시청으로 들어간 뒤로 줄곧 강력범을 상대했기에 생활안전과와 달리 아이를 만날 기회가 별로 없었다. 그래도 아이의 거짓말은 눈치채기 쉬웠다. 특히 비행 청소년들은 폭력에 의존하는 부류가 많고 폭력을 행사하는 데 말은 필요 없기 때문에 남을 속이는 말솜씨가 발달하지 않았다.

이누카이는 세 사람의 얼굴을 관찰한 결과 그들의 진술에 크게 거짓이 없다고 결론지었다.

그때 차에 타는 나가쓰카에게 물었다.

"보호자에게는 벌써 연락했습니까?"

"네 명 중 두 명은 연락이 됐습니다. 곧 데리러 올 겁니다."

미묘하게 일그러지는 다카야의 얼굴을 이누카이는 놓치지 않았다.

"잠깐 내릴까요?"

차에서 내린 것은 최소한의 배려였다. 그들도 굴욕과 열등감을 느낀다.

"보호자와 연락이 닿지 않는 사람은 데루오와 다카야군요."

"맞습니다. 아이들의 신병을 확보하고 연락을 시도했지만 그 두 사람의 가족과는 연결되지 않아서요. 뭐, 녀석들에게는 드문 일이 아닐 거예요."

나가쓰카는 체념한 듯 탄식했다.

"한쪽 부모, 경우에 따라서는 부모가 둘 다 집을 비운 가정이 꽤 됩니다. 심야 근무를 하거나 부모 본인이 밤새도록 놀러 다니거나, 사정은 다양하지만 부모가 계속 불건전하게 생활하면 자녀의 생활에도 영향을 미치죠."

"데루오는 휴대폰을 지니고 있었습니까?"

"아뇨, 현장에서는 발견되지 않았습니다."

증언대로 데루오가 대단한 돈줄을 잡았다면 그 돈줄과 어떠한 접촉을 시도했을 테고, 데루오 또래 아이들은 보통 휴대폰으로 연락한다.

훌륭한 돈줄을 찾았다고 친구들에게 큰소리친 날이 그저께, 살해당한 날은 어제. 협박당한 사람은 종종 역습을 노린다. 시간 흐름으로 추리하면 데루오는 협박 상대에게 살해됐을 가능성이 매우 컸다.

범인은 범행 후 당연히 자신과 연락한 기록을 남기지 않으려고 휴대폰은 처리하려 할 것이다. 데루오의 휴대폰은 틀림없이 범인이 갖고 갔을 것이다.

"젠장."

나가쓰카가 작은 소리로 중얼거렸다.

"설마 살해당할 줄이야."

원통한 감정이 말꼬리에 배어 나왔다. 이누카이를 흘긋 살핀 나가쓰카가 부끄러운 듯 고개를 돌렸다.

"죄송합니다. 사적인 감정을 개입시킬 생각은 없는데."

"아닙니다."

다루는 방법은 거칠었지만 장차 경찰로 키울 생각까지 생각했던 소년이다. 가슴에 감회가 휘몰아치리라 생각해 내버려 두기로 했다.

"역시 아이가 피해자인 사건은 더 괴롭네요. 특히나 피해자와 아는 사이라면 더더욱."

"데루오의 집이 어딘지 아십니까?"

"당연하죠. 부모에게 시신을 확인해 달라고 요청해야 해서 이제 방문할 예정입니다. 함께 가시겠어요?"

대답할 필요도 없었다.

"요나미네 데루오의 집은 공원 남쪽에 있어요. 예전에도 설명했듯 새 주택지와 구 주택지가 뒤섞인 지역입니다."

데루오의 집으로 향하는 차 안에서 나가쓰카가 인근 주택 정보를 확인하기 시작했다. 같은 공동주택이라도 보안 시설을 철저하게 갖춘 신축 맨션과 개축도 안 된 낡은 아파트가 공존한다는 이야기였다.

"데루오의 집은 후자입니다."

이야기 내용이 오지오 마사토와 겹칠까 봐 염려됐다.

"부모님은 두 분 다 계십니까?"

"계시지만 별 의미는 없어요. 본인 말로는 세 사람이 다 같이 만나는 건 1년에 몇 번뿐이라더군요."

"심야 근무 때문에 생활 시간대가 맞지 않습니까?"

"그런 번듯한 이유가 아닙니다. 있는 그대로 말하면 가정이 파탄되기 일보 직전인가 보더라고요."

"데루오 본인에게 들었습니까?"

"경찰에서 아이들을 지도할 때 집안 사정을 대면 조사하니까요. 아버지는 이렇다, 어머니는 이렇다 단편적으로 이야기했지만 연결해 보니 전혀 가족의 기능을 못 하는 것 같았습니다."

마침내 나가쓰카가 차를 세웠다.

오전 6시가 넘었지만 동쪽 하늘이 겨우 어슴푸레 밝아오기 시작했고 주변은 아직 어둑어둑했다. 데루오의 아파트는 3층 건물로 역시 20년도 더 전에 지어진 공동주택으로 보였다. 석면을 사용한 것 같은 낡은 슬레이트 지붕, 콘크리트가 벗겨진 계단, 그리고 작은 창문. 쇼와시대에 지었다고 해도 전혀 위화감이 없었다.

"3층 맨 안쪽 집입니다."

전에 방문한 적 있는지 나가쓰카는 헤매지 않고 곧바로 계단을 올라갔다. 3층 안쪽 집, 문패에서 확실히 '요나미네'라고 적혀 있었다.

그런데 문패를 보는 동시에 이상한 냄새가 코를 찔렀다.

순간 안에 시신이라도 방치되어 있나 싶었는데 다시 맡아보니 시취가 아닌 듯했다. 그러나 무언가 썩는 냄새는 틀림없었다.

나가쓰카는 이상한 냄새에도 굴하지 않고 문 옆 인터폰을 눌렀다.

한 번, 두 번.

반응이 없었다.

이런 시간에 방문했으니 심상치 않은 용건이라는 것을 알 만하다. 그런데 반응이 없다니 부모 모두 집을 비운 것 아닌가.

그러나 나가쓰카는 인터폰을 집요하게 계속 눌렀다. 여덟 번째 눌렀을 때 드디어 집 안에서 기척이 들렸다.

─시끄러워 죽겠네! 지금 시간이 몇 신데 난리야!

"샤쿠지이 경찰서의 나가쓰카라고 합니다. 아드님, 데루오 군 건으로 왔습니다."

─여보, 데루오 때문에 경찰이 왔대. 당신이 나가봐.

─……나 아직 자는 중이잖아. 그딴 일로 깨우지 마.

─경찰이잖아, 경찰. 다른 사람들이 들으면 어떡해.

─시끄러워 죽겠네.

─분명 무시해도 안 돌아갈 거야.

─젠장.

기다리니 발소리 대신 나일론과 종이가 스치는 소리가 다가왔다. 집 안에서 얼굴을 내민 사람은 면도를 하지 않아 수염이 덥수룩한 남자였다.

"데루오가 무슨 짓을 저질렀습니까?"

남자가 얼굴을 내밀자마자 집에서 냄새가 단번에 쏟아져 나왔다.

코가 마비되는 기분이었다. 시취가 아닌 것이 그나마 다행이지만 마치 동물성 단백질이 썩는 냄새를 농축시킨 듯한 냄새였다. 용케도 이런 자극적인 냄새 속에서 사는구나, 생각하며 나가쓰카의 어깨너머로 남자를 관찰했다. 누구나 자신의 냄새에는 둔감하다. 남자는 이상한 냄새를 맡지 못하는 눈치였고 그보다 경찰관의 방문이 몹시 귀찮은 기색이었다.

남자의 뒤로 쓰레기 더미가 보였다.

현관, 복도 가릴 것 없이 쓰레기봉투가 어른 허리 높이까지 쌓여 몸을 옆으로 틀지 않으면 지나갈 수 없어 보였다. 쓰레기봉투 벽은 그나마 나은 편이었다. 봉투와 봉투 사이는 크고 작은 플라스틱 용기와 페트병이 메우고 있었다. 바닥에는 옷과 골판지 상자와 잡지가 어지럽게 널려 있었고 심지어 신발과 우산까지 주거 공간을 침투했다.

전형적인 쓰레기 집이었다.

"아버님이십니까?"

"그런데요."

"저와 급히 동행하셔야겠습니다."

"또 잡혀갔나 보네요. 에휴, 데리러 갈게요. 하지만 낮까지 기다려……."

"데루오 군이 시신으로 발견됐습니다."

막 잠에서 깬 얼굴이 경악한 표정을 짓나 싶더니 뜻밖에도 아버지는 귀찮은 듯 머리를 긁적일 뿐이었다.

"어이, 데루오가 죽었다는데."

집 안쪽을 향해 말했다. 어머니로 짐작되는 여성이 안색을 바꾸며 뛰쳐나왔다.

"데루오가? 왜? 뭔가 착오가 있는 거 아니에요?"

"어머님이십니까? 안타깝게도 착오가 아닙니다. 저는 오래전부터 데루오 군을 알았습니다."

"그럴 수가……."

"데루오 군의 종적도 확인해야 합니다. 괴로우시겠지만 동행 부탁드립니다."

어머니의 이름은 미모리였다. 일단 외출복으로 갈아입고 뒷좌석에 올라탔다. 운전대를 나가쓰카에게 맡긴 이누카이는 미모리의 옆에 앉았다.

보통 아들의 사망 소식을 들은 직후에는 당황한 상태라 단도직입으로 물어도 제대로 대답하지 못한다. 우선 무난하게 집안 사정부터 확인하려고 했는데 의외로 이 주제가 무난하지 않은 이야기였다.

어머니 미모리는 24시간 슈퍼마켓에서 심야 근무를 하고, 아버지 도야는 공장 라인에서 작업원으로 일한다고 했다.

"맞벌이시네요. 그렇다면 딱히 생활고를 겪으시진 않겠네요."

그 집을 떠올리면 도저히 평범한 가정 같지 않았다. 쓰레기 집이 된 곳 대부분이 빈곤층이라는 데이터도 무시할 수 없었다.

만약을 위해 질문했더니 미모리가 고개를 떨궜다.

"맞벌이지만 넉넉한 형편은 아니에요. 돈이 있다면 그런 낡은 아파트가 아니라 새 맨션에 살았겠죠."

"실례지만 그 아파트에서 살면서 맞벌이까지 하시면 꽤 여유가 있지 않습니까?"

"아니요. 저도 남편도 빚이 있어서."

체념이 짙게 느껴지는 어투였다. 띄엄띄엄 말하는 미모리를 재촉하면서 요나미네 가족의 현주소가 머릿속에 그려졌다.

우선 도야는 파칭코 중독자라고 한다. 급여 대부분을 파칭코 비용으로 탕진하고 점심을 자주 거르는 듯했다. 미모리가 파칭코를 찾는 횟수를 줄이라고 푸념하면 곧바로 주먹이 날아와 최근에는 완전히 포기했다.

가장이 제대로 돈을 벌어오지 않으면 가계는 순식간에 파탄 난다. 미모리는 근무시간을 늘려 수입 상승을 노렸다. 하지만 심야 근무로 녹초가 되어 집에 돌아오면 집안일을 할 기력조차 없었다. 쓰레기를 1층 공간에 버리는 일조차 힘에 겨웠다. 파칭코 가게가 문을 닫아서 남편이 미모리보다 집에 일찍 와도 싸구려 술에 취한 그에게 쓰레기를 버려 달라 부탁할 수도 없었다.

어느새 도야는 파칭코에 미쳐서 빚을 내기 시작했다. 매달 빚 갚는 돈이 생활비를 잠식했다. 미모리는 정신적으로 체력적으로 궁지에 몰렸다.

"그럴 때 빠졌어요. 소셜 네트워크 게임에."

이누카이는 해본 적 없지만 항간에 유행하는, 주로 스마트폰용 온라인 게임을 뜻했다. 무료 게임도 있지만 대부분 캐릭터를 강하게 만들 레어템을 얻기 위해서는 돈을 써야 했다.

"레어템이 계속 나와서 돈 쓰는 걸 멈출 수 없어요."

"그래봤자 게임 아닙니까."

"게임을 안 하는 사람들은 으레 그렇게 말하죠. 해 본 사람만 알아요. 자신이 고른 캐릭터가 점점 강해지는 쾌감 말이에요."

얼마 지나지 않아 자신의 파트타임 수입까지 끌어다 썼고, 그마저도 부족해서 급기야 미모리도 사채의 문을 두드리게 됐다.

"있잖아요, 문득 정신을 차리고 보니 웃음이 나오더라고요. 땀 흘려 일해도 월급 대부분이 사채를 갚느라 사라진다고 생각하니까. 하지만 집에 가서 스마트폰을 만지다 보면 힘든 일도 슬픈 일도 다 잊게 되더라고요."

이누카이는 내심 탄식했다.

이게 다 무슨 소리인가. 데루오뿐 아니라 부모도 도박 빚을 졌다는 말인가.

"늦게까지 게임에 빠져 있으면 잠도 부족할 텐데요."

"그럴 때는 억지로라도 자요. 남편이 사온 발포주를 마시면 푹 잘 수 있으니까."

쓰레기 집 바닥에 굴러다니던 캔이 떠올랐다. 캔에 붙은 라벨로 알코올 도수가 높은 발포주임을 알았다. 핵심은 저렴한 돈으로 쉽게 취할 수 있는 술이었고, 노골적으로 말하면 빈곤층을 상징하는 술이기도 하다.

거주 공간에 둥지를 튼 황폐의 정체는 가난과 절망, 그리고 현실 도피였다. 썩은내의 정체는 가난의 냄새였다.

어두컴컴한 집에서 데루오가 무엇을 느끼고 무슨 생각을 했을까.

"남편은 파칭코 가게가 문을 닫으면, 저는 파트타임이 끝나면 집으로 돌아오는데 데루오는 밤늦게까지 놀러 다니니 세 사람이 얼굴 볼 기회가 잘 없어요."

"학교는 안 다녔습니까?"

미모리가 잠깐 침묵한 뒤 고개를 숙인 채 기어들어가는 목소리로 대답했다.

"올해 2학기부터는 계속 등교를 거부했어요."

"성적이 나쁘지 않았다고 들었는데요."

"성적이 문제가 아니라…… 저기…… 실은 2학년이 된 뒤로 계속 급식비를 안 내서……."

기가 막혀서 순간 목소리도 나오지 않았다. 직전까지 미모리에게 느꼈던 동정심도 산산이 부서져 사라졌다. 아이 급식비도 내지 않고 파칭코와 게임에 열심히 돈을 퍼붓고 있었다는 말인가.

"최근 데루오 군이 돈 문제로 의논하지는 않았습니까?"

"의논이라고 해야 하나…… 농담 같았지만요. 평소 같으면 밤에 놀러 나가는데 계속 내가 돌아오기만을 기다린 날이 있어요. 얼굴을 보자마자 갑자기 92만 엔 없냐고 하더라고요."

"그래서 어떻게 하셨습니까?"

"그런 돈이 어디 있냐고 했죠. 그게 다였어요."

92만 엔. 아버지와 어머니가 애를 쓰면 마련할 수 있을 만한 금액이다. 그러나 정작 부모는 자신들의 쾌락을 자녀 급식비와 맞바꾼 인간들이다. 미모리에게 거절당한 데루오의 심정이 상상이 갔다.

나가쓰카는 백미러를 쳐다보지 않고 말없이 운전대를 잡고 있었다. 그가 한 말로 미루어 보아 데루오가 처한 환경을 어느 정도 알았을 터다. 학교 성적이 나쁘지 않은데도 비행 청소년이 될 수밖에 없는 현실을 나가쓰카는 어떤 눈으로 지켜봤을까. 경찰관의 자질이 있든 없든 그 아이를 경찰로 키우고 싶어 한 나가쓰카의 심정을 비로소 이해할 수 있었다.

"데루오 군의 배에 봉합 흔적이 있는 것을 아십니까?"

"네……?"

역시 몰랐구나. 평소 제대로 마주치지도 않으니 아들의 변화에도 무관심할 수밖에 없어 보였다.

"데루오 군은 외과수술을 받았습니다. 입원부터 퇴원까

지 며칠이나 걸리니 그동안 집으로 돌아가지 않았을 겁니다. 기억 안 나십니까?"

"저기……, 데루오가 일주일 정도 집을 비우는 건 흔한 일이고 생활 패턴이 다르니 집에 오는지 가는지도 몰랐거든요……. 무슨 병에 걸렸나요?"

괴로운 현실은 되도록 나중에 들이밀고 싶었지만 이런 어머니에게는 배려할 필요가 없다는 충동이 일었다.

"데루오 군이 장기를 판 것 같습니다."

미모리가 천천히 고개를 들었다. 이누카이의 말을 이해할 수 없다는 얼굴이었다.

"질 나쁜 어른과 도박 마작을 해서 92만 엔 빚을 졌다고 합니다. 열다섯 살 소년이 그런 돈을 마련할 수 없죠. 그래서 자기 장기를 팔아 빚을 갚았습니다. 배에 남은 봉합 흔적은 바로 그 때문이라고 저는 추측합니다."

이누카이와 형사들이 현장에 도착했을 때 데루오의 시신은 법의학교실로 이송되기 직전이었다.

"이제 시신을 부검할 겁니다. 아무튼 데루오 군이 맞는지만 확인해 주시면 됩니다."

나가쓰카의 말이 끝나기도 전에 미모리가 뛰어갔다. 지금 막 스트레처카에 실은 데루오의 시신을 편의점 밖으로 옮기려던 참이었다.

시신을 옮기던 수사관도 미모리가 피해 소년의 어머니임을 짐작했는지 걸음을 멈추고 각자 한발 물러섰다.

미모리는 스트레처카 옆에 서서 머뭇머뭇 시트를 들췄다.

"데루오."

넋이 나간 목소리. 시트를 더 젖히고 배에 난 봉합 흔적을 확인한 순간 목소리가 단번에 변했다.

"데루오!!"

뱃속부터 쥐어 짜내는 소리로 외치며 그대로 시신에 얼굴을 묻었다.

한동안 아무도 말을 걸지 못했다.

2

12월 21일, 수사본부에 부검보고서가 도착했다.

"읽을 텐가."

아소가 보고서를 책상 위에 던졌다.

"특별한 내용은 없어. 대부분 미쿠리야 검시관이 말한 대로야."

특별한 내용이 없어도 직접 확인해 두는 것이 이누카이의 방식이다. 보고서를 가져와 훑어보니 확실히 처음부터 끝까지 미쿠리야의 견해를 보완하는 내용이었다.

"역시 간은 부분 적출했습니까?"

"약 3분의 1을 잘라냈다더군. 하지만 봉합이 어설픈 점이 여전히 풀리지 않는 의문이야. 장기를 부분 적출할 정도로 실력이 있으면서 왜 이렇게 대충 봉합했을까."

"그 점에 관해서는 다른 법의학 선생님에게 여쭤봤습니다."

형사부실에서 음울한 얼굴로 있던 아스카가 목소리를 높였다.

"우라와 의대에 법의학계에서 알아주는 선생님이 계세요. 그래서 세 소년의 시신 사진을 보냈습니다."

"미쓰자키 도지로 교수 말인가. 그래서 그 분야 권위자는 뭐라셨는데?"

"어떤 집도의들은 봉합할 때 습관이 생긴대요. 봉합 방법은 규정되어 있지 않으니 익숙해지면 자신만의 특징이 나타난다고요. 이른바 집도의의 사인 같은 거라고 합니다."

"잠깐만. 그러면 돌팔이나 아마추어의 짓인 줄 알았던 그게 경험 많은 집도의의 사인이라는 말인가."

"미쓰자키 교수님이 말한 가능성은 다음 두 가지예요."

메모를 저장했는지 아스카는 자신의 휴대폰을 바라보며 말했다.

"우선 실제로 그런 의사가 병원에 있는지는 별개로 레지던트나 실습을 제대로 이수하지 않은 의대생이 거의 독학

211

으로 기술을 익혔을 가능성. 이 경우 아무리 집도 경험을 쌓아도 기술이 향상되지 않기 때문에 그 어설픈 기술이 자신의 습관이 되어 버립니다."

옆에서 듣던 이누카이는 혐오로 가슴에 불쾌감이 치솟았다. 도대체 무슨 헛소리인가 싶었다. 생명이 뭔지도 모르는 아이에게 칼을 쥐여주는 격 아닌가.

"두 번째 가능성. 봉합 흔적이 집도의의 사인이나 다름없어서 일부러 어설픈 척하는 경우."

"그게 무슨 뜻이지?"

"적출 수술은 제대로 실력을 갖춘 집도의가 맡지만 불법 수술에 자신의 사인을 남기기 싫어서 개복과 마무리는 다른 사람이 대신하게 한 것 아닌가, 라고 하셨어요."

"흠. 그 대행자가 어처구니없을 정도로 초보였다는 해석인가. 그럴듯하군."

아소는 잠시 생각에 잠겼다가 이누카이에게 시선을 돌렸다.

"어떻게 생각해?"

"지금으로서는 아직……."

명확한 답변을 내놓을 정도로 정보가 충분하지 않다. 대답을 흐리며 어물쩍 넘어갈 수밖에 없었다.

의료기구 최종 소비자를 모조리 조사하는 수사는 지금도 진행되고 있었다. 그러나 미쿠리야에게 한 변명대로 다크 웹이나 인터넷 경매에서 거래된 상품은 예외다. 사용된 기구의 제조사도 명확하지 않으면 모래밭에서 바늘을 찾는 작업이나 마찬가지였다. 아니, 돗토리 사구에서 사금 한 알을 찾는 격인가.

"하지만 요나미네 데루오의 사인은 다른 두 소년과 달리 질식사야. 왜 데루오만 다른 방식으로 살해했을 것 같나."

"가장 먼저 짚이는 것은 간을 판 사람의 반격입니다. 요나미네 데루오는 빚이 92만 엔 있었어요. 간을 일부 적출한 오지오 마사토에게 2백만 엔이라는 가치가 있었으니 데루오도 빚을 갚을 만한 돈을 받았을 겁니다. 그런데 데루오는 왕지엔순이나 오지오 마사토와 달리 공갈과 폭행 같은 비행 청소년 길을 걸어 온 소년이죠. 장기 적출과 매매가 불법이라는 사실을 역이용해서 상대방을 협박했을 가능성이 크다고 봅니다."

"무엇보다 자기 몸이 물증이니까 말이지."

"네. 그리고 협박하는 자는 그 행위 자체가 살해당할 이유가 되죠."

"역으로 죽임을 당했다는 견해인가. 일단 논리적이긴 하군."

"현장에서 피해자 외 다른 사람의 유류품은 발견되지 않았습니까?"

"아직 분석 중이야."

아소의 얼굴이 흐렸다.

"한동안 아이들의 아지트였으니까 요나미네 데루오를 포함한 네 명, 그리고 현장에 발을 들여놓은 샤쿠지이 경찰서의 나가쓰카와 이누카이의 모발과 족적. 이 여섯 명 분을 제외해도 아직 불분명한 모발이 다수 존재해. 다만 현장은 누구나 출입이 자유로운 폐가지. 실제로 개와 고양이 같은 동물의 배설물도 검출됐고 겨울철에는 찬바람을 피하려는 노숙자도 들어왔어. 감식 말로는 결과가 나오려면 아직 시간이 걸린다는군."

"범행 현장이 편의점 안이었습니까?"

"그것도 알 수 없어. 시신 주변 땅바닥을 쓸어서 정리해서."

범행 현장이라서 정리했다는 해석과 수사에 혼선을 줄 목적으로 정리했다는 해석 모두 가능했다. 어쨌든 피해자가 피를 흘리지 않았기 때문에 특정하기 어려웠다.

"데루오의 휴대폰을 찾는다면 최고일 텐데요."

"공원에 마침 범인에게 떠먹여 주기라도 하듯 연못이 있어. 거기 던졌다면 데이터 복원도 어려워."

아소와 대화를 나누다 보니 수사가 사면초가에 빠진 느낌이었다. 부검이든 감식이든 새로운 단서가 나오지 않으면 수사의 향방도 혼란스러워진다.

데루오 살해 사건에서 요나미네 도야, 요나미네 미모리의 알리바이는 성립하지 않았다. 도야는 파칭코 가게가 문을 닫자 곧바로 아파트로 돌아와 홧김에 술을 마셨다고 한다. 밤 10시에는 미모리도 귀가한 뒤 소셜 게임에 몰두했다. 아파트에서 시신 발견 현장까지는 차를 타도 20분. 두 사람 모두 차가 없으므로 이동하는 데 시간이 더 필요하다. 사망 추정 시간에 대입하면 두 사람의 범행은 불가능하며 부부가 서로의 알리바이를 증명하는 셈이다. 그러나 가족 간 증언은 채택되지 않으므로 그나마 있는 알리바이도 의미가 없었다.

"부모의 알리바이를 조사해도 소용없어요."

아스카도 자신과 같은 생각을 하는 듯하다, 라고 생각했지만 착각이었다.

"애초에 부모가 아이를 죽일 이유가 없어요."

"글쎄."

동료의 오해를 방치하면 그릇된 판단의 원인이 될 수 있다. 비정한 이야기지만 아스카에게도 현실을 공유해야겠지.

"그야 요나미네 부부도 데루오를 소중하게 생각하지. 파칭코나 소셜 게임보다는 아니지만."

빈정거리는 표현이 섞여 나와 자기혐오를 느꼈다. 요나미네 가족의 상황을 목격하니 아무래도 부모 자식 간의 사랑이라는 존재가 의심스러워져 마음이 불편했다.

"간 3분의 1에 92만 엔이라니 저렴한 것 같기도 하군. 장기매매를 알선한 인물이 친부모일 가능성이 전혀 없지는 않아. 그랬다면 알선료는 부모가 챙겼을 수도 있어."

"그런 어처구니없는……."

"아아, 어처구니없는 가능성이라는 건 나도 알아. 하지만 아이 급식비를 자기들 오락비로 쓴 시점에서 그런 부모는 믿지 않는 편이 좋지."

"어머니는 시신에 매달려 울었다지 않았어요?"

"눈물쯤이야 언제든 짜낼 수 있지. 절망하는 연기도 마음만 먹으면 박진감 넘치게 할 수 있을걸. 그런 엄마도 존재하는 법이야. 너도 얼마 전에 중국에서 비슷한 사례를 봤잖아."

아스카는 분한 듯 입을 다물었다. 그 입술이 가늘게 떨렸다.

조금 지나쳤나.

다른 표현은 없었을까 드물게 반성하는데 아스카가 입을 열었다.

"왜 아이들만 노릴까요? 장기가 필요하면 성인도 상관없잖아요. 절대로 용서 못 해요."

아이가 얽히면 아스카는 평소와 다르게 행동한다. 그 행동이 긍정적으로 작용한다면 문제가 없지만 이번에는 부정적으로 작용할 우려가 있었다. 냉정하게 상황을 정리하기에는 소년들이 지나치게 유린당했기 때문이다.

"잠깐 나 좀 봐."

이누카이는 아스카의 팔을 잡고 형사부실에서 억지로 데리고 나갔다. 이 자리에서 충고해도 아소는 개의치 않겠지만 아스카의 반응이 걱정됐다.

"너무 감정 이입하지 마."

"저는 딱히……."

"우리는 소년들의 배를 가르고 요나미네 데루오를 질식사시킨 놈만 잡으면 돼. 용서할지 말지는 검사와 판사가 결정할 일이야. 게다가 이 사건은 실행범이 다가 아닐 수도 있어."

"무슨 짐작 가는 것이라도 있으세요?"

아직 가정의 근거조차 갖추지 못했기에 이누카이는 입을 다물었다. 하지만 실행범 외에 범행을 유발한 장본인은 짐작이 간다. 닳고 닳은 통설이지만 이번만큼 그것을 통감한 적은 없었다.

범인 중 하나는 틀림없이 '가난'이었다.

3

데루오의 부검 보고가 올라온 이틀 후, 요나미네 도야가 샤쿠지이 경찰서를 찾아왔다. 마침 수사본부에 있던 이누카이와 아스카는 혹시 자진 출두했나 싶어서 도야를 서둘러 취조실에 집어넣었다.

데루오의 시신은 이미 부검을 마치고 도야와 미모리 곁으로 돌려보냈다. 분명 오늘이 경야일 터다. 그런 날 출두했으니 특별한 사정이 있다고밖에 볼 수 없었다.

이누카이는 조급해지는 마음을 억누르며 취조실로 향했다. 그런데 함께 가는 아스카는 왜인지 내키지 않는 눈치였다.

"기분 나쁜 건 네 마음이지만 참고인 앞에서 그런 표정 짓지 마. 안 되겠으면 계속 그 표정을 유지하고. 네가 심란하다는 걸 상대가 간파할 만한 짓을 하면 즉시 방에서 쫓아낼 거야."

"불쾌한 기분만 들어요."

아스카가 얼굴을 찌푸린 채 토로했다.

"무슨 기분인데."

"파칭코에 돈을 쓰느라 아이 급식비를 내지 않은 아버지예요. 인간쓰레기 아니에요?"

여느 때보다 거친 말투가 신경 쓰였다.

"그 정도 일로 쓰레기 취급하는 거야?"

"그 정도면 충분하죠. 모든 일에 아이를 우선하라고는 못해도 하다못해 아이 점심은 굶기지 말아야죠. 그런데 파칭코라니."

아이가 엮이면 감정이 앞서는 점이 아스카의 단점이지만 이번에는 특히 심했다. 개인의 감정이 성과를 내는 데 도움이 될 때도 있지만 그렇지 않을 때가 압도적으로 많다. 이누카이는 아스카나 자신이 그런 감정의 소용돌이에 휘말리지 않도록 예방책을 쳤다.

"그 한 가지만으로 색안경을 끼고 보지 마. 예단의 원흉이 될 거야."

"백번 양보해서 인간쓰레기는 아니더라도 아버지로서 쓰레기라고요. 본인 사정으로 아이를 희생시키다니……."

아스카가 황급히 입을 다물었다.

자신의 사정으로 아이를 희생시킨다. 그야말로 '닥터 데스' 사건 때 이누카이가 사야카에게 한 일이었다. 이누카이는 모르는 척 앞장서 걸었다.

"인간쓰레기든 아버지로서 쓰레기든 참고인 중 한 명이라는 사실을 잊지 마. 성인의 말이든 쓰레기의 말이든 증언이라는 사실은 다르지 않으니까."

취조실에 있던 도야는 아파트에서 보인 모습과 달리 다소 조심스러워하는 기색이었다.

"정말 죄송합니다, 수사로 바쁘신데."

"아뇨, 괜찮습니다. 데루오 군 장례식이 오늘이었죠?"

"오늘 밤 경야고 내일 영결식이에요. 구에서 지정한 장례식장에서 치르게 됐습니다."

"구에서 지정한 장례식장이 무슨 의미가 있습니까?"

"지정된 장례식장을 이용하면 보조금이 최대 3만 엔까지 나오거든요."

장례비용을 아낀 것이 마치 자랑이라도 되는 양 떠들어

댔다. 아니나 다를까 아스카의 미간 주름이 아까보다 더 깊어졌다.

"내일 영결식에는 본부에서 수사관을 파견할 테니 참고 바랍니다."

왕지엔순과 오지오 마사토 때와 달리 이번에는 살의가 뚜렷한 범행이었다. 범행 현장 혹은 피해자의 장례식에 범인이 나타난다는 정석이 통할지도 모른다.

"혹시 조문객을 체크하시나요?"

"경찰로 보이지 않는 사람을 보내겠습니다. 무슨 불안하신 점이라도 있습니까?"

"아뇨. 아무리 수사여도 장례식에 참석한다면 부의금을 받을 수 있을까 해서요."

도야를 물끄러미 응시했지만 아무래도 농담하는 것 같지 않았다.

"수사입니다."

장황하게 설명하기에도 짜증 나서 한마디로 정리했다. 그러자 도야는 어쩔 수 없다는 듯 뺨을 긁적였다.

"하긴, 그렇죠."

"아내 분께도 말씀드렸지만 데루오 군에게는 자신의 간을 판 혐의가 있습니다."

"집사람한테 들었습니다. 애답지 않게 빚을 92만 엔이나 졌다면서요. 내 아들이지만 대단한 놈이에요."

"빚을 진 게 대단하다고요?"

"돈을 빌릴 수 있다는 건 사회적 신용이 있다는 말이잖아요. 남자의 능력 같은 거죠."

"남자의 능력이라서 도박 마작은 불법이라고 꾸짖거나 돈을 대신 마련해 주지 않았다는 말입니까?"

"빚 이야기는 고사하고 도박 마작을 하는지도 몰랐어요. 하기야 알았다 한들 빚을 대신 갚아줄 마음도 여력도 없지만."

아스카도 아니건만 그토록 담담한 척하던 이누카이도 도야와 대화하는 사이 화가 났다. 아버지로서 실격이라며 비난하기는 쉽지만 자신의 자식을 돌보지 않는 모습이 자신과 겹쳐 보였기 때문이다.

"열다섯 살 소년이 스스로 장기매매 매수자와 중개인을 찾았다고 보기는 어렵습니다. 그쪽에서 먼저 접촉했을 가능성이 크죠. 최근 데루오 군에게 접근한 어른 중 짚이는 사람은 없습니까?"

"없어요."

도야는 당황한 모습으로 고개를 갸웃했다. 이 또한 짜증

을 유발하는 행동이었지만 이누카이와 아스카를 도발하려
는 의도는 아닌 듯했다.

"아무튼 집에 있어도 서로 얼굴 볼 일이 거의 없어서 몰
랐습니다."

"간을 적출하고 회복하려면 며칠 입원해야 했을 겁니다.
그동안 집을 비웠는데도 모르셨습니까?"

"녀석은 툭하면 말도 없이 외박했거든요. 내가 야간 근무
로 늦게 퇴근해도 좀처럼 얼굴을 볼 수 없었던 이유 중 하
나도 녀석이 집에 돌아오는 날이 들쭉날쭉해서예요."

아들이 상습으로 무단 외박을 해도 부끄러운 기색 하나
보이지 않았다. 이 가족은 무너지고 있다던 나가쓰카의 말
은 정곡을 찌르는 표현이었다.

"가족 간 다툼은 없었습니까?"

"가족 간 다툼이요? 하하, 가정폭력인지 뭔지 그런 거 말
씀하시는 겁니까? 그런 건 없었어요. 이래 봬도 우리 집은
가부장적이라 내 위엄은 절대적이었으니까."

아스카 주변에 위태로운 분위기가 감돌았다. 이누카이
조차 화가 치밀 정도니 아스카의 분노는 상당하리라. 그녀
의 성격을 생각하면 여기서 분위기를 한번 누그러뜨려야
했다.

"가장의 권위가 절대적이라 급식비를 1년 넘게 체납하고도 개의치 않았습니까?"

무례한 질문에 도야가 화를 내더라도 그것은 그것대로 유익했다. 도무지 부모 같지 않은 언행들이 허풍인지 아닌지도 검증할 수 있고 뜻밖의 증언을 이끌어낼 수 있을지도 모른다.

하지만 예상과 달리 도야는 눈 하나 꿈쩍하지 않았다.

"왜 아이 급식비를 부모가 내야 합니까? 중학교까지는 의무교육이잖아요. 한마디로 나라가 책임지고 아이를 돌본다는 뜻이잖아요. 그러면 점심까지 챙겨 줘야죠. 애초에 부유층과 우리 같은 빈곤층을 똑같이 대하는 게 문제예요. 부잣집 아이는 유상으로, 가난한 집 아이는 무상으로 해야죠. 안 그래요?"

지금 상황과 어울리는지는 몰라도 이누카이 머릿속에 적반하장이라는 말이 떠올랐다.

"데루오 군이 장기매매에 대해 뭐라도 말한 적 있습니까?"

"살아 있을 때는 못 들었습니다."

이누카이의 특기는 남자의 거짓말을 꿰뚫어 보는 것이다. 안면 근육의 움직임, 행동, 어조와 억양. 그것들을 유심히 관찰하면 거짓을 말할 때는 미세한 변화가 생기는 것을 알 수 있다.

하지만 도야는 그런 변화가 전혀 없다고 해도 좋을 정도였다. 이 남자는 아버지의 역할도 책임도 이미 오래전에 포기했구나, 라는 생각만 들었다.

과거 이누카이처럼.

"오늘 출두하신 이유는 무엇입니까?"

"아, 그거요. 사실 장기매매 때문에 왔어요."

자신도 모르게 몸에 힘이 들어가며 상체를 쑥 내밀었다.

"데루오 군에게 무슨 이야기를 들으셨군요?"

"아뇨, 가격 책정이 도무지 납득이 안 가서."

뭐라고?

"아들의 간은 3분의 1 적출했다던데요. 그걸로 92만 엔어치 빚을 갚았다고. 그러니까 3분의 1에 92만 엔인 셈이죠."

"네. 어디까지나 단순히 계산하면 그렇죠."

"너무 싼 거 아닙니까?"

도야도 상체를 쑥 내밀었다.

"인터넷에서 불법 사이트를 좀 들여다봤는데 미성년자의 간은 희귀해서 절반이라도 2백만 엔 정도에 거래되더라고요."

불쾌한 예감이 엄습했다. 그다음에 나올 말을 재촉하고

싶은 마음이 사라졌지만 도야는 이누카이의 언짢은 기색을 눈치채지 못한 듯했다.

"즉 시세로 따지면 데루오의 간 3분의 1은 130만 엔에서 140만 엔이라는 소리인데. 데루오는 92만 엔어치 빚만 갚고 끝났어요."

"무슨 말씀이 하고 싶으십니까."

"그러니까 말이에요. 실제로 데루오가 받은 돈도 130만 엔에서 140만 엔 사이가 아닐까 싶어서요. 나머지 4, 50만 엔. 그 돈, 혹시 데루오가 어디 맡겨두거나 숨겨둔 것 아닙니까?"

이제 도야는 아버지의 얼굴이 아니었다.

돈독이 잔뜩 오른 자의 얼굴이었다.

"데루오 군은 발견 당시 소지한 현금이 많지 않았습니다."

"그러니까 어디 맡겼거나 숨긴 거 아니냐고 묻잖아요."

도야는 몸을 점점 더 내밀었다. 입에서 썩은내가 났다.

"만약 남은 돈이 발견되면 말입니다. 당연히 상속권은 부모인 우리에게 있으니 돌려받을 수 있죠? 오늘은 그걸 확인하러 왔습니다."

불길한 예감이 들어 바로 옆을 살피니 아스카가 바지 양 무릎을 꽉 움켜쥐고 있었다. 힘을 세게 줬는지 손가락 관절이 하얗게 변했다.

"녀석이랑 어울리던 아이들에게 물으니 살해당한 날은 모두에게 쏜다고 했다던데요. 그러니까 그 시점에는 현금을 많이 가지고 있던 셈이죠."

도야는 사실을 오인했다. 데루오가 친구들을 불렀을 때는 범인으로 짐작되는 인물과 만나기 전이었다. 이누카이의 추리로는 데루오가 상대를 공갈해 금전을 얻으려 했을 것이다. 만약 데루오에게 남은 돈이 있었다면 그 시기에 협박할 생각은 하지 않았으리라. 적어도 살해 당일에는 지갑이 가벼웠을 터다.

"거듭 말씀드리지만 발견 당신 데루오 군은 소지한 현금이 많지 않았습니다. 현장에 떨어진 돈도 없었고요."

"범인이 가져갔겠죠. 그러니까 범인을 잡으면 그 돈을 꼭 찾아달라는 말입니다."

경찰관으로서는 불필요한 질문이지만 같은 아버지로서 물었다.

"데루오 군의 복수를 생각해 본 적은 있습니까?"

"그래도 남들만큼 억울한 마음은 있어요."

도야가 싸늘한 얼굴로 말했다.

"이제 겨우 돈을 벌 수 있는 나이까지 키워놨는데 죽였잖아요. 손해가 막심하다고요."

더 이야기해도 유익한 정보는 얻을 수 없을 것 같았다. 아스카의 분노가 폭발하기 전에 돌려보내는 편이 나을 것 같았다.

"범인을 체포한다면 데루오 군이 갖고 있었을지도 모르는 현금의 행방도 밝혀질 겁니다. 그러기 위해서라도 수사에 협조해 주십시오."

"그건 뭐 우리도 바라 마지않는 일이에요."

도야를 경찰서에서 쫓아낸 정면 현관에서 아스카는 깊은 한숨을 내쉬며 어깨를 축 늘어뜨렸다.

"신문은 내가 했는데 왜 네가 지친 거야?"

"스스로 억누르느라 그렇게 고생한 적은 처음이에요."

"피해자의 억울함을 풀려는 건 좋지만 너무 감정 이입하면 수사에 지장이 생겨."

그러자 아스카는 시름에 잠긴 표정으로 말했다.

"가난은 범죄를 낳는다는 말이 있죠."

"아. 부정할 수 없군."

"그렇다고 가난한 가정에서 태어나 자란 모든 사람이 어긋나는 건 아니에요. 가난은 어디까지나 외부 요인 중 하나일 뿐, 소년을 잘못된 길로 몰고 가는 직접적인 원인은 가족이에요."

"요나미네 가족처럼 말인가."

"부모가 둘 다 있어도 외로웠을 거예요. 중학생이 갚지
못할 빚을 져도 상담할 사람이 없었죠. 본래 올바른 길로
인도해야 할 어른이 무궤도 인생으로 하루살이처럼 살았
죠. 아이가 길을 잘못 들었어도 아이 탓을 할 수 없어요."

아스카의 말을 들으면서 마치 자신을 나무라는 듯해 견
딜 수 없었다.

"관할서에 근무하던 시절부터 그런 환경에 놓인 아이들
을 많이 봤어요. 아직 선악을 판단하지 못하거나 세상 물정
을 모르는 아이에게 부모의 존재는 결코 작지 않아요. 부모
는 없어도 아이는 자란다는 말이 요즘 세상에서는 통하지
않는다고요."

가난은 부모의 애정과 양식까지 죽여 버린다는 뜻인가.

"그런 의미에서 데루오 군을 죽인 범인 중 한 명은 틀림
없이 저 아버지예요."

다음 날, 오후 1시부터 요나미네 데루오의 영결식이 시
작됐다. 구가 지정한 장례식장이라는 말은 들었는데 상당
히 넓어서 3백 명은 수용할 수 있어 보였다.

다만 장례식장 크기에 비해 조문객은 많지 않았다. 시작하기 5분 전인데도 방명록을 적는 접수대에 선 줄은 스무 명 정도밖에 되지 않았다.

경야에 참석했던 수사관에 따르면 요나미네 부부와 외조부모뿐이었다고 한다. 고인이 열다섯 살이라는 사정을 감안해도 그 쓸쓸함에 가슴이 먹먹해졌다.

"담임 선생님도 경야에는 오지 않았나 보네요."

접수대를 한눈에 볼 수 있는 위치에 서서 아스카는 처음 보는 담임 교사를 비난하듯 말했다.

"성적이 나쁘지 않은 학생이라도 비행 이력이 있으면 담임도 몸을 사릴 테니까. 아마 그런 학생은 담임보다 생활지도 교사와 더 친하지 않을까."

"꽤 지독한 말씀을 하시네요."

"담임이라고 해서 자기 반 학생을 전부 공평하게 대한다는 보장은 없고 생활지도 교사라고 해서 모두 무섭고 엄한 사람만 있는 것도 아니야. 그런 걸 편견이라고 하는 거야."

오후 1시 정각에 영결식이 시작됐지만 조문객이 늘어날 기미는 보이지 않았다. 같은 반 학생들과 학교 관계자, 나머지는 이웃 주민 몇 명 정도였다. 부의금을 기대한 도야의 안색은 좋지 않았다. 아이러니하게도 그 실망스러운 마음의 배경을 모르는 사람들에게 도야는 그저 아들을 잃은 아버지의 얼굴로 보였다.

"부의금은 어차피 파칭코 비용으로 사라지겠죠?"

상자 위에 쌓인 부의금 봉투를 바라보며 아스카가 툭 하니 내뱉었다.

"화나?"

"가여워요. 데루오는 죽은 뒤에도 아버지에게 돈줄 취급만 받잖아요."

"안쓰럽다면 그 눈으로 거동이 수상한 놈을 찾아. 그게 우리가 할 수 있는 유일한 애도야."

다른 수사관이 접수대에 방문한 조문객들의 얼굴을 빠짐없이 찍고 있었다. 방명록에 적힌 이름과 주소를 참조해 신상을 허위로 적지 않았는지 확인할 것이다.

조문객뿐 아니다. 장례식장 주변을 서성이는 사람들도 모두 카메라가 찍고 있다. 거동이 수상한 자에 한하지 않고 모든 통행인을 포착해 수사 대상으로 삼았다.

크리스마스 이브라 조금 떨어진 상점가에서 즐겁고 시끌벅적한 소리가 들려왔다. 조문객이 듬성듬성한 장례식장이 더욱 썰렁하게 느껴졌다.

본인 일이 아니어도 아이의 장례식에서는 가슴이 먹먹해

진다. 천수를 누리지 못한 허무함과 미래를 빼앗긴 억울함이 전해지기 때문이다.

피해자에게 감정 이입하지 말라고 충고한 이누카이도 그런 점에서는 같은 마음이었다. 불길하다며 스스로 잡도리해도 불가항력으로 사야카의 얼굴이 떠올랐다.

"수고하십니다."

누군가가 두 사람에게 말을 걸었다. 뒤돌아보니 조문용 검은 옷을 입은 나가쓰카가 서 있었다.

"수사 때문에 오신 건 아닌 듯하네요."

"네. 오늘은 개인적으로 참석했습니다."

나가쓰카는 장례식장 입구에 선 도야에게 시선을 던지며 콧방귀를 꼈다.

"오늘은 제법 갸륵한 표정을 짓고 있네요. 어머니는 안에 있습니까?"

"그런 것 같습니다. 적어도 아버지보다는 더 적절한 표정을 짓고 있다는 것 같더군요."

어제 도야가 취조실에서 말한 내용을 들은 나가쓰카는 힘없이 고개를 끄덕였다.

"하나부터 열까지 그 남자다운 언행이라서 차라리 후련할 정도예요. 그래서 이누카이 형사님은 그대로 돌려보냈습니까?"

"쓸 만한 정보를 얻지 못해서."

"강력계라면 세 시간은 혼쭐을 냈을 거예요. 하긴 그런다
고 바보 금발이 살아 돌아오는 건 아니지만요."

바보 금발이라는 호칭에 나름의 애정이 담겨 있음을 새
삼 깨달았다. 아스카는 동의한다는 듯 고개를 끄덕였다.

"아이들을 여러 번 교정하다 보면 유대감이 생기고 그러
니 아동상담소에 연락하기 주저하게 되죠. 아직 부모와의
관계를 회복할 수 있다고 생각해서 아동상담소에 연락하
기 망설이게 됩니다. 그러는 사이 부모나 당사자가 문제를
일으켜서 결국 시기를 놓치고 말죠……. 그런 일이 반복돼
요. 조금 더 냉정하게 기계적으로 대응하면 좋았을 걸 후회
하지만 그렇게 대응하면 아무래도 커버할 수 없는 부분이
생기니까요. 사사로운 정을 개입시켜도 안 되고 배려가 너
무 없어도 안 되고. 결승점이 없는 마라톤을 뛰는 것과 같
아요."

나가쓰카의 푸념은 아마 본심에 가까우리라. 그 푸념에
는 이누카이를 비롯한 수사1과에 대한 부러운 마음도 담겨
있었다. 아무리 비참한 사건이라도 범인을 검거해 송치하
면 일단 사건은 종결되기 때문이다.

"그 남자 손에 들어갔으니 부의금도 파칭코 비용으로 탕진하겠죠. 정말이지 봉투 속에 지폐 대신 영장이라도 넣어두고 싶었습니다."

신기하게도 아스카와 같은 말을 했다. 같은 일을 하는 사람은 사고방식이 비슷해지기 쉬운 것일까.

"이누카이 형사님은 장례식장에 들어가십니까?"

"아니요. 조문객이 아닌 사람들도 감시하고 있어서요."

"그럼 저는 조문객들을 살펴보도록 하겠습니다. 수상한 사람이 있으면 알려드릴게요."

"부탁합니다."

나가쓰카는 장례식장으로 들어갔다.

조문객 중에는 다카야, 구니히코, 쇼타도 보였다. 구니히코와 쇼타는 어머니와 함께 왔지만 다카야는 혼자였다. 홀로 줄 서 있는 다카야에게서 데루오가 겹쳐 보였다.

"저 아이의 가정도 문제가 있을까요?"

아스카가 재빠르게 다카야를 발견했다. 이누카이와 같은 생각을 했나 보다. 아직은 데루오의 전철을 밟지 않을 수 있다고 생각하는 것인가. 어쨌든 지금 이누카이는 왕지엔순과 나머지 두 사람의 한을 풀어주는 것만으로도 벅찼다.

더 이상 줄 서는 조문객이 없으니 다음으로 구경꾼들을

눈여겨봤다. 장례식장 구석 네 군데에 카메라를 설치하고 이누카이와 형사들이 모니터로 화면 네 개를 감시했다.

구경꾼들의 표정은 다양했다. 안타깝다는 듯 눈썹을 찌푸리는 사람, 옅은 미소를 짓는 사람, 달관한 듯 고개를 숙인 사람, 관심 없이 지나가는 사람. 그러나 이들에게 일관되게 숨길 수 없는 호기심이 엿보였다. 세 소년의 죽음을 동일 사건으로 파악하는 언론은 아직 없지만 요나미네 데루오 사건은 단독으로 보도됐다. 몇몇 TV 방송국 제작진이 열다섯 살 소년에게 갑자기 닥친 비극을 안방에 제공하려고 카메라를 들고 있었다. 구경꾼들의 눈이 그들과 흡사했다.

당연한 일이었다. 이 자리에 모인 언론은 구경꾼들이 보고 싶은 내용을 취재하러 왔기 때문이다. 구경꾼들과 같은 사고방식을 공유하지 않으면 취재거리가 먹잇감으로 타당한지 구분할 수 없다.

모니터를 응시하는 사이 장례식장에서 독경이 흘러나왔다. 화면을 바라보기만 하는 단조로운 작업 중에 경을 듣다보니 체감온도가 1도는 더 떨어지는 듯한 착각이 들었다.

몇몇 구경꾼들이 모니터 화면을 지나쳐 가던 중 이누카이는 한 남자를 포착했다.

인도 위 남자는 순간 걸음을 멈추고 장례식장을 흘긋 쳐다봤다. 짧은 머리에 작은 덩치, 이목구비가 흐릿한 얼굴로 회색 다운 패딩을 입고 있었다. 특별히 눈길을 끄는 외모도 복장도 아니었지만 이누카이를 자극한 것은 역시 눈빛이었다.

타인의 불행을 즐기는 구경꾼의 눈이 아니었다. 적어도 불행이나 기쁨 외의 색을 띤 눈빛이었다. 이 위화감을 말로 표현하기 힘들었다. 별처럼 많은 용의자를 상대해 온 형사의 감이라고밖에 표현 못 하겠지만 남자에 한해서 속내를 잘못 읽은 적은 거의 없었다.

무선으로 해당 모니터 부근을 감시하는 경관에게 연락했다.

"단발, 그레이 다운 패딩을 입은 남자. 불심 검문한다. 놓치지 말 것."

필요 사항만 전달하고 달려갔다.

"저기, 이누카이 형사님."

"너는 자리를 지켜. 모니터를 계속 감시해."

아스카를 그 자리에 놓고 달려갔다. 운 좋게 목표 대상을 잡으면 좋고, 만에 하나 질문을 뿌리치고 도주하면 금상첨화였다.

장례식장 서쪽, 큰길을 마주한 인도에 경찰과 목표 대상이 서 있었다.

"갑작스럽게 죄송합니다. 수사에 협조 부탁드립니다."

이누카이의 목소리에 뒤돌아본 다운 패딩 남자는 조금 당황한 모습으로 입을 반쯤 벌렸다. 자세히 보니 아직 앳된 외모였다.

"난 아무것도 몰라요."

억양을 들으니 일본인이 아니었다.

"아니, 그냥 확인차 여쭙는 질문이니 편하게 대답해 주세요. 지금 장례식장 옆을 지날 때 잠깐 멈춰서 상황을 지켜보셨죠?"

남자의 얼굴이 겁에 질렸다. 감시당하리라고는 생각도 못 한 눈치였다.

"안 봤어요."

"멈춰서기는 했죠."

"……일본의 장례식은 어떤가 궁금해서요."

은연중에 장례식장을 훔쳐본 사실을 인정했다.

"실례지만 이름과 국적이 어떻게 되십니까?"

"류하오위, 중국인입니다."

"여행 오셨습니까?"

"아뇨. 저는 유학생입니다."

"증명서류를 갖고 계십니까?"

류하오위가 당황한 기색도 없이 가방에서 학생증을 꺼냈다.

류하오위, 도호대학교 의학부 2학년.

대답과 일치했다.

"일본 장례식에 관심이 있다고 하셨는데요. 중국 장례식과 다릅니까?"

"중국에서는 고인이 입관한 모습을 거의 볼 수 없어요. 먼저 화장한 뒤 장례를 치르니까요."

"고인이 된 소년을 아십니까?"

"아뇨, 모릅니다."

"TV 등 언론에 보도된 사건의 피해자입니다."

"모릅니다."

고집스러운 태도가 마음에 걸렸다.

"어디 가시는 길입니까?"

"……쇼핑이요."

이누카이는 류하오위의 온몸을 구석구석 관찰했다. 어깨에 멘 가방 외에 짐은 없었다. 그가 걸어가던 길 끝에는 확실히 상점가가 있다. 믿을 만한 답변이자 허점이 적은 거짓말이었다.

"이제 가도 됩니까?"

더 붙잡을 이유도 없고 물어야 할 내용도 물었다.

"협조 감사합니다."

이누카이가 놓아주자 류하오위는 뒤도 돌아보지 않고 떠났다. 도망치듯 뛰지 않는 이유는 미처 생각을 못 해서일까, 아니면 한시라도 빨리 떠나고 싶은 충동을 자제하기 때문일까.

재학 중인 의대가 신경 쓰였다. 아직 2학년인데 메스를 잡을 기회가 있는지 해당 의대에 확인해야겠다.

모니터 설치 장소로 돌아오니 아스카가 불만스러운 표정으로 바라봤다.

"불심 검문하셨어요?"

"응."

"도대체 그 사람의 어디가 수상했어요?"

눈빛, 이라고 대답하려다가 그만뒀다. 워낙 직감의 영역이라 말로 표현하기 어려웠다. 엉겁결에 형사의 감이라고 대답하면 그것은 어떤 근거로 어떻게 판단하느냐고 시끄럽게 물을 것 같았다.

영결식이 끝날 때까지 모니터를 계속 감시했지만 류하오

위 이후 수상한 낌새를 풍기는 구경꾼은 나타나지 않았다.

"죄송합니다. 영결식 참석자 중 수상한 사람은 발견하지 못했습니다."

장례식장에서 나온 나가쓰카가 미안하다는 듯 보고했다. 실망스러워하는 모습이 안타까웠는지 아스카가 류하오위라는 수상한 인물을 불심 검문한 이야기를 했더니 이내 관심을 보였다.

"딱히 근거는 없습니다. 그저 내 감일 뿐이에요."

"이누카이 형사님의 감이라니 기대하게 되네요."

나가쓰카가 머리를 숙였다.

"요나미네 데루오의 한을 풀어주세요. 부탁드립니다."

4

수사본부로 돌아온 이누카이는 즉시 류하오위 영상 파일을 감식에 보냈다. 데루오 살해 현장 부근에 설치된 CCTV의 분석을 막 시작했는데 그중 류하오위가 보이면 용의자 중 한 명이 된다.

다음으로 도호대학교 학생과에 방문해 문의했다. 류하오위가 내민 학생증이 위조가 아니라는 보장은 없었다. 학교 자치 규율도 있어서 학생과는 학생 개인정보 보호에 특히 엄격하다. 다행히 전공과 학번, 유효기간은 불심 검문 때 기록해 둔 덕분에 조회만 요청했고 결과적으로 학생부 기록과 일치한다는 답변을 받았다.

류하오위는 자신을 유학생이라고 소개했다. 유학비자를 받았다면 당연히 출입국재류관리국에 기록이 있을 터다. 다행히 출입국재류관리국에는 왕지엔순 건으로 도움을 받은 구마라이가 있었다.

나리타 공항 지국에 연락하자 곧바로 구마라이가 전화를 받았다.

―이번에는 유학생 조사입니까?

"자주 신세를 지네요."

―역시 왕지엔순 사건과 연관됐습니까?

"그쪽 데이터가 어떻냐에 따라 용의자 중 한 명이 될 수 있는 인물입니다."

―그렇군요.

담담한 어조였지만 긴장감이 느껴졌다.

―그럼 두 시간 정도 기다려 주세요. 제가 다시 연락드리겠습니다.

전화를 끊은 지 두 시간은커녕 15분 후에 다시 전화가 왔다.

―류하오위는 작년 4월 나리타로 입국했습니다. 주소는 선양 시내. 여권을 확인했는데 의심스러운 점은 보이지 않더군요. 입국 이력도 한 번뿐입니다.

입국 목적과 여권에 문제는 없었다. 실은 저우밍룬과의 관계도 의심하지만 현재 두 사람의 접점은 보이지 않았다.

"협조해 주셔서 감사합니다."

—감사받을 만한 결과가 있으면 좋겠네요.

완곡한 말이었지만 수사를 향한 기대가 강하게 느껴졌다. 도움을 주는 사람이 늘어날수록 부담도 더해갔다.

"반드시 범인을 잡겠습니다."

섣불리 장담할 말은 아니지만 그 말이 아니면 구마라이를 설득할 수 없었다.

—뉴스에서 그 소식을 들을 수 있기를 고대하겠습니다.

온화한 어투로 사람을 몰아붙였다. 구마라이는 겉보기와 다른 사람일지 모른다고 생각했다.

수사 진척을 보고하니 아소는 곧바로 류하오위 건에 달려들었다.

"장례식장 앞에서 잠깐 걸음을 멈췄다고? 단지 그 이유만으로 불심 검문을 하지는 않았을 테고, 다른 이유가 있었나?"

"어떻게 설명해야 할지 모르겠습니다. 굳이 말하자면 단순한 구경꾼으로는 안 보였다는 정도예요."

"네 심증은 어때?"

"이 사건에서 처음으로 그럴듯한 냄새를 맡은 것 같습니다."

같은 말을 다른 반장에게 하면 코웃음이나 호통을 쳤겠지만 이누카이의 실적을 아는 아소는 확인했다는 듯 고개를 끄덕일 뿐이었다.

"하지만 그런 이유만으로 영장을 발부받기는 힘들어. 가택 수색도 못 해. 게다가 유학생이잖아. 도호대학교에 가서 접촉했다가는 난감한 상황이 예상되고."

도호대학교뿐 아니라 대부분의 대학은 경찰관의 출입을 꺼리는 경향이 있다. 학생 자치 명목으로 보면 당연하다고 생각하지만 국립대에 적을 둔 교수와 조교가 경찰과 같은 공무원이라는 사실을 감안하면 일종의 텃세 같다는 생각도 든다.

"유학생이라면 교제 범위도 더더욱 한정되지. 아무리 탐문 수사를 한다고 해도 학교 밖에서 관계자를 찾기는 힘들지 않을까?"

"관계자가 없으면 본인에게 직접 물어보면 되죠."

"경계할 것 같은데."

"불심 검문한 단계에서 이미 우리를 경계할 겁니다."

"류하오위를 점찍은 이유는 의대생이기 때문인가?"

"그렇기도 하지만 다른 이유도 있습니다. 그 남자에게 여린 부분이 보였거든요."

나이다운 여린 부분과 소심해 보이는 행동이 떠올랐다. 비밀을 들킬까 두려운 탓인지, 아니면 범죄에 연루된 죄책감 탓인지, 어쨌든 한번 찌르면 쉽게 부서질 껍데기처럼 보였다.

"알았어. 보고만 해."

아소의 말은 여차할 때 면죄부가 된다. 아소도 그 사실을 알면서 말했다.

다음 날, 이누카이와 아스카는 도호대학교 정문 앞에 차를 세웠다. 류하오위가 이수하는 과목도 출석하는 강의도 몰라서 언제 나타날지 알 수 없었다. 하지만 2학년이라면 이수해야 할 학점이 많을 테니 학교에 나올 확률도 크다고 생각했다.

"어디서 아르바이트하는지도 물어봤어야 했는데."

캠퍼스를 드나드는 학생들을 눈으로 쫓으며 이누카이는 후회했다.

"그럴 필요는 없었을 거예요."

아스카가 드물게 위로하듯 말했다.

"의대 유학이잖아요. 종일 공부하느라 아르바이트할 여

유가 없을 거예요."

"유학이 위장이 아니라면 말이지."

취업 목적이면서 유학 비자로 입국하는 외국인이 적지
않은데 류하오위가 예외가 아니라는 보장은 없다. 다만 아
스카의 지적도 일리가 있다. 의대에 재학 중인 유학생이라
면 취업 목적으로 입국했을 가능성은 작을 것이다.

류하오위는 정오가 지나도록 나타나지 않았다. 오전 강
의를 마친 학생들이 슬슬 쏟아져 나오는데 그 속에서도 찾
아볼 수 없었다.

오늘은 허탕이군. 그렇게 생각했을 때 비로소 류하오위
가 나타났다. 어제와 같은 회색 다운 패딩을 입고 추운 듯
몸을 움츠리고 있었다.

"가자."

이누카이의 뒤를 따라 아스카가 차에서 튀어 나갔다. 목
표 대상이 도망가지 못하도록 접근해 둘이서 앞뒤로 포위
했다.

"실례합니다, 류하오위 씨."

느닷없이 나타난 두 사람을 본 류하오위가 흠칫 놀라 걸
음을 멈췄다.

"저 기억하십니까?"

"······경찰, 이죠."

"네, 어제 요나미네 데루오 군의 장례식장 근처에서 질문했죠."

"저는 아무것도 몰라요."

옆으로 빠져나가려고 해서 이누카이가 두 팔을 벌려 저지했다.

"나는 관계없어요."

"관계있냐고 아무도 묻지 않았습니다. 그냥 당신에게 관심이 있어요."

"관심이요?"

"사실 지금 쫓는 사건이 중국과 중국인들과 크게 관련 있거든요. 중국인들의 사고방식을 충분히 이해할 필요가 있죠."

"일본에는 중국인이 많이 살아요. 중국인이 저 하나만은 아니잖아요. 다른 중국인에게 물어 보세요."

"확실히 이 나라를 방문하거나 거주하는 중국인이 적지 않습니다. 그러나 의학 관계자로 한정하면 그 수가 급격히 줄죠. 제가 이해하고 싶은 것은 당신들이 장기매매를 어떻게 생각하는지입니다."

장기매매라는 단어를 듣자마자 류하오위는 허를 찔린 듯

움직임을 멈췄다.

"이런 곳에서 서서 할 말은 아니니 어디 따뜻한 곳으로 들어갑시다."

자동차에 태우는 방법도 있었지만 그러면 경계심을 키울 뿐 류하오위는 입을 굳게 다물 것이다. 이누카이는 근처 카페를 발견하고 반강제로 류하오위를 데리고 갔다.

"자, 이제 당신을 구속할 생각이 없다는 것을 이해하시겠습니까?"

"장기매매의 무엇을 이야기하겠다는 겁니까?"

"중국에서는 사형수가 집행 후 장기를 기증하는 시스템이 있나 보더군요. 그리고 그 장기를 판 돈은 사형수의 유족에게 돌아가죠."

"맞습니다."

류하오위는 막힘없이 대답했다.

"사형수라서 장기기증 대금은 본인에게 전달되지 않는다고 해도 이는 명백한 장기매매죠. 의학 윤리로는 어떻습니까?"

"의학 윤리요?"

범죄 수사가 아니라 윤리를 물어서인지 류하오위는 굳은 표정을 풀고 말문을 열었다.

"사형수는 법을 위반해서 죽어야 죄를 씻을 수 있는 사람들입니다. 그런 사람들이 죽은 뒤에도 다른 사람들에게 도움이 된다면 훌륭한 일이죠."

중국인의 사생관은 아스카에게 들었지만 중국인 본인의 입으로 듣는 것은 처음이었다.

"중국에는 사형 선고를 받을 수 있는 죄가 많다고 들었습니다."

"저는 법률 전문가가 아니에요. 잘은 모르지만 중국은 일본보다 사형 건수가 많죠. 그러니 일본에서는 사형이 집행될 때마다 뉴스에 보도되잖아요. 중국에서는 그리 드물지도 않은 그런 소식을 여기서는 왜 굳이 뉴스에 내보내는지 저는 그게 더 이상하다고 생각합니다."

류하오위는 이누카이와는 다른 위화감을 느끼는 듯했다.

'이것이 바로 문화충격인가.'

이누카이는 묘한 부분에서 깨달음을 얻었다.

"류하오위 씨는 일본도 중국처럼 사형수가 장기를 기증해야 한다고 생각합니까?"

"사형수가 원하면 괜찮다고 생각합니다. 아무도 손해 보지 않잖아요. 사형수도 사형수의 유족도 이식이 필요한 사람도. 왜 일본에는 그런 제도가 없죠?"

"우선 법 때문입니다. 장기이식은 세세한 조건이 붙어 있어서 사형장에 이식팀이 대기하지 않습니다. 현재, 생전에 본인이 명확히 장기이식에 동의하거나 유족이 동의할 경우 교통사고 등으로 뇌사 상태에 빠진 환자만 이식할 수 있는 구조입니다."

"그것참 아깝네요."

류하오위가 딱 잘라 대답했다. 자신의 전문영역이기 때문인지 청산유수였다.

"모처럼 쓸 수 있는 장기가 있는데 이식하지 않다니 네 가지 손해입니다."

"그 네 가지는 무엇입니까?"

"죄수를 구원할 수 없어요. 유족이 받는 대가도 없습니다. 장기가 필요한 사람을 살릴 수도 없어요. 이식 수술 건수가 늘지 않으니 의사의 실력이 늘지 않습니다."

사생관이라기보다는 윤리관의 차이이리라. 류하오위가 시원시원하게 말하는 만큼 이누카이에게 기이하게 들리는 부분이 있었다.

"본인의 의사가 존중된다면 장기매매가 나쁜 것은 아니라는 뜻이죠?"

"네. 아무 문제 없다고 생각합니다."

이누카이는 그 대답을 듣고는 품에서 사진 세 장을 꺼냈다. 왕지엔순, 오지오 마사토, 요나미네 데루오의 얼굴 사진이었다.

테이블에 나란히 놓인 사진을 보자마자 류하오위의 시선이 못 박힌 듯 고정됐다. 그 관심의 농도로 알 수 있었다.

류하오위는 분명 세 소년을 안다.

"우리가 쫓는 사건에서 이 세 소년이 희생됐습니다. 모두 간 일부를 적출당했고 어떤 소년은 수술 중 실수로, 어떤 소년은 수술 후 합병증으로, 어떤 소년은 장기매매의 비밀을 지키기 위한 희생양으로 살해당했습니다."

이누카이의 이야기를 듣고 있는지 그렇지 않은지, 류하오위의 시선은 사진에 고정된 채 움직이지 않았다.

"이 세 사람 사이에는 공통점이 하나 더 있습니다. 이들은 전부 자신의 의사로 장기 일부를 적출해 매매하는 데 동의했다는 점입니다. 방금 당신은 본인이 동의하고, 수혜 환자가 기뻐하고, 이식수술 건수가 많아지면 장기매매는 나쁘지 않다는 식으로 말씀하셨죠. 이 세 소년도 그것에 해당합니까?"

몇 초 뒤 류하오위는 스스로 잡아떼어내듯 사진에서 고개를 돌렸다.

"저는, 모르겠습니다."

"모를 리 없습니다. 방금 자신만만하게 말하지 않았습니까."

이누카이는 왕지엔순의 사진을 집어 들어 류하오위의 눈앞에 들이밀었다.

"왕지엔순, 후난성 사오양현 출신. 가난한 집안에서 태어났고 부모는 장기매매인 줄 알면서도 아이를 팔아넘겼습니다. 법을 어길 만한 일은 아무것도 하지 않은, 아직 열두 살 소년입니다. 당신과 같은 나라 사람이죠."

외면한 얼굴에 변화가 생겼다. 어떤 감정을 견뎌내듯 입술을 깨물었다.

"형식상으로는 어디까지나 입양이었습니다. 아마 본인은 아무것도 모른 채 아는 사람 한 명 없는 타국으로 억지로 끌려왔을 겁니다. 역시 영문도 모른 채 수술대 위에 올라갔죠. 간 적출 수술 결과는 나빴고 소년은 잡목림에 묻혔습니다. 발견되기 전까지 현장에는 차가운 비가 내렸습니다. 간을 빼앗기고 그 차가운 빗줄기 아래서 소년의 마음은 도대체 어땠을까요?"

류하오위의 시선이 서서히 사진으로 이동하더니 굳게 감겼다.

"……그만 하세요."

"딱히 당신을 협박하려는 게 아닙니다. 살해당한 소년의 마음을 상상할 뿐입니다. 일본인인 나조차도 화가 치밀 정도예요. 같은 중국인인 류하오위 씨라면 더 특별한 감정을 느끼지 않을까요? 다시 말씀드리죠. 이 소년은 겨우 열두 살이었습니다. 당신은 열두 살 때 어디에서 무엇을 하고 있었습니까?"

그 물음에 류하오위가 다시 이누카이를 바라봤다. 겁에 질린 눈은 이누카이가 아니라 왕지엔순을 향한 것 같았다.

"일본 대학에서 유학할 정도니 부모님이 부유층이시겠죠. 혹시 정부 관계자나 군 관계자입니까? 아무튼 입양이나 장기매매와는 인연이 없는 집안이겠군요."

"아닙니다. 저는 의사의 아들입니다."

흥분한 말투는 아니었지만 이누카이의 말에 반박했다.

"저는 아버지의 병원을 물려받으려고 필사적으로 공부했어요. 도호대에 유학을 온 이유도 조금이라도 실력을 키우고 싶어서입니다."

"왕지엔순을 포함한 세 소년의 간 일부를 적출한 뒤 다시 배를 봉합했습니다."

지금부터는 수사정보에 해당하는 부분이다. 전혀 무관한

제삼자에게 누설해도 좋을 정보가 아니었다. 하지만 이누카이는 입질을 느꼈다. 자신은 지금 사냥감이 있는 지점에 낚싯대를 드리우고 있다.

"장기 적출이라는 고도의 의료기술이 필요한 수술을 하면서 배를 봉합할 때는 어설픈 실력을 내보였습니다. 법의학 교수님은 장기 적출과 봉합은 각각 다른 의사가 맡았을 가능성을 시사했죠. 만약 그 가설이 사실이라면 불법 수술에 관여한 사실은 부정할 수 없지만 죄는 훨씬 가벼워집니다."

몰아붙일 때는 몰아붙여도 도망갈 길 하나는 남겨 뒀다. 용의자를 잡을 때 철칙이지만 일부러 지금 사용했다.

"장기 적출한 의사는 그 행위가 불법이라는 것을 압니다. 그래서 집도의의 특징이 명확하게 드러나는 봉합은 다른 사람에게 맡긴 것 아닐까 추측합니다. 즉 공범자라고 해도 반쯤 피해자와 같은 입장이라고 해도 무방하죠. 재판에서 정상 참작의 여지는 충분합니다."

역시 류하오위는 생각에 잠긴 몸짓으로 테이블 위에 놓은 사진을 바라봤다.

"사실입니까? 그런 범죄에 연루됐는데 죄가 가벼워질 수 있나요?"

"이 나라 법은 당신네 나라의 법에 비하면 가해자에게 훨씬 유리하죠. 어지간히 흉악한 범죄를 일으키지 않는 한 사형 선고를 받는 일은 좀처럼 없습니다. 사형이 집행될 때마다 뉴스에 나오는 것은 실제로 사형수가 적기 때문이기도 합니다."

"외국인도 일본법으로 재판받나요?"

"일본과 중국 사이에 영사 재판권*은 없으니까요. 불법 입국으로 강제 송환되지 않는 한 외국인도 일본 법으로 처벌받습니다."

류하오위는 고개를 들어 이누카이를 봤다. 믿을 만한 상대인지 가늠하는 눈빛이었다.

이누카이와 아스카는 말없이 류하오위를 똑바로 응시했다. 아스카도 류하오위가 걸려들기 직전이라는 것을 알 수 있었다.

테이블을 사이에 두고 두 사람 간에 눈싸움이 계속됐다. 치열하지는 않았다. 믿어달라는 쪽과 믿게 해달라는 쪽의 간절한 눈싸움이었다.

---

* 피고가 외국인인 경우 국제조약에 의해 영사가 주재국에서 본국의 법으로 재판하는 권리.

이대로는 결말이 나지 않는 것인가.

이누카이가 슬슬 걱정할 때 아스카가 나섰다.

"저는 왕지엔순 군이 살던 마을까지 다녀왔습니다. 당장 그날 먹을 끼니를 걱정해야 하는 고달픈 삶이었던 것 같습니다. 하지만 그런 이유로 아이가 마치 개나 고양이처럼 사고 팔린다니 있을 수 없는 일이죠. 부탁입니다. 류하오위 씨가 아는 모든 것을 말씀해 주세요."

사전에 합의되지 않은 행동이라서 말릴 틈도 없었지만 굳이 말릴 필요도 없었던 것 같았다. 착한 사람은 협박이 아닌 다른 방법으로 몰아붙일 때 약해진다. 류하오위의 껍데기는 무르다고 예상했는데 그것을 깨는 데는 추궁보다 간청이 유효했던 모양이다.

마침내 류하오위가 눈싸움에 지친 듯 고개를 숙였다.

"시간을, 주세요."

괴로워하며 쥐어 짜내는 목소리였다.

"지금 이 자리에서 말할 수 없습니다. 제가 다시 연락드리죠. 그러니 기다려 주세요."

거짓말이나 이 자리를 모면하기 위한 임시방편이 아니라고 느꼈다. 타국에서 심판받는 몸이 되려면 각오할 시간도 필요하리라.

"좋습니다. 그럼 이쪽으로 연락 바랍니다."

이누카이는 자신의 휴대폰 번호가 적힌 명함을 건넸다. 명함을 받는 류하오위의 손이 조금 떨렸다.

"형사님이 내게 장밋빛 미래를 상상하고 있다면 그건 착각입니다."

류하오위는 일어서며 누구를 향한 것인지 모를 원망을 쏟아냈다.

"부모님이 의사인 건 사실이에요. 하지만 저는 아버지만큼 위대하지도 않고 유능하지도 않습니다. 아버지가 그런 사람이면 남들은 이해하지 못하는 고통이 있어요. 그 왕지엔순이라는 소년의 고통에 비하면 사치스러운 고민이긴 하지만."

류하오위는 그 말을 남기고 카페를 떠났다.

수사본부로 돌아오자 뜻밖의 인물이 두 사람을 기다리고 있다는 소식을 아소가 알렸다.

"열다섯 살 아이가 혼자 찾아왔어. 뭔가 결심한 얼굴이기에 응접실에 들여다 놓고 왔지."

아소도 이누카이와 마찬가지로 아이를 대하는 것은 서툰 듯 얼른 가보라는 듯 손을 흔들어 보였다. 응접실로 가니

가키우치 다카야가 불편한 기색으로 기다리고 있었다.

"할 이야기가 있다면서. 데루오 군과 관련된 건이니?"

"그거 말고 또 뭐가 있겠어요."

다소 반항적인 태도는 예전과 같았지만 데루오의 영결식에 홀로 참석한 모습을 본 만큼 화를 낼 마음이 들지 않았다.

"도박 마작 말이에요. 그때는 옆에 구니히코와 쇼타가 있어서 말하지 못했어요."

"호오. 너희 무리 안에서도 말하기 힘든 이야기가 있어?"

"나랑 데루오는 특별하거든요. 처지가 비슷하다고나 할까, 둘 다 부모님과 사이가 안 좋다고 해야 하나."

다카야의 가정환경을 자세히 확인할 필요는 없어 보였다.

"마작이 어쨌는데."

"중학생 주제에 보통 마작 같은 건 안 하잖아요."

"그렇지도 않아. 나는 네 나이 때 수학여행지 료칸에서 화투를 쳤거든."

"형사님이?"

"중학생 때부터 형사 한 거 아니니까."

다카야는 이누카이에게 아주 조금 친근감을 느낀 듯했다.

"데루오가 마작을 시작한 데는 이유가 있어요."

"도박이니 돈이 목적이었겠지."

"놀려고 돈이 필요했던 게 아니에요. 미래를 위한 자금이었다고요."

갑자기 목소리가 열기를 띠었다.

"데루오네 집, 가 보셨죠?"

"그래, 다녀왔지."

"심각했죠? 얼마나 찢어지게 가난한지. 그래서 데루오가 우리를 집으로 못 불렀어요. 우리도 거절했고."

거칠고 불량해 보였는데 제법 섬세한 구석이 있다고 감탄했지만 생각해 보면 열다섯 살 소년이 섬세한 것은 당연했다.

"걔도 그런 집이 지긋지긋해서 견딜 수 없어 했어요. 우리와 어울린 이유도 되도록 그 집에 들어가기 싫어서였고요."

"……하루라도 빨리 집을 나가고 싶었다는 말인가."

"그 녀석 성적이 나쁘지 않았는데 급식비도 못 낼 정도로 가난했잖아요. 그래서 학비는 자기가 벌겠다고 했어요. 그런데 중딩이 무슨 아르바이트를 할 수 있겠어요. 그래서 눈독 들인 게 마작이었어요."

"너희들끼리 치면 고작 푼돈만 딸 수 있다는 걸 알고 있었겠지. 그래서 마작장에 다니다가 질 나쁜 놈들에게 걸려든 건가."

어른스러운 듯하면서도 정작 중요한 부분에서 너무 낙관적이었다. 아마 나가쓰카도 알고 있었으리라. 그래서 영결식에서 그런 모습이었던 것이다.

"돈을 모으겠다는 생각이 거꾸로 빚을 지운 셈이죠. 데루오의 기분도 장난 아니게 안 좋아졌어요. 그런데 그날은 기분이 무척 좋기에 어디서 한방 역전한 줄로만 알았는데……."

"샤쿠지이 경찰서 강력계에서 마작 상대를 찾고 있어."

이것은 나가쓰카에게 직접 들은 이야기였다. 일반인의 도박에 일부러 경찰이 움직이는 일은 매우 이례적이지만 상대가 중학생이다 보니 상황이 달랐다. 데루오를 살해한 범인을 그곳에서 찾을 가능성도 있어 나가쓰카는 몹시 애쓰고 있었다.

"이번 사건은 경시청과 합동으로 수사하고 있어. 움직이는 인력도 열 명 스무 명 규모가 아니지. 요나미네 데루오를 죽인 범인을 모조리 잡아줄게."

사건 관계자 앞에서 경솔하게 장담하는 것은 칭찬받을 만한 일이 아니지만 눈앞에서 우울해하는 열다섯 살 소년을 위로하기 위해서는 그 말밖에 떠오르지 않았다. 아버지로서 경험이 풍부했다면 더 나은 위로를 할 수 있었을지도 모른다고 이누카이는 자조했다.

"수사하는 사람이 늘어났다는 건 아직 용의자도 못 찾았다는 뜻이죠?"

의심이 많은 다카야는 경찰의 동향을 살폈다. 의심은 신뢰의 이면이다. 의심하는 동안에는 실망하지도 않는다.

"단서가 아예 없지는 않아."

이누카이의 머리에 류하오위가 있었다. 그가 헤어질 때 보인 언행은 틀림없이 범인과의 거리를 좁히는 것 같았다.

"인터넷 뉴스에 그런 말은 한 줄도 없던데요."

"인터넷 뉴스에 나오는 건 범인이 체포됐을 때야. 기대하면서 기다려도 좋아."

"······꼭, 부탁드려요."

다카야는 익숙하지 않은 모습으로 머리를 숙인 뒤 돌아갔다.

"웬일로 그런 장담을 하셨네요."

다카야를 배웅하면서 아스카가 뚝 내뱉었다.

"경솔했다고 생각해?"

"저라면 좀 더 거창하게 말했을 거예요. 아이의 기운을 북돋울 때는 호들갑스러운 편이 딱 좋거든요."

이누카이는 거창하지 않다고 마음속으로 중얼거렸다. 류하오위만 입을 열면 수사는 급물살을 탈 것이다.

그러나 결과적으로 이누카이의 계획은 한줄기 연기처럼 사라졌다.

다음 날, 류하오위가 시신으로 발견됐기 때문이다.

4

부유한 자의 쇼핑

1

류하오위의 시신은 26일 이른 아침, 고토구 신키바의 하천부지에서 발견됐다.

첫 보고를 받은 이누카이가 아스카와 함께 현장으로 급히 출동했더니 운동공원 아래에서 완간 경찰서의 다쓰미라는 형사가 기다리고 있었다.

"수사1과 이누카이 하야토와 다카치호 아스카입니다."

이누카이가 소개하자 다쓰미가 안타까운 시선을 던졌다.

"여기까지 오시느라 고생하셨습니다. 어쨌든 피해자의 소지품에서 이누카이 형사님 명함이 발견돼서요."

그래서 첫 보고부터 자신을 지목한 것인가. 의문이 풀리는 동시에 절망과 죄책감이 발밑에서 피어올랐다.

하천 부지에는 블루시트로 천막이 설치되어 있었다. 어제 막 대면 조사한 상대가 저곳에 누워 있다고 생각하니 심란했다. 요나미네 데루오와 류하오위. 증언자들은 하나같이 자신을 만난 뒤 처리됐다. 우연의 일치로 치부할 만큼 이누카이는 어리석지 않았다.

틀림없이 누군가의 의도일 터다.

"아아, 수고하십니다."

시신 옆에서 쭈그리고 있던 사람은 난바 검시관이었다. 설마 이번에도 미쿠리야 검시관과 마주칠까 걱정했는데 다행히 네 번째는 아니었다.

"피해자가 형사님 명함을 가지고 있었다고 들었어요."

"어제 대면 조사했거든요. 지금 쫓는 사건의 중요 참고인이었습니다."

이누카이는 합장한 뒤 류하오위의 시신을 내려다봤다. 스무 살이 넘었지만 앳된 얼굴이 이제는 생기를 잃고 창백한 조각상으로 변했다. 연보라색으로 변한 입술은 이제 아무 말도 하지 않았다.

류하오위는 시간을 달라고 했다. 분명히 고민한 뒤 말하겠다고 했다. 같은 나라 국민인 왕지엔순의 억울한 죽음을 알고 협조할 생각이었다.

"사인은 이거예요."

난바의 손가락이 가리킨 것은 경부에 남은 찰과상이었다. 데루오의 목에서 발견한 흔적과 매우 비슷한 모양으로 그 자체만으로도 연관 지을 수 있었다.

"안구의 점 출혈을 보면 질식사일 가능성이 큽니다."

"목에 남은 흔적은 특징이 있네요."

"입고 있는 옷깃과 상흔이 일치합니다. 마치 유도의 안아조르기 같은 기술로 질식시켰을 거예요."

"머리가 젖어 있네요."

"시신은 얕은 여울에서 발견됐습니다. 얼굴은 물속에 잠겨 있었고요. 물을 마신 흔적은 없으니 숨진 뒤 얼굴을 물에 담근 것으로 보입니다. 하천 부지에서 물가까지 시신을 끌고 간 흔적도 남아 있습니다."

즉 안아조르기로 숨통을 끊은 뒤 만약의 만약을 위해 물을 먹이려고 한 것이다.

"사망 추정 시간은 어젯밤 10시에서 12시 사이. 유감스럽게도 반나절 가까이 여울에 잠겨 있었기 때문에 피부 노출 부위나 옷에 묻어 있었을 모발과 섬유 같은 잔류물 상당수가 유실됐습니다."

범인의 의도가 잔류물을 없애려던 것인지는 확실하지 않다. 그러나 뇌리에 떠오른 광경은 범인의 성격을 극명하게 그려냈다. 등 뒤에서 안아조르기로 류하오위를 목 졸라 살해한 뒤 시신을 물가까지 끌고 가 얼굴을 물속에 처박는다. 냉정함과 잔혹함을 보여주는 범행이었다.

데루오를 살해했을 때와 같은 수법을 썼다는 점에서 동일범이라는 사실을 숨기려고 하지도 않았다. 류하오위와 연관된 실행범이 그가 경찰에 출두하기 전에 입막음하려던 것이 틀림없다.

내 탓이다.

내가 부주의하게 접근해서 류하오위가 살해당했다.

그렇다면 내가 류하오위를 죽인 것이나 다름없지 않은가.

사망한 류하오위의 얼굴을 볼수록 감정이 심하게 날뛰었다. 죄책감에 짓눌릴 것 같았지만 적어도 얼굴이나 행동에는 표시가 나지 않도록 애썼다.

용서해 달라는 말은 하지 않겠다.

내가 할 수 있는 방법으로 속죄할 수밖에 없다.

"이누카이 형사님."

아스카가 부르자 정신을 차렸다.

"입술이……."

아스카의 지적에 알아차렸다. 아랫입술을 세게 깨물고 있었다. 손을 대자 피가 묻어났다.

천막을 나온 뒤 다쓰미를 붙잡았다.

"발견자는 누구입니까?"

"이른 아침에 운동공원에서 게이트볼을 예약한 모임이 있었어요. 가장 먼저 온 노인이 시신을 발견했습니다. 시신은 강 위에 떠 있었으니 숨길 마음도 없었던 모양입니다."

"목격자는요."

"지금 한창 탐문 중입니다. 하지만 장소가 이래서……."

다쓰미가 하천 부지를 둘러보며 말했다.

"눈이 올 것 같은 추위에 텐트를 친 노숙자도 없고 한밤중인 10시에 산책하는 사람이나 술에 취한 행인도 없었어요. 게다가 CCTV도 설치되어 있지 않고요."

단언하지는 않지만 너무 기대하지 말라는 뜻이었다.

"여기서 피해자 집은 가깝습니까?"

"피해자가 살던 아파트까지는 걸어서 갈 수 있는 거리예요. 그래서 범인이 불러내기 수월했으리라 생각합니다."

안아조르기를 하려면 신체를 밀착시켜야 한다. 그러므로 면식범이라고 추측할 수 있다. 류하오위를 밖으로 쉽게 유인할 수 있는 사람이라는 점도 그 예상을 뒷받침했다.

류하오위에게서 실마리를 잡은 것은 정답이었다. 그에게서 손을 더 뻗으면 실행범이 존재했던 것이다. 그렇게 생각하니 이누카이는 자신의 뛰어난 육감과 어리석음에 가슴이 찢어지는 것 같았다.

"아파트 탐문은 이미 절반이 끝났지만 피해자가 중국인 유학생이기도 해서 이웃 주민과 접촉은 거의 없었던 것 같습니다."

이는 도시생활자의 무관심보다 외국인에 대한 마음의 벽 문제이리라. 주민들이 가까이 지내고 싶지 않은 이웃이었다면 얻을 수 있는 정보는 자연히 미미해진다.

"피해자의 집으로 안내해 주시겠습니까?"

"네. 슬슬 감식이 끝날 때가 된 것 같네요."

다쓰미의 설명대로 류하오위의 아파트는 하천 부지에서 걸어서 5분 거리에 있었다. 문 앞에 경찰이 서 있지만 시트로 만들어 놓은 보행길이 제거된 것으로 보아 감식 작업은 끝난 듯했다.

집으로 들어가자마자 먼지와 곰팡내가 코를 찔렀다.

집 안은 몹시 공허한 인상이었다. 쓰레기가 바닥에 떨어져 있지도 않고 벗어놓은 옷이 널브러져 있지도 않은데 지독하게 살풍경했다. 옷 정리함을 열어보니 옷이 네 벌밖에 없었다. 자그마한 책장에는 의학 전문서로 보이는 책이 몇 권 꽂혀 있었고 나머지는 중국어 서적 몇 권. 남은 공간은 백엔 숍 상품 같은 소품과 사진 액자로 채워져 있었다.

액자에는 류하오위를 가운데 두고 세 사람이 찍힌 사진이 꽂혀 있었다. 양옆에 있는 사람은 아마 부모일 테지. 엄격해 보이는 아버지와 어딘가 불안해 보이는 어머니, 그리고 조심스럽게 웃는 류하오위.

살풍경한 벽에는 종이 한 장이 핀으로 고정되어 있었다. 패스트푸드점 근무 시간표였다. 류하오위는 대학에 다니면서 아르바이트로 생활비를 번 것 같았다.

"이 근무표, 상당히 빡빡하네요. 게다가 주 6일 근무로 쉬는 날이 하루뿐이에요."

그 말을 들으며 이누카이는 다시 실내를 둘러봤다. 값싼 생필품만 눈에 띄고 비싸 보이는 물건은 하나도 없었다.

"의사 아버지에 외아들, 게다가 의대 유학생. 겉으로 보면 남 부럽지 않은 신분이라고 생각했는데 실상은 다른 모양이군."

"의사 아들이나 유학생이라는 신분은 그저 이름일 뿐일 거예요."

아스카는 옷 보관함의 옷을 평가하며 중얼거렸다.

"중국은 매우 넓고 복잡하고 중층적이어서 일본의 기준이 통하지 않아요."

"류하오위도 부유층이 아니란 말이야?"

소년들의 신체에서 장기를 빼앗은 범행은 그 수법으로 보아 여러 인간의 소행으로 짐작된다. 류하오위를 그중 한 명으로 여기자니 의대 유학생이라는 신분이 모순됐지만 생활상을 목격하니 납득이 갔다.

가난한 가정에서 자란 소년의 배를, 어쩔 수 없이 마찬가지로 가난한 생활을 하는 의대생이 가른다. 상상조차 할 수 없는 심정이다.

류하오위와 이누카이를 잇는 것은 명함 한 장뿐으로, 본 사건과 연쇄 살인 사이의 관련성을 뒷받침하지는 않는다. 현시점에는 완간 경찰서의 사건으로 집에서 압수한 증거물도 관할서에서 관리한다.

고민스러워하는데 이누카이의 품에서 휴대폰 벨소리가 울렸다.

아소였다.

―당했어. 네 번째인 것 같아.

순간 네 번째 희생자는 방금 하천 부지에서 보고 왔다고 말하려다가 수사본부에서는 류하오위의 살인은 계산하지 않는다는 사실을 떠올렸다.

─이번에는 시신을 통째로 훔쳐 갔어.

"뭐라고요?"

─사고 피해자야. 병원으로 긴급 이송된 직후 시신이 사라졌어.

문득 부자연스럽다고 느꼈다.

"반장님. 시신이 통째로 사라졌는데 어떻게 장기가 목적이라는 걸 아셨어요?"

─구급대원의 말로는 피해자가 열세 살 소년이고 이송 도중에 뇌사를 확인했대. 이해했어? 뇌사라고. 그게 어떤 의미인지 '살인마 잭 사건'을 담당한 너라면 설명 안 해도 알겠지.

뇌사 상태라면 장기가 손상되지 않은 한 이식하기 더할 나위 없이 좋은 상황이다.

"이송지가 어디였습니까?"

─도호대 부속병원.

도호대.

류하오위가 다니던 도호대다. 이로써 두 번째 연결고리다.

─지금 당장 그쪽으로 갈 건가?

대답은 필요 없었다.

이누카이는 아스카를 두고 떠날 기세로 집을 뛰쳐나왔다.

병원에 도착하자 아소반 사람들이 이미 모여 있었다.

"저희도 이제 막 대면조사를 시작했어요."

같은 반의 고사카이가 이누카이와 아스카를 발견하고는 달려왔다.

고사카이의 설명에 따르면 사건의 개요는 다음과 같았다.

오늘 아침 7시 48분, 지요다구 간다 진보초 하쿠산도리 교차로에서 열세 살 마키다이 히로타카가 승용차에 치였다. 행인의 신고로 곧바로 구급차가 도착해 가장 가까운 도호대 부속병원으로 이송. 이송 중 뇌사 상태에 빠졌는데 병원 도착 후에는 환자를 응급 의료팀에 확실히 인계했다고 한다.

"승용차 운전자는 확보했어?"

"운전자는 다이토구에 사는 시오자와 가요, 75세입니다. 자동변속 경차를 몰다가 빨간불을 보고 멈추려고 했으나 실수로 액셀을 밟은 것 같아요."

"피해 소년 세 명과 관계있는 자야?"

"아직 수사 중이지만 주소지를 보면 지역 연관성은 없어

보여요. 애초에 본인도 몹시 혼란스러운 상태라 아직 조사가 끝나지 않았습니다."

다이토구에서 차를 끌고 나와서 기다렸다는 듯 간다 진보초의 교차로를 건너는 사람을 칠 리 없다. 사고 자체는 시오자와 가요의 과실 운전이라고 봐도 무방했다.

"일단 본부로 복귀한 구급대원도 소환해 당시 상황을 재확인하고 있습니다."

"직접 이야기를 들어야겠어."

바로 개별실로 향하자 한 남자가 기다리고 있었다.

"보통 구급차 한 대에는 구급대원 세 명이 탑니다."

토도라는 구급대장은 당혹스러운 얼굴로 말문을 열었다.

"운전하는 기관원과 대장, 그리고 대원까지 세 명입니다. 구조 요청이 들어온 시점에 위독하다고 판단되면 저처럼 응급구조사 자격을 갖춘 사람이 동승하는 규칙입니다."

"피해자는 뇌사였다던데요."

"구급차의 환자실에는 심전도와 혈압계, 뇌파계 같은 측정기가 상비되어 있거든요. 이송 도중 히로타카 군의 뇌사를 확인했고 그 임상 데이터는 전부 도호대 부속병원에 송신했습니다."

"환자를 병원에 넘긴 기록은 남아 있습니까?"

"이것입니다."

토도가 꺼낸 것은 '구급 활동 기록 검증표'라는 제목이 붙은 총 열세 장짜리 서류였다. 내용은 출동 번호와 구조 요청 날짜와 시간을 필두로 구급대원, 상병자 정보, 응급 처치 정보, 상황 평가, 생리학적 평가, 소견, 판단, 지시, 구급 활동 경과 및 기타. 마지막 칸은 초진 소견란으로 '의료 기관명: 도호대 부속병원', '12월 26일 오전 8시 10분 스가우라 미쓰노부'라고 적혀 있었다.

"상병자를 인계할 때 의무로 제출해야 하는 서류입니다. 이와 같은 서류를 병원에서도 보관하고 있을 겁니다."

"인계 시점에는 분명 히로타카 군의 몸이었죠?"

"틀림없습니다. 저와 대원 한 명이 스트레처카째로 스가와라 선생님과 응급 의료팀에 넘겼으니까요. 그래서 복귀 직후 상병자가 실종됐다는 연락을 받고 당황했습니다."

이누카이는 토도의 눈을 들여다봤다. 오랫동안 구명 의료에 종사해 온 사람의 긍지를 엿볼 수 있는 눈이었다.

"구급대 일은 몇 년째이십니까?"

"이제 8년일 겁니다."

"이렇게 인계한 환자가 실종된 경우가 과거에도 있었습니까?"

토도는 당치도 않다는 듯 고개를 저었다.

"한시가 급한 환자입니다. 그야말로 분 초 단위를 다툰다고요. 적어도 제가 이송한 사람 중에는 그런 사례가 한 번도 없습니다."

토도를 돌려보낸 후 다음은 의사 스가우라를 불렀다. 스가우라도 토도와 마찬가지로 마른하늘에 날벼락 같은 사태에 곤혹스러워하는 기색이었다.

"이런 말을 해도 될지 모르겠지만 저희도 뭐가 뭔지 전혀 짐작도 안 갑니다."

스가우라는 괴로운 듯 몇 번이나 머리를 흔들었다.

"선생님과 응급 의료팀이 토도 대장에게 마키다이 히로타카 군을 인계받았다고 들었습니다."

"네, 그건 맞습니다."

"토도 대장에게서 구급 활동 기록 검증표를 확인했습니다."

"저도 사본을 갖고 있습니다."

스가우라는 들고 있던 가방에서 서류 뭉치를 꺼냈다. 확인하니 확실히 검증표와 동일했다.

"히로타카 군은 이송 중 뇌사를 확인했습니다. 임상 데이터도 병원에 전송했다고 들었습니다."

"네. 분명히 수신했습니다. 데이터 내용과 검증표를 대조

했으니까요."

"선생님은 히로타카 군을 인계할 때 어떻게 생각하셨습니까?"

"어떻게랄 것이 있습니까. 뇌사가 확인됐어도 일단 소생을 시도하죠. 즉시 수술실로 옮기도록 응급 의료팀에게 지시했습니다."

"그런데 히로타카 군이 그 직후에 행방이 묘연합니다. 응급 의료팀이 도중에 교체됐습니까?"

"그런 일은 있을 수 없습니다."

스가우라는 단번에 부정했다.

"상병자를 인계받은 시점에서 외과팀으로 할지 내과팀으로 할지 결정하고 해당 팀이 그대로 치료와 수술까지 진행합니다. 중간에 다른 팀으로 바뀌는 것은 원칙에 어긋납니다."

"도호대 부속병원의 독자적인 시스템입니까?"

"독자적이라면 독자적이겠지만 어느 응급실이나 비슷할 겁니다. 인계 지점이 많으면 많을수록 시간 차와 정보 오류가 생기니까요."

"히로타카 군이 실종된 경위를 말씀해 주세요."

"방금도 말한 대로 설사 뇌사가 확인되더라도 그 사실과 뇌사 판정은 별개 문제입니다. 법적 뇌사 판정 기준이라는 게 있거든요."

"압니다. 심혼수로 시작하는 다섯 항목이죠?"

뇌사 판정에 대해서는 장기이식 관련 사건을 담당했을 때 질리도록 강의를 들었다. 심혼수라는 용어를 꺼낸 이누카이를 보고 스가우라는 뜻밖이라는 기색이었다.

"그러면 이야기가 빠르겠네요. 그러한 판정 절차를 밟아야 하기 때문에 뇌사 상태라도 일단 수술실로 옮깁니다. 이번 상병자로 그랬어요."

"분명 응급 의료팀이 수술실로 옮겼겠군요."

"스트레처카에 실어 4층 수술실에 들여보냈습니다. 그리고 저는 집도 전에 검증표 기록을 다시 확인하고 대응을 생각하며 준비실에서 대기했죠. 응급 의료팀이 수술 준비를 마치는 동시에 수술실로 향할 예정이었습니다."

"무슨 사고가 있었습니까?"

"경보가 울렸어요."

스가우라는 기분 나쁜 듯 얼굴을 찌푸렸다.

"우리 병원은 원내 감염이 발생하면 병원 전체에 경보가 울리는 시스템입니다. 경계 수준에 따라 다르지만 우선 수술실 출입이 금지되고 다음으로 건물 입장이 제한되죠. 감염을 최소화하려는 조치입니다."

의사라서 익숙한 것일까, 스가우라는 뒤숭숭한 이야기를 담담하게 이어갔다. 원내 감염이라는 말에 이누카이는 역시 위기감을 느꼈다. 얼굴에 드러났을까. 스가우라는 한 손을 휘휘 흔들었다.

"안심하세요. 경보는 오보였거든요. 겨우 몇 분 만에 오보 안내 방송이 나왔습니다. 그런데 그 몇 분 동안 응급 의료팀은 수술실에 들어가지 못했죠."

"설마 그 몇 분 사이에."

"그 설마가 맞습니다. 경보가 해제된 뒤 수술실에 들어가 보니 조금 전까지 수술대에 있던 상병자가 온데간데없이 사라졌습니다."

"응급 의료팀원 중 누군가가 옮긴 것 아닙니까?"

"응급 의료팀은 모두 준비실로 이동했습니다. 누구 한 명 빠지지 않았어요."

"수술실과 준비실의 위치를 알려주세요."

스가우라는 테이블 위에 손가락으로 그리기 시작했다.

"준비실에서 수술실까지는 약 5미터 길이 복도로 연결돼 있습니다. 다만 수술실에는 반대편에도 출입구가 있는데 이곳을 통해 상병자를 옮긴 것 같습니다."

듣고 보니 기가 막힐 정도로 단순한 계략이었다.

원내 감염 경보는 십중팔구 꾸며낸 짓일 터다. 경보를 울리면 수술실 출입이 중단되는 규정을 이용해 응급 의료팀과 다른 직원들의 발을 묶은 뒤 히로타카를 감쪽같이 데리고 간 것이다.

범인은 병원 시스템에 정통한 자임에 의심의 여지가 없었다.

"내부 범행 가능성을 부정할 수 없습니다."

그러자 스가우라도 각오한 모습으로 체념한 듯 고개를 떨궜다.

"네, 병원 측도 부정할 수 없을 겁니다."

다음으로 이누카이는 다섯 명으로 구성된 응급 의료팀을 불러 조사했지만 더 이상 정보는 얻을 수 없었다.

응급 의료팀의 마지막 팀원이 방을 나가자 지금까지 침묵을 지키던 아스카가 천천히 입을 열었다.

"이 병원 이상해요."

"응, 스가우라 선생도 인정했지."

"류하오위는 병원의 모체인 도호대 의학부 유학생. 히로타카 군을 납치한 인물도 병원 관계자. 소년들의 간을 빼앗은 범인은 틀림없이 이 안에 숨어 있어요."

"틀림없다는 표현은 성급하지만 수사본부 인력을 총동원할 만한 가치는 있을 거야. 도호대와 부속병원, 이 둘을 합치면 관계자가 총 2백이나 3백으로는 끝나지 않겠지."

전화로 자초지종을 보고하자 아소의 반응도 떨떠름했다.

—관계자 중에 신분을 위장한 놈을 찾기만 하면 쉽겠지만……. 대학 직원은 교수를 포함해 253명, 병원에 근무하는 사람은 162명, 게다가 이건 파트타임이나 아르바이트 직원을 제외한 수야. 경력을 조사하는 것만으로도 엄청난 수고가 들어갈 거야.

경력뿐 아니라 각 직원의 알리바이까지 조사한다면 더욱 그랬다. 전화 건너편에서 한숨을 쉬는 아소의 떫은 얼굴이 눈에 선했다.

그런데 아소가 시원하게 배신했다.

—아무튼 수사에 큰 진척이 있잖아. 용의자가 아예 없는 것보다 253 더하기 162명 있는 편이 낫지.

"현재 상황이 최악은 아니지만 사람이 부족해요."

—관리관에게 보고해서 인력을 늘려달라고 할게. 실종된 마키다이 히로타카의 행방도 수색해야 하니까. 그야말로 경시청 관할서 경찰을 전부 동원해서라도 인력을 모아보지.

분노를 내포한 말투에 아소의 집념이 어른거렸다. 무라세 관리관은 아소에게 맡기고 이쪽은 류하오위를 처리한 범인을 쫓아야 한다고 이누카이는 판단했다.

방을 나와 1층으로 돌아가니 누군가 승강이를 벌이고 있었다. 자세히 보니 부부인 듯한 남녀가 직원을 대거리했다.

"아들이 사라졌다는 게 도대체 무슨 말이에요?"

"당신들이 조치에 문제가 있으니 숨기는 거 아냐?"

"빨리 히로타카를 보여줘요. 뇌사 상태라니, 내 두 눈으로 직접 보기 전까지는 못 믿겠어요."

대화 내용으로 보아 아무래도 마키다이 히로타카의 부모 같았다. 아버지는 직장에서 바로 달려왔는지 목에 사원증으로 보이는 카드 목걸이를 걸고 있었다.

직원이 흘긋거리며 도움을 청하는 눈빛을 보냈다. 그 요청에 중재할 수밖에 없었다.

"경시청 형사부 수사1과입니다."

이누카이가 자신을 소개하며 사이로 들어가니 아이 부모는 공황 상태에 빠진 와중에 의아한 시선으로 쳐다봤다.

"수사1과? 우리 아들은 사고를 당한 것 아닌가요?"

"실종됐다는 신고를 받았습니다. 아무튼 일단 진정하세요."

"지, 진정하게 생겼어요?"

어머니가 이번에는 이누카이에게 화살을 돌렸다.

"갑자기 히로타카가 차에 치였다는 연락을 받고 옷만 달랑 입고 병원에 왔더니 정작 히로타카는 어디로 사라졌다고 하지를 않나. 이송 중에 죽었다고 하지를 않나. 도대체 뭐가 뭔지."

"애초에 죽은 사람이 어디로 사라진다는 게 말이 됩니까?"

아버지도 상당히 격앙된 상태였다.

"설마 병원의 실수를 경찰이 감싸는 건 아니겠죠? 마치 도둑맞은 것처럼 꾸며서."

의심에 완전히 눈이 멀었다.

"이제 막 수사를 시작했습니다. 아드님은 반드시 찾아내겠습니다."

단언해도 될 일은 아니지만 지금은 이렇게 말하지 않으면 사태를 수습할 길이 없었다. 두 사람을 달래는 데 30분 넘게 소비됐다. 물론 임시방편으로 하는 말이 아니었다. 부모의 심정은 가슴 아플 정도로 이해하니 진심을 담아 설득했다.

"일본 경찰의 수사력은 세계에서 가장 뛰어납니다. 부디 믿어 주세요."

간신히 부모를 돌려보내고 이누카이와 수사관들은 마음을 다잡고 수사를 시작하려고 했지만 상황은 최악의 방향으로 굴러갔다.

너무도 이른 다음 날 27일, 마키다이 히로타카가 완전히 변한 모습으로 발견됐기 때문이다.

세타가야구 미야사카, 한적한 주택가를 가로지르는 유리노키도리에서 한 블록 들어간 뒷길에 그 물체가 놓여 있었다. 발견자는 이 지구를 담당하는 신문 배달 소년이었다.

새벽녘 어둠 속에서 처음에는 그것이 슈퍼마켓의 쇼핑 카트처럼 보였다. 뒷길이라고는 해도 자동차가 오가는 곳이었다. 자신처럼 이른 아침에 오토바이를 몰고 출근하는 사람도 있었다. 이웃에게 피해를 주는 장애물이라고 생각해 다가가니 시트를 덮어놓은 스트레처카였다.

마음의 준비 없이 시트를 걷어낸 소년은 신음을 내뱉으며 그 자리에 주저앉았다. 스트레처카에는 배에 봉합 흔적이 있는 소년의 시신이 실려 있었다.

해당 지구를 순찰하던 기동수사대가 급보를 받고 출동했다. 시신을 확인한 결과 수색 중이던 마키다이 히로타카임을 확인하고 수사본부에 가장 먼저 보고했다. 강제 철야를 하던 이누카이는 일단 퇴근한 아스카를 호출하는 한편 홀로 현장으로 향했다.

담당 검시관은 또다시 미쿠리야였다. 싫은 소리와 비아냥을 각오하기도 했고 피해 소년들의 살해 정황도 자세히 알고 있어 이야기가 빨랐다.

"이제 얼굴도 보기 싫군."

"저도 그렇습니다."

말을 듣는 순간 부아가 치밀어서 미약한 저항을 시도했다. 미쿠리야는 단 한 번 콧방귀를 뀌고는 설명했다.

"오른쪽 대퇴골 골절에 후두부 타박상. 열상은 아스팔트와 충돌했을 때 입은 상처일 거야."

"피해자는 어제 오전 7시 48분에 신호를 무시한 경차에 치여 이송 도중 뇌사 상태에 빠졌습니다."

"상황과 외상은 일치해. 덧붙이는 것처럼 됐지만 사망 추정 시간도 맞아."

"역시 장기가 적출됐나요?"

"간이 통째로 사라졌어."

미쿠리야의 목소리는 낮고 음습했다. 눈앞에 간을 적출한 범인이 있으면 반드시 철권으로 한두 번 패겠다는 얼굴이었다.

"다만 봉합 흔적은 이전 세 사건과 달라. 메스를 능숙하게 다루는 자의 솜씨야. 화가 날 정도로 정성스럽게 봉합했어. 다음에는 이 집도의의 얼굴을 보고 싶군."

"봐서 어쩌시려고요."

"안 듣는 게 정신건강에 좋아."

소년의 몸에서 장기를 빼앗는 무도한 짓을 저지르면서 일 처리는 정성을 다했다. 그 부조화에 생리적 혐오감이 솟구쳤다.

"부검하면 장기를 적출한 집도의가 동일 인물인지도 짐작할 수 있을 거야. 능숙한 사람일수록 손버릇이 생기거든."

이윽고 아스카도 허겁지겁 달려왔다. 이누카이와 미쿠리야에게 인사한 뒤 마키다이 히로타카의 시신을 향해 합장했다.

"이런 시간대에 유기했습니까?"

"유기한 시간은 밝혀지지 않았지만 용케 차에 치이지 않았어."

현장에 도착했을 때 이누카이는 주변을 살폈지만 CCTV는 보이지 않았다. 시신이 버려진 시간을 특정하려면 인근 주민들을 서둘러 탐문해야 했다.

"……끔찍하네요. 마치 일회용품처럼."

시신을 보는 사이 아스카의 얼굴도 흉포해졌다. 하지만 냉정하게 살펴보려는 이누카이도 옆에서 보면 어떤 표정을 짓고 있는지 모를 일이었다.

아스카가 이누카이를 향해 천천히 돌아섰다.

"형사님은 수사에 사적인 감정을 개입하지 말라고 했죠."

"응, 그랬지."

"감정에 치우치지 말라고도 하셨고요."

"그 말도 했지."

"형사에게는 필요한 자질이라고 생각해요. 하지만 저는 더 이상 억누를 자신이 없습니다."

"누구도 자신 따위 없어."

아스카는 멍하니 이누카이를 바라봤다.

"아이가 이런 식으로 당했는데 화나지 않는 놈은 없어. 자식이 있는 부모라면 더더욱 그래."

"그러면."

"그러니까 우리는 반드시 범인을 잡아야 해. 실패도 미궁에 빠지는 것도 용납되지 않아. 그러려면 머리는 항상 식혀 두도록 해. 뜨거워져도 되는 건 여기뿐이야."

이누카이는 자신의 가슴에 손가락을 댔다.

2

마키다이 히로타카의 시신을 의대 법의학교실에 보낸 이누카이와 아스카는 그 길로 본부로 돌아갔다. 분모가 많다고는 해도 용의자가 한정됐다면 맨파워를 발휘해 하나씩 무너뜨릴 수밖에 없다.

"이누카이 형사님, 최근 일주일 동안 계속 같은 재킷이죠?"

형사부실로 향하는 도중 복도에서 누군가 말을 걸었다. 자신도 모르게 위팔에 코를 가져다 댔다.

"딱히 냄새는 안 나는데. 셔츠와 속옷은 급한 대로 편의점에서 사서 갈아입어."

"그런 말이 아니라 하루 정도는 쉬셔야 하는 거 아닌가

해서요."

"인사과도 아니면서 내 근태에 참견 마."

형사부실로 들어갔을 때 이 방에서는 좀처럼 볼 수 없는 인물을 발견했다.

"증원 요청을 받았다. 반장이 요청했나 보군."

"네."

왜 쓰무라 1과장을 뛰어넘어 무라세 관리관이 굳이 형사부실까지 행차했을까. 금세 떠오른 의문은 아소와 무라세가 나누는 대화를 들으면서 해소됐다.

"현재 수사본부는 5백 명 인력을 투입했어. 벌써 소년 네명이 장기를 빼앗겼으니 중대한 사건인 건 맞지만 본 사건에 수사관이 집중되면서 다른 사건에 차질이 생기기 시작했네. 아소반도 예외는 아닐 텐데."

"맞는 말씀입니다."

"사정을 알면서도 증원해 달라는 말인가?"

"범인이 숨어 있는 곳을 알았습니다. 당연히 쳐들어가야지 않겠습니까."

"그에 대해서도 보고 받았네. 마키다이 히로타카의 납치에 관해서는 도호대 부속병원 내부 범행일 가능성이 크다는 것도 이해해. 하지만 어디까지나 가능성이야. 외부 범행 가능성도 배제할 수 없지. 원내 감염 오보와 납치의 인과관계도 입증하지 못했잖나."

"입증은 못 하지만 타이밍이 너무 좋지 않습니까. 인과관계를 무시하기 어렵습니다."

무라세의 질책에 아소는 한 발짝도 물러서지 않았다. 걸핏하면 면종복배를 처세술로 아는 분위기를 풍기는 아소가 상사와 불꽃 터지는 공방을 벌이는 모습을 형사부실에 있던 수사관들은 침을 삼키며 지켜봤다.

"아소 반장. 도호대와 도호대 부속병원 직원 전원을 대면조사하고 알리바이를 조사하는 것이 무엇을 의미하는지 아나?"

설명하지 않더라도 그 의미는 이곳에 있는 모든 사람이 안다.

도호대는 학생 수 7만 명이 넘는 국내 최대 규모 사립대학이다. 각 학부마다 단독 캠퍼스가 있고 연구소와 박물관 등 부속기관도 국내 최다다. 졸업생은 각 분야에서 활약하고 있으며 정치인과 문화인도 많다. 다시 말해 도호대를 일제히 수사하겠다는 말은 학교 자치를 표방하는 최대 법인에 흙발로 성큼성큼 들어가겠다는 의미다. 범인을 순조롭게 검거한다면 다행이지만 만에 하나 헛수고에 그친다면 안팎의 비난은 피할 수 없으리라. 자칫하면 도호대 출신 간부에게 유무형의 보복까지 당할 것도 각오해야 한다.

"실제로 경찰청이나 경시청에도 도호대 출신 간부가 적지 않아."

"압니다. 당장 가까운 곳에 우리 형사부장이 있죠."

"일단 적진에 들어갔으면 뭐가 됐든 사냥감을 잡아야지, 그렇지 않으면 변명할 여지가 없어."

"관리관님이 말씀입니까?"

구경꾼들이 소리 없는 비명을 질렀다. 농담이 아니라 방금 날린 반격은 명백한 반역이었다.

평소에 무슨 생각을 하는지 알기 힘든 무라세라도 역시 노기를 드러낼 것이라고 이누카이도 각오했다.

그런데 무라세의 반응은 사람들의 예상을 뒤엎었다.

"내 해명이라면 걱정할 것 없어. 지금까지 얼마나 많은 책임을 다른 곳에 떠넘기고 빠져나왔다고 생각하나."

정색하고 말하니 농담인지 진담인지 판별할 수 없어 아소는 곤혹스러운 표정을 지었다.

"그런 경우 보복의 화살은 가장 취약한 부분을 노리지. 입장상 가장 취약한 사람은 말단이 아니라 진두지휘를 하는 사람이야. 그러니까 아소 반장, 자네. 듣기 싫은 소리겠지만 반장 계급은 비난을 피할 수 없고 심지어 처분하기도 쉽지."

"잘 알고 있습니다."

아소는 더욱 뻗댔다.

"서두르다가 오인 체포하는 꼴사나운 짓은 안 하겠습니다. 하지만 지레 겁먹을 생각도 없습니다. 국내 최대 대학이든 부속병원이든 주저 없이 손길을 뻗칠 생각입니다."

"각오는 했나?"

최후통첩으로 들리는 말이었다.

아소는 순간 대답이 궁한 듯 입을 다물었다. 중간관리직의 덧없는 저항도 여기까지인가 하고 분위기가 풀어지려던 그때 아소의 한마디가 구경꾼들의 뺨을 후려쳤다.

"각오하고 안 하고 문제가 아닙니다. 아직 고등학생도 안된 아이들이 가난하다는 이유만으로 불법으로 장기를 제공했습니다. 몸을 잘라 판 겁니다. 경찰로서 자식을 둔 부모로서 지금 분발하지 않으면 도대체 언제 분발한다는 말입니까?"

한동안 침묵이 흘렀다.

팽팽한 분위기를 푼 사람은 무라세였다.

"그 말이 듣고 싶었어."

어안이 벙벙해진 아소에게 무라세는 아무 일도 없었다는 듯 담담하게 말했다.

"증원 요청은 승낙하지. 다른 반과 균형 문제도 있지만 조율한 뒤 오늘 중으로 대처하겠네."

그 말을 남기고 발길을 돌려 곧바로 형사부실을 빠져나갔다.

뒤에 남겨진 아소야말로 꼴이 말이 아니었다. 늘어선 부하들 앞에서 감정을 드러낸 어색한 기분을 언짢은 얼굴로 감추고 허둥지둥 자신의 자리로 돌아갔다. 하지만 앞을 지날 때 "……당했다"라고 중얼거리는 소리를 이누카이는 놓치지 않았다.

이누카이는 아마추어의 연극을 구경한 듯 머쓱했지만 다른 수사관들에게는 분발의 기폭제가 된 듯 몇 명은 입술을 앙다물며 결의를 다지는 모습이었다.

아스카가 이해가 안 간다는 얼굴로 물었다.

"형사님. 방금 뭐였어요?"

"언질을 잡힌 거야."

수사관의 마음을 모르면 수족처럼 부릴 수 없다. 그러나 감정에 휩쓸려서는 지휘관 자격이 없다.

"증원 요청을 승낙하는 조건으로 반장님에게 결의 표명

을 시킨 거야. 책임 소재를 밝히는 동시에 단순히 머릿수를 늘리는 것만으로는 효과가 미미하다고 계산한 거지."

"이런 상황이 닥쳤는데 아직도 그런 심리전을 한다고요?"

"상황이 이렇기 때문에 그런 거야. 관리관도 도호대 관계자 중에 범인이 숨어 있으리라 예상했어. 하지만 도호대와 부속병원은 수사 대상으로 어려움이 있지. 어떤 형태로든 각오와 긴장감이 필요해."

"……머리 아프네요."

그렇지, 하고 이누카이가 동의했다.

"거기 가면 우리 행동 원리는 단순명료해. 개처럼 사냥감을 쫓으면 되니까. 이해했으면 가자."

목적지는 말할 것도 없었다. 이누카이는 아스카를 대동하고 도호대로 향했다.

도호대 의학부 캠퍼스는 이타바시구에 있다.

류하오위가 다니는 대학의 부속병원에서 상병자 납치 사건이 발생했다. 수사1과 형사들이 캠퍼스에 발을 들여놓으며 활개를 칠 근거는 갖춰졌지만 그래도 아스카의 얼굴에 주저하는 빛이 서렸다.

"왠지 거부감이 드네요."

"딱히 불법 수사도 아니잖아."

"왠지 면목 없는 짓을 하는 기분이랄까……. 우리가 드나드는 걸 거부하는 느낌이에요."

"대학이란 곳은 교수부터 학생까지 경찰이 개입하는 걸 싫어하니까."

특히 도호대는 그러한 경향이 강했다. 1970년대에는 학생운동의 거점이 되었던 곳으로 그 무렵부터 경찰 혐오가 뼛속 깊이 새겨진 감이 있었다.

"싫어하든 좋아하든 상관없어."

학생과에서 방문 목적을 알리자 접수처 여직원은 귀찮은 기색을 숨기지 않는 태도로 응대했다.

"응접실에서 잠깐 기다리세요."

시키는 대로 지정된 방에서 기다렸지만 결코 잠깐이라고 할 수 없는 시간이었다. 두 사람은 20분 넘게 방치됐다. 간신히 나타난 남자도 오래 기다리게 한 것을 개의치 않는 기색이었다.

"사무국장인 다가미입니다. 유학생이 살해된 사건으로 오셨다고……. 정말 가슴 아픈 사건입니다."

가슴 아프다고 말하려면 조금은 그에 걸맞은 표정을 지으라고 말하고 싶었다.

"주로 류하오위 씨의 교우 관계를 조사하고 있는데 담당 교수와 같은 반 교우의 정보가 필요합니다."

"유학생이라면 교우 관계는 극히 한정됐겠죠."

단정하는 어조에 위화감을 느꼈다.

"학생과에서 학생 개인의 교우 관계까지 파악하고 있습니까?"

비꼬는 의도로 말했지만 다가미는 전혀 신경 쓰지 않는 듯했다.

"그럴 리가요. 단지 유학생 대부분은 유학생끼리 모임을 만들고 일본인 학생과 어울리려고 하지 않아서요. 언어의 장벽이 의외로 높더군요."

"본인과 대화를 나눈 적 있는데 류하오위 씨는 상당히 유창한 일본어를 구사했습니다."

"언어가 유창한 것과 허물없이 사귀는 것은 별개죠."

말끝마다 적당히 상대하고 싶어 하는 태도가 티 났다. 아스카도 알아차린 듯했다. 기분 탓인지 그녀의 시선이 초조해 보였다.

"살해당한 류하오위라는 학생은 아직 2학년이죠. 일반교양을 수강하는 과정이라면 아직 세미나에 참여할 수 없기 때문에 담당 교수도 없습니다. 잘은 모르지만 같은 의학부 중국인 유학생을 만나보시는 편이 좋겠네요."

남의 일이라는 투로 대꾸하는 태도에 슬슬 이누카이도 인내심에 한계를 느꼈다.

"도호대는 유학생을 받아들이는 데 별로 적극적이지 않습니까?"

천만에요, 라고 다가미는 일언지하에 부정했다.

"문부과학성에서도 우수한 외국인 유학생을 많이 유치하라는 지도를 받고 있습니다. 유학생 수로 따지면 우리 대학은 톱 클래스예요."

어디까지나 수에 대한 이야기로 내실이 눈에 훤히 보이는 듯했다.

"외국인 유학생은 대학에서 모집하는 것으로 압니다."

"네, 맞습니다. 우리 대학도 신입생 모집과 동시에 공고를 냅니다."

"유학 자격은 뭡니까?"

"국비는 본교에서 추천하는 전형, 그리고 재외 일본공관이 추천하는 자 전형 두 가지입니다. 사비는 본교 전형을 거쳐 직접 입학하는 전형과 대학 간 교류 협정을 맺은 외국 대학에서 추천서를 받는 전형 두 가지입니다. 류하오위 군은 국비 장학생으로 본교의 추천을 받은 케이스죠."

"누가 추천합니까?"

"각 학부장입니다. 류하오위의 경우 의학부장의 추천이 되겠네요."

"의학부장 개인의 판단이라는 말씀입니까? 류하오위를 추천한 이유를 꼭 알고 싶네요."

예리한 질문에 다가미는 돌연 경계심을 드러냈다.

"아뇨, 학부장 개인의 판단이라고는 말씀 안 드렸습니다. 본인의 학업성적과 지원 동기를 참고한 뒤 학부장이 추천하면 최종 승인하는 사람은 우리 대학 이사장님입니다. 그런 절차로 진행되죠."

"추천서를 볼 수 있습니까?"

다가미는 주저한 듯 순간 대답이 늦었다.

"해당 부서에 문의해 보겠습니다. 잠시 기다려 주시겠습니까?"

"학생과에서는 대응할 수 없습니까? 학생 개인정보는 학생과에서 보관 및 보호하는 것으로 아는데요."

"다른 학교 사정은 모릅니다."

자못 답답한 변명이었다.

못을 박아 둘 필요가 있었다.

"경찰의 인식과 차이가 있는 것 같아 굳이 말씀드리자면 저희는 지금 살인사건을 수사하고 있습니다."

이누카이가 어조를 바꾸자마자 다가미는 몸을 움츠렸다.

"국적이 어떻든 사람 한 명이 억울하게 목숨을 빼앗긴 사실 앞에서는 어떤 권위도 명목도 의미 없습니다. 대학의 협조를 얻지 못하면 강제로 수사할 수밖에 없습니다. 그렇게 되면 첫 협상에 실패한 담당자는 어떤 책임을 져야 할까요?"

"지금 협박하시는 겁니까?"

"류하오위 사건 관련해서 이미 여러 안타까운 희생자가 나왔습니다. 여론도 언론도 우려하고 있죠. 경찰이 조금 무리수를 두더라도 현재로서는 허용 범위로 인정받을 공산이 큽니다."

모호한 표현으로 일관했지만 그래도 효과는 있는 듯했다.

"시간을 주세요."

다가미의 눈은 궁지에 몰린 작은 동물 같았다.

3

다음 날, 이누카이와 아스카는 사전에 약속하지 않은 채 도호대를 방문했다. 접수대에서 호출당한 다가미는 몹시 당황한 동시에 고통스러워했다.

"시간을 달라지 않았습니까."

"하루면 충분하죠. 류하오위의 추천서를 보여주시죠."

"죄송하지만 아직 의학부장에게 말하지 않았고……."

다가미는 말꼬리를 흐렸지만 시선을 피한 눈을 본 이누카이는 순식간에 상황을 판단했다.

아마 거짓말이 익숙하지 않은 사람이리라. 대답하면서 시선을 피하다니 거짓말이라고 자백하는 꼴이나 마찬가지였다.

"의학부장은 자마 쇼헤이죠? 홈페이지 교직원 정보란에서 확인했습니다."

자마의 이름을 들은 순간 다가미의 얼굴이 일그러졌다. 환부를 건드린 표정이어서 역시 모르기를 바랐던 이름이구나 싶었다.

"자마 학부장님은 몹시 바쁘시거든요."

"그렇겠죠. 어쨌든 부속병원 외과부장까지 겸임하고 계시니."

"네. 그래서 스케줄을 분 단위로 짜는 날도 있습니다."

"호오. 역시 사무국장님이네요. 교직원 한 사람 한 사람의 스케줄까지 파악하다니. 그렇다면 바쁜 스케줄 사이에 틈틈이 제 요청을 전해주시는 것도 쉬웠을 테죠. 아닙니까?"

"그게, 저기……."

"어제 말했을 텐데요. 이 대학에 적을 둔 학생이 한 명 죽고 부속병원에 실려 간 소년이 홀연히 사라졌다고. 그렇게 수사에 협조하기 싫으면 내일이라도 교실 하나에도 다 못 들어갈 경찰들이 캠퍼스에 찾아올 겁니다. 자유와 자치를 목숨처럼 여기는 대학에 형사가 바글바글하면 그림이 퍽 이상하겠죠. 언론을 부를 필요도 없습니다. 캠퍼스를 걷는 학생들이 너도 나도 동영상을 찍어 인터넷에 올릴 테니. 그 날 중으로 도호대에 수사의 손길이 뻗친 사실이 톱뉴스로 보도되겠죠."

"협박하는 겁니까?"

다가미는 미약한 저항을 이어갔다. 지금 이누카이를 막는 것이 자신의 임무라고 믿는 듯했다.

"어제도 그랬습니다. 대학의 평판을 인질 삼아 추천서를 보여 달라고요. 대개 그런 것은 합당한 절차를 거쳐 요청하는 것이 규칙입니다!"

"마땅한 절차로 요청한 뒤 마땅한 절차로 거절당하면 도리가 없으니까 말입니다."

일단 상대측에 내부 자료를 요청할 때는 수사 관계 사항 조회서를 보내지만 임의수사이므로 법적 강제력을 지니지 않는다.

"물론 거절당하면 법원의 압수수색영장을 받아 오면 되기는 하죠. 그러면 대학 측 입장이 더 나빠지겠죠?"

"당신은 처음부터 대학 관계자 중에 범인이 있다고 단정 짓고 있어요."

"범인이 아니라 용의자입니다."

"그게 그거 아닙니까."

"용의자와 범인은 하늘과 땅 차이만큼 다릅니다. 하지만 더욱 소란스러워질수록 눈에 보이든 보이지 않든 도호대가 받을 타격도 커지겠죠."

다가미는 한발 물러났다.

"야쿠자처럼 협박하시는군요."

"협박이 아닙니다."

상대가 한발 물러났다면 이쪽은 한발 내딛는다. 협상의 기본이었다.

"담장에 둘러싸여 있으니 세상일에 어둡기는 대학이나 교도소나 마찬가지죠."

역시 다가미의 안색이 바뀌었지만 지금은 상대를 압도해야 할 때다. 다행히 다가미는 권력에 맹목적으로 따르는 부류 같았다.

"신문이든 인터넷이든 상관없습니다. 지금 소년들의 사건이 어떤 식으로 보도되는지 한번 보시죠. 아이들이 가난하다는 이유만으로 장기를 빼앗기고 죽어갑니다. 약자들이 이중 의미로 차례차례 살해당하고 있다는 말입니다. 범인을 두둔하는 사람은 없습니다. 악의와 구경꾼 근성이 가득한 인터넷에서조차 그렇습니다. 그런 분위기 속에서 수사 협조를 거부하는 대학을 세상은 어떻게 바라볼까요? 대학 자치 논리나 개인정보 보호 따위 이 거대한 분노 앞에서 산산조각 난 뒤 흔적도 없이 사라질 겁니다."

이누카이는 자신의 계산대로 말하고 있는지 다가미를 끊임없이 관찰했다. 형사보다 부모로서의 분노가 실린 점은 분명한 사실이었고, 감정이 필요 이상으로 격앙되지 않도록 조절하라고 또 다른 자신이 경고했다. 분노한 척하는 것은 괜찮지만 정말로 감정에 휩싸이면 협상은 불리해진다.

그때, 지금까지 침묵을 지키던 아스카가 두 사람 사이에 끼어들었다. 결국 이누카이가 폭주했다고 생각했구나 싶었는데 사실은 반대였다.

"지금 이누카이 형사님은 몹시 완곡하게 에둘러 말하고 있습니다."

아무 말도 하지 않는 보좌역인 줄 알았던 여자가 험악한 얼굴을 들이밀어서인지 다가미의 눈이 휘둥그레졌다.

"경찰이라고 해도 결국 월급쟁이일 뿐입니다. 학교법인을 꾸려가느라 애쓰는 것도 직장동료를 지키고 싶은 마음도 전부 이해합니다. 하지만 월급쟁이기 전에 부모이자 자식입니다. 저뿐 아니라 이 나라에 사는 사람, 전 세계 사람모두가 그렇습니다. 그러니 어떤 세상에 사는 어떤 계층의 사람이라도 아이를 학대하는 행위를 묵과할 수 없습니다. 내친김에 말하면 악인들만 모인 교도소에서도 아이를 건드린 수감자는 다른 수감자들에게 멸시당하고 괴롭힘을 당합니다."

아스카답지 않게 드물게 목소리가 낮고 억양도 조심스러웠지만 그것이 오히려 얼마나 분노했는지 대변했다.

"수사본부 전원이 이번 사건에 분노했습니다. 물론 조직으로서, 경찰관으로서 결코 이성을 잃지 않겠지만 범인을 잡기 위해서라면 한 학교의 명예 따위는 안중에도 없습니다."

불 끄는 역할인 줄 알았던 사람이 기름을 부었다.

예기치 못한 파상 공세에 기가 꺾였는지 다가미는 눈에 띄게 겁을 먹었다.

"저는 일개 직원입니다. 그렇게 고자세로 나와도 소용없습니다."

이누카이가 다시 한번 밀어붙였다.

"다가미 씨에게 책임을 지라는 말이 아닙니다. 게다가 대학 관계자 중에 범인이 있다고 결정 난 것도 아닙니다. 그저 류하오위가 도호대에서 유학하게 된 경위를 전부 알고 싶을 뿐입니다."

"자마 학부장님에게는 전했습니다."

다가미가 변명조로 말을 이었다.

"하지만 추천서는 교내 자료이자 학생 개인정보라서 신중에 신중을 기해야 한다고 말해서."

"다가미 씨는 신중하게 행동하고 있지 않습니까."

어떤 식으로 공격해도 퇴로 하나는 준비해 둔다. 이것 또한 협상술의 핵심이었다.

"다가미 씨가 추천서를 보여줄 수 없다면 차라리 학부장님과 제가 직접 협상하는 건 어떻습니까?"

"직접이요?"

"학부장님을 만나게 해 주세요. 그러면 내부 자료 조회를 응하는 사람은 학부장님이 되니 그분이 책임을 져야겠죠. 다가미 씨는 우리를 학부장님에게 데려다준 일만 추궁받을 겁니다."

다가미의 얼굴에 머뭇거리는 기색이 어른거렸다. 정말이지, 이렇게 생각이 표정에 다 드러나는 사람이 잘도 대학에서 요직을 차지하고 있구나 싶었다. 아니면 대규모 종합대학이라고 해도 사무국장이라는 보직은 요직이 아닌가.

"결국 내부 자료를 압수당해 책임 문제를 따지게 되는 것과 저희를 의학부장에게 소개해서 눈총 한 번 받고 마는 것 중 무엇이 좋겠습니까?"

결코 일반화하는 것은 아니지만 이누카이의 경험상 학

교 관계자는 대체로 세상 물정에 어둡다. 만나는 외부인이라고는 학부모뿐이어서 아무래도 세상이 좁아진다. 세상이 좁아지면 외부 압력에 약해지는 것은 자명한 이치다. 다가미가 꺾이는 것도 시간 문제였다.

"내일까지 기다려 주시겠습니까."

"이미 하루 기다렸습니다. 지금 당장 자마 학부장님께 말을 넣어 주시죠."

이누카이는 단호하게 말했다. 말이야 정중했지만 방금은 명령에 가까웠고 다가미가 명령에 약한 사람이라는 것을 눈치채고 내뱉은 말투였다. 과연 다가미는 그다지 거스르는 기색 없이 안쪽으로 달려갔다. 그 뒷모습을 바라보며 아스카가 중얼거렸다.

"여러 가지로 죄송합니다."

"뭐가?"

"원래라면 제가 형사님의 폭주를 막아야 하는데 오히려 급발진했잖아요."

"상관없어. 그걸로 류하오위와 도호대의 관계를 압박할 수 있다면 결과적으로 만사 오케이야."

"그런데 류하오위의 추천서를 이렇게까지 숨길 필요가 있을까요? 별로 특이한 점이 없는 평범한 추천서라면 이

난리를 피우고서 수확이 없잖아요."

방금 다가미를 몰아붙이던 기세는 어디로 갔는지 아스카는 돌연 불안한 기색을 보였다.

"우리가 언제 난리를 피웠다고 그래."

"둘이서 눈을 막 부라리면서 협박했잖아요."

"이렇게까지 흔들어대니까 겨우 책임자에게 말을 전하겠다고 한 거야. 아무 문제 없는 추천서라면 처음부터 거리낌 없이 내놓았겠지."

경찰 혐오가 강하니 간단한 용건이라면 재빠르게 해치우려고 할 터다. 그런데 다가미의 반응은 부자연스러울 정도로 굼떴다.

"형사님은 류하오위와 도호대 사이에 자마 학부장도 관여했으리라 의심하시는군요."

"추천서 작성이 그의 업무라면 관여 안 했을 리가 없어."

"도호대 의학부장 겸 부속병원 외과부장……. 그런 자리에 있는 인물이라면 당연히 수술도 능숙하겠죠. 어쩌면 아이들의 간을 적출한 사람도……."

"예단은 하지 마."

한동안 기다리니 다가미가 다시 모습을 드러냈다.

"의학부장님이 만나겠다고 하십니다."

"수고를 끼쳤습니다."

"다만 5분뿐입니다."

다가미의 얼굴은 아까보다 더 굳어 있었다. 자마에게 질책이라도 받은 듯했다. 5분 동안이라는 말은 제대로 대화할 생각이 없다는 의사표시며, 바꿔 말하면 문전박대나 마찬가지였다.

"네? 너무 짧은데요."

이누카이는 항의하는 아스카를 한 손으로 저지하고 점잖게 고개를 끄덕여 보였다.

"좋습니다."

"그럼 이쪽으로 오시죠."

다가미는 안심한 기색으로 앞장섰다. 어떻게든 이누카이의 요구를 들어준 다음 자신에게 닥칠 재난을 피했다고 안심하고 있으리라.

하지만 이누카이도 이 만남을 고작 5분으로 끝낼 생각은 추호도 없었다. 상대가 서둘러 정리하고 싶어 하는 것은 처음부터 예상해서 이미 계획에 반영했다. 미리 예상했다면 사전에 대책을 세우는 것은 어렵지 않다.

두 사람은 다가미를 따라 연구동으로 이동해 엘리베이터를 탔다. 일본 유수의 대규모 종합대학이라는 이름은 허명이 아니었다. 마치 거대 기업의 본사 같다고 이누카이는 새삼 혀를 내둘렀다.

실제로 도호대나 도호대 부속병원은 도호그룹이라는 대기업의 일부다. 학교법인, 의료법인도 여러 계열사 중 일부일 뿐이라고 해도 과언이 아니었다. 그리고 대기업의 일부라고 생각하니 도호대의 거대한 규모와 기업 냄새가 과연 그럴 만하다고 납득이 갔다.

"학부장실은 전부 가장 위층에 있습니다. 조금 더 가셔야 합니다."

정중한 태도였지만 사실 '너는 귀하신 분을 만나러 가고 있다'라고 으름장을 놓는 것이나 다름없었다. 교내 지위가 외부에서도 그대로 통용되리라 믿는 점이 다가미의 편협한 시각을 대변했다.

"안쪽에서 세 번째 방이 자마 학부장실입니다."

그 말을 남긴 다가미는 엘리베이터 앞에 멈춰 섰다. 아무래도 면담이 끝날 때까지 이 자리에서 기다릴 생각인 듯했다.

"천천히 말씀 나누시죠."

5분으로 지정해 놓아 여유롭지 않지만 이누카이와 아스카는 가볍게 인사하고 자마의 방으로 향했다.

'의학부장'이라는 거창한 명패가 걸린 방 앞에 섰다. 두 번 노크하자 안에서 "들어오세요" 하는 목소리가 들렸다.

"실례합니다."

혼자 쓰는 방 치고는 지나치게 넓었다. 벽에 걸린 추상화는 석판화일까. 미술에 완전히 문외한인 이누카이도 비싼 그림이라는 사실을 알 수 있었다.

"처음 뵙겠습니다."

먼저 말을 꺼낸 흰 가운 차림의 자마는 두 사람에게 소파에 앉으라고 권했다. 이 또한 문외한인 이누카이도 알아차릴 수 있는 천연 가죽 소파였다.

"의학부장 자마입니다. 사무국장 말로는 유학생 건으로 찾아오셨다고."

"경시청 수사1과 이누카이 하야토입니다. 이쪽은 다카치호 아스카입니다."

의사라기보다 빈틈없는 변호사 같았다. 이누카이는 자마의 손가락으로 시선을 옮겼다. 여자처럼 끝이 가늘어서 연주가의 손가락을 연상케 했다. 손톱 사이에 티끌만 한 때도 없고 손끝 전체가 흰 이유는 정기적으로 멸균 소독하기 때문이리라.

딸이 오랫동안 입원 생활을 하고 있어서 여러 외과의를

관찰했다. 그 결과 우수한 외과의는 거의 예외 없이 손끝 감각이 좋다는 사실을 알게 됐다. 밀리미터 단위인 혈관에 메스를 대야 하니 당연히 손가락 끝은 소수점 몇 밀리미터 까지 느끼며 움직여야 한다. 원래 손재주가 좋아서 외과의 가 됐을까, 아니면 외과의가 되고 보니 자연스럽게 손재주 가 좋아졌을까. 어느 쪽이든 자마는 메스를 쥐는 데 익숙한 사람이라고 봐도 좋을 것 같았다.

"유학생 추천서를 보고 싶다고 하셨나."

"류하오위. 전날 신키바의 하천 부지에서 숨진 채 발견됐 습니다."

"아, 예. 그러고 보니 학교에서 사건 이야기를 들었습니 다. 참, 가슴 안타까운 사건이에요. 의학부 사람으로서 정 말로 가슴이 아픕니다."

가슴이 아프다는 사람치고 사무 보고를 듣는 것처럼 냉 담한 말투였다. 이 냉담함이 자마의 성격인지 연기인지 아 직 판단할 수 없었다.

"그런데 범죄를 수사하는 데 그 학생의 추천서가 필요합 니까? 이해가 안 가는데."

"최근 몇 주간 소년들의 장기가 적출되는 사건이 연속으 로 발생하고 있습니다."

이누카이는 왕지엔순부터 시작된 연쇄 사건의 개요를 설명했다. 슬며시 자마의 표정을 살폈지만 그의 얼굴 근육은 꿈쩍도 하지 않았다.

그 대신 움직이는 것이 있었다.

손끝이었다.

두 번째, 세 번째 사건이 거론될수록 검지가 전기에 닿은 것처럼 간헐적으로 떨렸다. 마지막으로 마키다이 히로타카 시신이 부속병원에서 사라진 사건을 이야기할 때는 중지도 동시에 떨렸다.

"부속병원에서 그런 사고가 있었다는 보고는 받았습니다."

"사고가 아니라 사건입니다. 다음 날 시신이 유기됐으니까 말입니다."

"류하오위는 그저 본교 유학생이죠. 부속병원과는 아무 관련이 없습니다."

"관계 유무를 조사하는 것이 저희 일입니다."

"그건 그렇지만 우리도 납득할 수 없는 이유로 내부 자료를 공개할 수는 없지."

자마는 손끝이 무방비하게 노출됐다는 사실을 깨닫고 흰 가운 주머니에 손을 집어넣었다.

"아시겠지만 학생 개개인의 성적은 취업에도 영향을 미

칠 수 있는 개인정보예요. 그리 쉽게 공개할 내용이 아니지. 그건 유학생도 마찬가지고."

"이미 사망한 사람입니다. 개인정보보호법 적용 대상이 아닙니다."

"법인지 뭔지보다 본교 합격 기준의 문제입니다. 유학 가능 여부는 시험 결과뿐 아니라 외국 대학에서 받은 평가와 재외 일본 공관의 의견도 반영되지. 나 혼자 판단해서 답변할 수 없어요."

"유학생 합격 기준이라는 게 그렇게까지 비밀로 해야 하는 정보입니까?"

"필기시험 점수만으로 결정되지 않으니까 그렇다고 할수 있지."

명백한 회피 의도가 담긴 억지 논리였다. 내부 사정을 핑계로 공개하지 않으려는 수작이었다.

"추천서 한 장에 그만큼 방대한 정보가 들어 있을 것 같지는 않은데요."

"추천서 자체는 단순한 양식이지만 추천에 이르기까지의 과정이 응축되어 있어요. 그중 재외 일본 공관이 유학생을 추천할 경우, 해당 국가의 정치 사정이 짙게 반영될 수 있지. 특히 중국 공산당원의 자식과 관련해서는 수상한 속셈

이 난무합니다. 그런 내막을 밝히지 않았으면 하는 세력이
존재해요."

이번에는 음모론 같은 주장까지 튀어나왔다. 거듭 거절
하다 보면 마지막에는 다섯 살짜리 아이의 논리처럼 되는
데 이 의학부장도 예외가 아니란 말인가.

"도호대는 국내 유수의 학교법인이에요."

"압니다."

"국내뿐 아니라 해외 교육기관과도 깊은 연결고리가 있
지. 유학생 제도는 각 국가의 내부 사정과도 관계가 있어
요. 범죄 수사를 무시하는 것은 아니지만 이런저런 우리 쪽
사정도 이해해 주시죠."

"협조 안 하시겠습니까?"

"하려고 해도 윗선의 허가가 필요합니다. 내 마음대로 결
정할 수 있는 문제가 아니야."

"다가미 씨와 비슷한 말씀을 하시는군요."

"똑같이 고용된 몸이니 말입니다."

몹시 자학적으로 들렸다.

"아무리 좋아 봤자 사립대학이니까. 이사장 말고는 모든
직원이 남 밑에서 일하는 처지지."

"어떻게 해도 협조받을 수 없다면 결국 압수수색이라는

방법밖에 없습니다."

"그 이야기도 사무국장에게 들었습니다. 하지만 그 최후
의 수단인지 뭔지도 법원의 허가가 필요하지. 즉 정보공개
의 필요성을 법원이 인정하도록 만들어야 해요. 그게 쉽지
않다는 걸 아니 내게 직접 담판을 지으려는 것 아닌가."

다섯 살짜리 아이처럼 당치도 않은 핑계를 늘어놓는다고
생각했더니 뜻밖에도 아픈 곳을 찔렀다. 같은 월급쟁이 처
지라서 민감하게 알아챘는지도 모른다.

"우리 학교 재학생이 목숨을 잃은 일은 참으로 안타깝습
니다. 그러나 그것과 교내 리스크를 관리하는 건 별개의 문
제예요."

"무슨 일이 있어도 협조 못 하시겠다는 말씀입니까?"

그러자 자마는 티가 나게 손목시계를 확인했다.

"5분을 약속했는데 벌써 15분이 지났군. 이제 충분하죠?"

일방적으로 끝낼 생각인가. 그렇다면 이쪽도 카드를 섞
을 차례다.

"의학부장이 교내 리스크 관리에 애쓰시는 건 이해합니다."

"고맙군. 그럼 이만."

자마가 자리에서 일어나려는 순간 이누카이가 한마디를
끼워 넣었다.

"4년 전, 아드님 사건을 무마한 것도 리스크 관리 때문이었겠군요."

자마가 멈칫했다.

"⋯⋯무슨 소리지?"

"4년 전 7월 10일, 장남 쇼이치 군이 다카이도 인터체인지 부근에서 검문에 걸려 음주운전 혐의로 체포됐죠. 음주 측정기로 1리터 날숨에 알코올 농도가 0.4밀리그램, 경찰의 질문에도 제대로 대답 못 하고 똑바로 걷지도 못했습니다. 원래라면 5년 이하의 징역 또는 1백만 엔 이하의 벌금이죠. 다카이도 경찰서 교통과는 서류를 갖춰 송치했지만 지검은 무려 증거불충분으로 불기소 처분했습니다."

자마의 안색이 순식간에 변했다. 도도하게 조직의 논리를 늘어놓던 직장인의 얼굴이 아버지의 얼굴로 바뀐 순간이었다.

"체포된 쇼이치 군으로서는 지옥에서 부처를 만난 기분이었겠죠. 무려 모 일류 출판사 입사가 결정된 직후였으니까. 회사에 알려지기라도 하면 합격 취소는 물론 어느 기업에도 취직하지 못하게 될 처지였습니다. 기소 처분으로 전과 기록이 남으면 처지는 더욱더 막막해집니다. 다카이도 경찰서는 불기소 처분에 놀랐지만 용의자의 아버지가 도호대 의학부장인 당신이었기 때문에 이상하지 않았다고 합니다. 때마침 담당 검사가 당신 후배였죠. 측정할 때 사용한 음주측정기에 문제가 보고되었다는 등 그럴듯한 사유를 준비했지만 이것도 다카이도 경찰서 말에 따르면 웃기는 소리라고 하더군요."

"불기소는 불기소야."

이제는 핑계를 꾸며 낼 마음도 없는 듯 자마는 억지를 부렸다.

"검찰청에서 불기소 처분한 사건을 다시 문제 삼겠다는 말인가?"

"경찰에서는 무리겠죠. 4년 전 사용한 음주측정기는 이미 폐기돼서 무마한 사실을 입증할 수 없습니다. 당신과 담당 검사가 아는 사이라고 해도 그것으로 인과관계가 증명되는 것도 아니고."

"그래. 그렇고말고."

"하지만 경찰만 죄를 파헤치는 건 아닙니다. 세상에는 권력자의 추락을 끼니보다 좋아하는 사람들이 많거든요. 예를 들면 악명 높은 사진 주간지, 인터넷에 상주하는 네티즌들, 반권력 깃발을 흔드는 시민단체. 그런 무리들이 이 일을 알면 어떤 소동이 벌어질까요?"

320

당신! 하고 자마가 목소리를 높였다.

"지금 나를 협박하는 건가?"

"어디까지나 가능성을 말씀드린 겁니다. 요즘 언론이나 네티즌은 예상치 못한 곳에서 정보를 주워오더군요. 그리고 주워오기만 하면 빛의 속도로 퍼집니다. 대개 감정이 실린 온갖 욕설이 난무하니 표적이 된 사람은 한마디 변명도 허락받지 못하고 순식간에 불타버리고 맙니다."

"비열하다고 생각하지 않나."

"자신의 권력과 인맥으로 자식의 죄를 무마하는 것은 안 비열합니까?"

"무마했다는 증거가 어디 있어."

"증거가 있든 없든 구경꾼들은 상관없어요. 도리어 증거가 없는 편이 그들의 가학성에 불을 붙이겠죠. 인간이란 자기가 믿고 싶은 것을 믿는 존재거든요."

"수사1과 이누카이 하야토 형사와 다카치호 아스카 형사였나? 나는 경찰에도 인맥이 있어."

"경찰에도 도호대 출신 간부가 많으니까요. 그런데 자마 씨. 그 간부들 입에서 무마 의혹 이야기가 새어 나올 가능성은 없습니까? 자기들이 잡은 범인이 불기소 처분되다니 경찰 입장에서 보면 재미없는 이야기거든요. 무마한 검사

321

에게 복수하려고 외부에 누설하는 도호대 출신 간부가 있어도 이상하지 않죠. 경찰은 출신 대학보다 제 식구를 챙기는 조직이랍니다."

약간의 빈정거림을 섞은 이유는 당연히 '제 식구를 챙기는' 성질이 칭찬받을 만한 것은 아니기 때문인데 자마의 귀에 어떻게 들렸는지는 알 수 없다.

"하지만 저와 여기 있는 아스카는 입이 찢어져도 누설하지 않겠습니다. 맹세해도 좋습니다."

"어떻게 그렇게 단언하지?"

"수사 협조를 부탁한 상대를 모함하는 건 인륜에 어긋나는 일이니까요."

"인륜? 훌륭하고 멋진 말이지만 결국 말일 뿐이야. 어떻게 오늘 처음 만난 사람의 말을 믿으란 말인가."

"오늘 처음 만났기 때문입니다. 사전 정보가 없는 상대라면 경험에 비추어 믿을 수밖에 없을 테니까. 아니면 자마 씨는 그 사람의 직업이나 직함을 믿으십니까?"

다소 유치한 말이라고도 생각했지만 자마의 인성을 관찰한 뒤 도박을 걸었다. 아버지로서 약점을 드러낸 자마에게서 도덕가의 면모를 엿봤다.

한동안 침묵의 시간이 흘렀다. 자마의 손끝이 피아노 건

반을 두드리는 것처럼 떨리는 모습을 보고 그가 속으로 갈등하고 있다고 짐작했다.

마침내 손가락 떨림이 돌연 멎었다.

"추천서만 보면 납득이 가겠소?"

즉 추천서에 적힌 내용이 전부가 아니라는 뜻이다.

"이해가 가지 않는 점이 있으면 설명을 듣고 싶습니다. 그리고 방금 질문은 자마 씨가 류하오위의 추천서 내용을 기억한다는 증거죠."

"아아, 기억하고말고. 워낙 특별한 안건이었으니까."

"뭐가 어떻게 특별했다는 말씀입니까?"

자마는 일단 말을 끊고 두 사람을 정면에서 응시했다.

"촌스러운 질문인데 지금 대화를 녹취하고 있소?"

"촌스러운 짓이라 안 합니다."

이누카이는 재킷을 열어 아무것도 없다는 사실을 증명했다. 그 모습을 본 아스카도 서둘러 재킷을 열어 보였다. 자마는 미안하다는 듯 한 손을 들었다.

"아까도 말했지만 이사장 빼고는 모든 직원이 머슴 같은 처지지. 의학부에 들어온 유학생이니 당연히 추천서도 내게 있네. 하지만 추천인 칸에는 이미 내가 아닌 다른 사람의 이름이 적혀 있었지. 류하오위의 유학에 관한 한 나는

323

이미 결정된 일에 그저 동의만 한 사람일 뿐이네."

"그럼 추천인은 도대체 누구입니까?"

"진노 소헤이. 도호대 이사장이네."

4

"진노 소혜이라고?"

이누카이와 아스카의 보고를 듣고 수사본부에서 대기하던 아소는 신음하듯 말했다. 아소의 심정은 충분히 이해했다. 자마에게 그 이름을 들었을 때는 이누카이도 신음이 새어 나올 뻔했기 때문이다.

"기껏해야 의학부장 정도가 정보를 쥐고 있겠지 하여 우습게 봤는데 설마 도호그룹 총수의 이름이 나올 줄이야."

낚시터에서 송어를 잡으려고 했는데 청새치가 미끼를 물었다. 마치 그런 표정이었다.

그럴 만도 했다. 아무리 살인사건 수사라고 해도 수사1

과 형사가 수갑을 채우기에는 손목이 너무 굵은 상대였다.

도호대와 부속병원뿐 아니라 각종 제조업, 보험업, 금융업, 투자회사, 운송업, 출판 등 도호그룹 산하 기업은 중소기업을 포함해 족히 백 개는 넘었다.

진노 소헤이는 입지전적 인물이었다. 전쟁이 끝났을 때 열 살이 채 되지 않은 나이로 전쟁고아가 된 아이에게 잿더미가 된 땅은 그야말로 미개척지였다. 어릴 때부터 물물교환을 시작해 진작 장사 수완을 발휘했다고 한다. 자세한 것은 이누카이도 모르지만 이 나라의 고도성장기에 맞춰 성장한 인상이 강했다. 한 경제지는 진노를 '미스터 고도성장'이라고까지 치켜세웠다. 실제로 전쟁 후 수십 년 동안 진노가 창출한 유무형의 재산은 몇조 엔으로 추청된다고 한다.

"그래서, 만났어? 진노 소헤이와."

"아뇨. 이사장은 도호대에 반년에 한 번 올까 말까 해서 못 만났습니다."

"때마침 딱 나타났어도 상대가 진노라면 쉽사리 대화를 나눌 수 없었을 거야."

아소는 초조한 기색을 감추지 않았다.

"류하오위의 유학에 진노가 크게 관여했다는 사실은 알

겠어. 하지만 설마 진노가 직접 메스를 들고 아이들의 배를 가르지는 않았을 거 아냐."

"네. 다만 대기업 총수와 별로 부유하지 않은 집안의 중국 유학생과의 접점이 무척 신경 쓰여요."

"신경 쓰이는 시점에 가설을 세웠겠지?"

"류하오위는 버리는 패였습니다. 소년들의 장기를 적출한 사람은 숙련된 의사였겠지만 봉합만은 류하오위에게 시켰죠. 봉합 흔적으로 집도의를 찾아내는 것을 피하기 위해서였습니다."

"류하오위가 살해된 동기는 입막음 때문인가."

"제가 접근하자마자 살해당했어요. 분명 감시가 붙었을 겁니다."

이누카이가 성급하게 행동해서 초래한 비극이었다. 류하오위의 시신을 내려다봤을 때 얼마나 후회스럽고 원통했는지. 하지만 자신이 할 수 있는 일은 반성하는 일도 망자의 명복을 비는 일도 아닌 범인 검거뿐이라고 잘라 말했다. 그렇기에 성급했던 자신의 행동을 아소에게 털어놓을 수 있었다.

"처음부터 버리는 패로 끌어들일 작정이었기 때문에 일본인이 아닌 중국인을 물색했다고 보는군?"

"도호대 부속병원에서 마키다이 히로타카의 시신을 도난

당한 상황을 생각하면 범인은 병원 관계자로 짐작됩니다. 그것도 한 명이 아니라 여러 명."

"그 점은 수사본부 생각도 같지만 단순한 공범이면 몰라도 도호그룹 자체가 범인이라면 수갑이 몇 개라도 못 잡을 거야."

도호그룹 전체가 범인이라는 말은 과장된 표현이지만 어쨌든 도호대와 부속병원에 실행범 그룹이 숨어 있는 것은 거의 사실로 보였다.

"범행 그룹의 우두머리가 진노 소헤이라고 생각해?"

"자마 학부장은 진노 이사장을 제외한 모든 직원이 머슴 같은 존재라고 하더라고요. 진노 소헤이가 주모자라면 일련의 범행도 이해가 갑니다."

"잠깐. 잠깐 기다려."

아소는 혼란스러운 듯 황급히 머리를 흔들었다.

"하마터면 네 추리에 끌려갈 뻔했는데 일련의 사건에 진노 소헤이가 관여했다는 추측은 무리가 있어. 잘 생각해 봐, 상대는 도호그룹 총수고 수백억 엔을 가진 자산가야. 그런데 왜 장기매매 따위에 손을 대겠어."

"돈 문제가 아닐지 몰라요."

"그게 무슨 말이야."

아소의 물음에 이누카이는 들고 있던 책자를 아소에게 내밀었다. 재작년 1월에 출간된 경제지였다.

"수사1과 형사가 읽을 잡지는 아니네."

"어제 도호대에서 돌아오는 길에 아스카와 찾으러 다녔습니다. 진노 소헤이의 현재에 대한 정보가 필요했거든요."

"여기에 최신 정보가 실려 있나?"

"대기업 총수면서 최근에는 10년 넘게 언론에 모습을 드러내지 않았어요. 그런데 웬일로 그 잡지 신춘 기획에는 등장했죠."

신춘 기획은 도호그룹 총수 진노 소헤이와 이나자와 경단련* 회장의 대담이었다. 기사를 집어삼킬 기세로 읽었기 때문에 대충은 외웠다.

2008년 리먼 쇼크는 일본 경제에도 심각한 타격을 주어 서로의 지분으로 자산을 형성하던 기업은 예외 없이 자산 가치 하락으로 손해를 입었다. 수익은 급감했고 신입사원의 입사를 취소하는 회사도 줄을 이었다. 신입사원은 귀중한 선행 투자다. 그마저도 삭감할 수밖에 없었던 점에서 리먼 쇼크가 얼마나 치명적이었는지 알 수 있다.

---

* 일본경제단체연합회.

그 후 몇 차례 상승세와 금융완화를 거쳐 일본 경제는 간신히 다시 살아나는 중이다. 동년배이기도 한 도호그룹 총수와 경단련 회장의 대담은 '잃어버린 20년'의 고생담과 서로의 근황 이야기가 중심이었다.

이누카이가 기억하는 내용은 이랬다.

이나자와: 진노 씨는 여전히 혀끝이 날카롭군. 지금 발언은 야당 사람들에게 들려주고 싶은 이야기야.

진노: 아닐세, 요즘에는 둥글둥글해졌어.

이나자와: 또 경단련 회장을 맡을 생각은 없나?

진노: 당신이 맡기 전에 이미 10년이나 했잖나. 그것도 전임 일본은행 총재 시절에. 그때 경단련 자체가 얼마나 큰일을 당했는지. 재계가 여러 차례 금리 인하를 요구하는데도 찔끔찔끔 내려서 제로 금리가 돼도 효과는 거의 없었지. 일본은행 역사상 드물 정도로 무능한 총재였어.

이나자와: 확실히 시장 개입을 매우 두려워한 인상이었지. 버블 경제 붕괴는 구 대장성*의 총량 규제와 일본은행의 금리 인상이 함께 초래한 일이었으니. 대대적인 인하에 트라우

---

* 현재의 재무성.

마가 있었던 것 아닌가.

진노: 과거의 실패에 얽매이는 등 선례에 너무 의존했지. 가스미가세키*의 관리도 아니고 말이야.

이나자와: 하하하. 그러고 보니 자네가 회장직을 사임한 것도 당시 일본은행 총재를 비꼬는 뜻이었잖나. 마음은 잘 알지. 그때는 경제동우회의 가메타 씨도 공감해 사임할 기세였으니까.

진노: 아니, 그건 이나자와 씨와 세간이 너무 깊게 생각한 거야. 확실히 비꼬는 의미도 있기는 했지만 그것보다 건강이 문제였거든. 기자회견에서는 티 내지 않았지만 그 무렵부터 이미 휠체어를 타야 하는 처지였어.

이나자와: 그야 피차일반이지. 나도 자네도 이제 여든이 코앞이라고.

진노: 아니, 나이 때문이 아닐세. 신장이니 간이니 너덜너덜해져서.

이나자와: 좋은 의사를 소개해 줄게.

진노: 일본에서는 힘들어.

---

* 도쿄에 있는 일본중앙관청지구. 일본의 거의 모든 중앙행정기관 및 부속기관이 들어서 있다.

아마 해당 부분까지 읽었을 것이다. 아소가 잡지에서 고개를 들었다.

"진노는 장기가 안 좋군."

"네. 그리고 중요한 부분은 '일본에서는 힘들어'입니다. 장기이식법이 개정돼도 뇌사 판정 기준이 엄격해서 공여자가 늘지 않으니까요. 공여자의 장기가 수혜자에게 적합한지까지 따져야 하니 타이밍에 문제가 생기죠. 진노 소헤이가 아무리 자산가라도 자신에게 적합한 공여자가 적절한 타이밍에 뇌사에 빠지기를 기다리는 수밖에 없어요."

"돈 문제가 아니라는 말은 그 때문인가. 하지만 외국은 이식수술을 받기 훨씬 쉽지 않나."

"예를 들어 미국의 장기 제공자 수는 일본의 몇십 배예요."

"그러면 외국으로 가면 되잖아. 진노라면 저기 고급 호텔에서 요양 겸 느긋하게 공여자가 나타나기만 기다리면 될 텐데. 그럴 수 있는 시간과 돈이 있잖아."

"더 이상 외국으로 나갈 수 없는 몸 상태라면 어떨까요?"

"국내에서 이식 수술을 받을 수밖에 없겠지. 하지만 공여자가 나타나지 않아. 먼저 나타나지 않는다면 이쪽에서 사냥을 나갈 수밖에 없다, 이 말인가."

아소는 이누카이의 추론에 얼마나 승산이 있을지 음미하

는 것 같았다. 연쇄살인과 불법 장기 적출. 경시청이 총력을 기울이는 중대범죄지만 용의자가 대기업 총수라면 섣불리 출두를 요청할 수 없었다.

"진노가 정말 이식수술이 필요할 정도로 병세가 심각한가. 집도 및 장기 강탈 실행 그룹은 누구와 누구인가. 진노가 실행범 그룹에게 명령했다는 사실을 입증할 수 있는가. 과제가 산더미야."

"흑막이 진노 소헤이라면 과제가 산더미 같은 건 오히려 당연하겠죠."

"그런데 어디서부터 달려들 생각이야? 잘 알겠지만 진노 소헤이를 만나기란 매우 어렵다고."

당연하다. 일개 사립대학 의학부장을 만나 이야기를 듣는 것조차 대단한 기술이 필요했다. 대기업의 우두머리를 만나려면 그와 비교도 어려울 정도로 험난하리라.

"진노 소헤이나 그룹사에 수상한 이야기가 있으면 좋겠는데요. 소득 은폐나 직원 과로사 같은."

"별개 건으로 끌고 갈 심산인가. 그렇다고 해도 고작 이사까지나 건들 수 있겠지. 진노 소헤이는 손가락 하나 못 건드릴 거야."

"수사2과에 연락해 주시겠어요? 어쩌면 우리가 모르는

정보를 쥐고 있을지도 모릅니다."

아소는 잠시 생각에 잠긴 기색이었지만 이윽고 뭔가를 떠올린 듯 연신 고개를 끄덕였다.

"2과도 좋지만 정보를 조금 더 잡고 있을 만한 사람을 알아."

"누구입니까?"

"도쿄지검 특수부에 지인이 있어. 상대가 도호그룹이라면 그만한 지원군이 필요하지."

상대와 약속을 잡은 이누카이와 아스카는 도쿄지검으로 향했다. 지검이 있는 합동청사는 경시청과 도로 하나를 사이에 두고 있어서 평소에도 방문하는 곳이었다. 하지만 이누카이도 특수부에 방문하는 것은 처음이었다.

특수부는 정치권 비리나 대형 경제사건 등 자체 수사를 담당하는 특수직고반과 주로 탈세 사건을 담당하는 재정반, 수사2과나 공정거래위원회 등 기관을 담당하는 경제반으로 나뉜다. 아소가 소개해 준 사람은 재정반 소속이었다.

합동청사 엘리베이터에 올라탈 때 아스카는 긴장한 모습으로 연신 손으로 머리를 빗었다.

"왜 그래. 평소에 지검 자주 와봤잖아. 특수부도 검찰이야."

"그래도 특수부가 다루는 건 경제사건이잖아요. 우리가 쫓는 사건은 장기매매와 살인인데……. 조금 위화감이 들어서요."

"장기매매도 경제활동이라고 생각하면 위화감이 없을 거야."

농담으로 한 말이었는데 아스카는 그렇게 받아들이지 않은 듯했다. 매서운 눈으로 이누카이를 노려봤다.

사무관실에 도착해 용건을 전하자 응접실로 안내받았다. 약 5분 뒤 사십 대로 보이는 통통한 남자가 나타났다.

"기다리시게 해서 죄송합니다. 특수반 가미신조입니다."

많은 정보를 쥐고 있을 것 같다며 아소가 소개한 남자는 자리에 앉기 전에 손을 내밀었다. 덩치에 어울리지 않는 커다란 손과 마디가 굵은 손가락이 인상적이었다.

"이누카이 형사님과 아스카 형사님이시죠? 아소 반장님에게 이야기는 들었습니다. 진노 소헤이를 쫓으신다고요."

"아직 쫓는 단계는 아닙니다. 주시하는 수준입니다."

"그런데 살인과 장기매매라니."

"도호그룹 총수와는 어울리지 않습니까?"

"글쎄요. 지금이야 속세를 초월한 듯 구는 노인이지만 잿더미에서 맨손으로 일으킬 때는 재일 조선인과 항쟁을 벌였다는 전설 속 인물이니까요. 의외로 천성이 피비린내 나는 사람일지도 모르죠."

이누카이는 샤쿠지이 다케시타숲 녹지에서 시작된 연쇄 사건을 시간 순서대로 설명했다. 처음에는 온화했던 가미신조의 얼굴도 류하오위 시신이 하천 부지에서 발견됐다는 이야기를 들을 때부터는 험악해졌다.

"소년들의 장기 적출 사건은 알고 있었는데 도호대 유학생까지 엮였을 줄이야. 그래서 진노 소헤이까지 알아낸 겁니까?"

"지검 특수부에서 도호그룹에 대해 뭔가 혐의를 의심하는 건이 있습니까?"

"그렇게나 규모가 큰 기업체니까요. 털면 먼지 한두 개는 나올 겁니다. 흘러나오는 이야기만 해도 근로기준법을 한참 어긴 운송회사나 금융상품거래법을 저촉했다고 볼 만한 투자회사 건이 있습니다."

"기소될 만한 건 같습니까?"

"기소할 수 있는 건 하죠. 하지만 특수부도 체제 개편 이후에 떠안은 안건이 많아서 최우선할 수 없어요."

지검의 체제 개편은 2010년에 발각된 오사카지검 특수부의 증거 조작, 은폐 사건이라는 불미스러운 사건에서 비롯됐다. 기존에 두 개 반이었던 특수직고반을 한 반 줄이고 반대로 재정경제반을 두 개로 나눈 뒤 증강했다. 즉 자체 수사 우선주의를 수정한 모양새지만 한편으로는 국세청이나 수사2과가 관여하는 경제사건이 증가했다는 배경도 있다.

"각 사안은 계열사 단위로 종결되는 경우가 대부분이라 만약 근로기준법이나 금융상품거래법으로 기소할 수 있다고 해도 그룹 전체를 규탄하기는 어렵습니다. 업태도 제각각 다르고 진노 소헤이가 이사로 이름을 올린 것도 아니라."

"진노 소헤이가 탈세 혐의를 받은 적은 없습니까?"

"그 파나마 문서로도 이름이 거론된 적이 있습니다. 개인 자산이 수백억 엔인 인물이니 저희도 긴장했지만 적도 만만치 않은 자였죠. 재빨리 자산을 옮겨 흔적을 지워 버렸습니다. 텍스 헤븐조세피난처 문제는 끝이 없는 싸움이니까요. 수사하는 쪽이 냄새를 맡을 때면 둥지에는 이미 아무것도 안 남아 있죠."

가미신조는 자학적으로 말했다. 그 어조에서 재정반 사람들이 진노를 여러 번 쫓았음을 짐작할 수 있었다.

"특수부는 진노 개인을 어디까지 수사했습니까?"

"있는 그대로 말하면 길을 따라갔더니 신기루였습니다.

여하간 철저한 노인네예요. 경단련 내부에서 강연한 강연료 영수증까지 보관하고 있다더군요. 그 정도 부자면 그런 푼돈 영수증 같은 건 신경 안 쓰는 놈들이 대부분인데 말입니다."

"저도 좀 알아봤습니다. 전쟁 직후는 차치하고 일단 기업인이 된 후 전과는 없었습니다."

"세제에 정통한 브레인이 있어요. 거기에 수완이 좋은 고문 변호사까지."

"본인의 건강 상태는 어디까지 알아내셨습니까?"

"올해로 여든한 살. 팔순이 지나면 몸 곳곳이 망가져도 이상하지 않죠."

"진노 소헤이의 장기가 안 좋다는 건 잡지 대담에서 읽었습니다. 하지만 자세한 병명과 증상은 알 수 없더군요."

"다발성 장기부전입니다."

가미신조는 태연스레 말했다. 이 남자가 무언가 정보를 쥐고 있다는 추측은 틀리지 않았다.

이누카이도 다발성 장기부전의 기본 지식은 안다. 중증 감염병 등에 걸렸을 때 나타나는 증상으로 폐를 비롯한 호흡기관과 소화기관 대부분이 기능 부전 상태에 이르게 한다. 각 장기는 손상된 것이 아니라 기능만 저하될 뿐이므로 각 병의 진행 시기에 맞춰 집중 치료실에서 치료해 극복하면 나을 수 있다고 알려졌다. 그러나 과거에 시도한 다양한 치료법으로는 사망률을 극적으로 개선하지 못했다. 현대 응급의료의 최대 과제로 꼽히는 이유다.

"다발성 장기부전에 대해 좀 아십니까?"

"대충은 압니다."

"간부전은 이미 심각한 수준인 것 같더군요. 혈장 교환을 해도 컨디션이 잘 회복되지 않는 상태입니다. 그 사이에 장과 신장도 기능 부전을 일으켜 최근 1년은 병상에 누워 있는 시간이 더 길다는 소문입니다."

"소문이요?"

"치료 병원이 도호대 부속병원이라서요. 철의 장막에 가려져 의료 기록 한 장 구할 수 없습니다. 입이 가벼운 간호사에게 소문을 듣는 것이 최선이었습니다."

가미신조는 한심하다는 듯 투덜댔지만 이누카이의 속은 고요한 흥분으로 떨렸다.

다발성 장기부전으로 현재는 간부전이 심각한 상태.

진노가 초조하게 공여자를 찾아 헤매는 이유도, 소년들의 장기를 빼앗는 이유도 이것으로 전부 설명된다. 하루의 절반 이상을 침대에 누워 있어도 컨디션이 회복되지 않는 상태라면 외국으로 먼길을 떠나기도 어려울 것이다.

아스카는 분노를 억누를 수 없다는 눈으로 허공을 노려 봤다. 아마 이누카이와 같은 생각을 하는 듯했다.

"자신의 연명치료를 위해 가난한 사람의 장기를 사들인 다. 과연 건강에는 자유롭지 못하고 돈에는 자유로운 부호 가 떠올릴 만한 생각이군요. 하지만 이누카이 형사님, 그것 만으로는 정황증거일 뿐이고 장기 적출은 본인이 아니라 다른 사람으로 구성한 팀이 했을 겁니다. 진노 본인은 만나 는 것도 어렵지만 사건 연루를 인정하게 하는 건 더욱 어 려워요."

"어렵다는 건 잘 압니다."

이누카이는 마음속 흥분을 감추며 말했다.

"하지만 벌써 희생자가 다섯 명이나 나왔습니다. 하나같 이 풍족하지 못하고 사회 밑바닥에서 숨죽이듯 살아온 소 년들입니다. 그래도 살아 있었다면 곤경을 벗어날 수 있었 을지도 모르죠. 장차 훌륭한 인물이 되었을지도 모릅니다. 요즘 세상에서는 가능성이 작지만 그래도 제로는 아니었 죠. 그런데 그 가능성을 지갑 빵빵한 어른이 헛되게 만들었 습니다."

"……네."

"우리에게는 수사권이 있습니다. 체포권도 있고요. 그런 우리가 어렵다든가 상대가 경제계 거물이라든가 그런 이유로 포기하면 세상을 떠난 아이들에게 면목이 없습니다. 주어진 무기는 의미 없는 것이 되어 버릴 겁니다."

옆에 앉아 있는 아스카도 고개를 크게 한 번 끄덕였다.

정면에 있는 가미신조는 기도하듯 두 손을 깍지 끼고 한동안 말이 없었다.

침묵을 깬 사람은 가미신조였다.

"아이들의 미래를 빼앗는 것은 이 나라의 미래를 빼앗는 것과 같습니다. 그래서 아이가 희생되면 경찰과 검찰뿐 아니라 모두가 더욱 소침해져요. 목적지의 가로등이 점점 꺼져가는 것처럼 불안해지죠."

이누카이는 놀라서 가미신조를 다시 봤다. 설마 특수부 검사 입에서 이런 감상적인 말이 나오리라고는 생각도 못했다.

"낙관론을 싫어하는 성격이고 생각한 대로 일이 다 잘 풀릴 것이라 생각하지도 않습니다. 그래도 아이들을 위해 복수하고 싶은 마음은 이누카이 형사님과 같습니다. 그러니 알려주세요. 제가 할 수 있는 일이 무엇인지."

5

카인의 후예

1

지요다구 오테마치 1번가 312. 대기업 본사 빌딩이 즐비한 가운데 지상 23층, 지하 4층, 옥탑 2층으로 유난히 위용을 자랑하는 고층 빌딩은 경단련회관이었다. 이름 그대로 경단련이 건물의 절반가량을 사용하고 나머지 절반은 여러 회사의 사무실이 입주해 있다. 국제회의나 기자회견장으로 사용되기도 하므로 관계자가 아니더라도 보고 들은 사람이 많으리라.

2층에는 회의장 외에도 레스토랑, 선술집, 클리닉 등이 있어 방문객들을 극진하게 대접한다.

이누카이와 아스카는 그중 한 곳인 'YK 덴탈 클리닉' 대기실에 앉아 있었다. 그저 사람을 기다릴 뿐인데 아스카는 차분하지 못하게 실내를 둘러봤다.

"수상해 보이잖아. 두리번거리지 마."

"하지만 방금 진료실에서 나온 환자, 엄청 유명한 의류 매장 회장이잖아요. 신문에 여러 번 나와서 저도 알아요."

"경단련은 일본을 대표하는 1,412개 기업으로 구성되어 있어. 이 건물은 그런 기업의 높으신 양반들이 정기적으로 찾는 곳이지. 안 그래도 바쁜 몸들이니 이곳의 단골이 된다고 해도 이상하지 않아."

"그러니까 일본을 대표하는 사장님 전시회 같은 거잖아요. 형사님, 용케 태연하시네요."

"사장이든 회장이든 치아 수는 다 똑같아."

"그게 무슨 논리죠?"

이누카이도 궤변이라는 것을 잘 안다. 하지만 앞으로 만날 상대를 생각하면 겨우 의류 매장의 회장에 위축될 수 없다.

도호그룹 총수 진노 소헤이가 한 달에 한 번 이 치과를 방문한다는 정보는 가미신조에게 얻었다. 그런 사소한 일정까지 파악하고 있는 특수부의 정보력에 혀를 내두르면서도 병상에 누워 있는 시간이 더 긴 노인이 치과 치료에 애쓴다는 사실에 기가 막혔다.

"도호그룹 총수죠. 그 정도 사람이면 집으로 치과의사를 부를 수 있지 않나요?"

"치과에서 사용하는 의료기기 대부분은 운반이 어려울 정도로 규모가 크니까. 자택 치료는 억지를 부린다고 될 일이 아니지."

가미신조에 따르면 진노는 8년째 이 치과를 다닌다고 한다. 8년 전만 해도 경단련 회장을 맡던 시기라 바빠서 한 달에 한 번씩 찾는 경단련회관 안에 있는 치과를 다니게 됐을 터다.

대기업 총수면 평범한 쇼핑을 하거나 이동할 때도 경호원이 붙는다. 아니, 그 전에 사적으로 만나려면 여러 관문을 거쳐야 한다. 치과는 진노가 모든 직함을 벗어놓는 몇 안 되는 곳이었다.

입수한 정보에 의하면 진노의 예약 진료 시간은 오후 2시다. 현재 오후 1시 55분, 앞으로 5분 남았다.

"그런데 형사님. 진노 소헤이를 만나서 어떻게 하실 거예요?"

아스카가 긴장을 견딜 수 없는 모습으로 물었다. 무슨 말이라도 하지 않으면 불안한 것이다.

"진노가 이번 사건에 연루되어 있다고 해도 본인이 실제로 메스를 들었을 가능성은 제로나 다름없어요. 그런데 왜 진노 소헤이를 정면에서 들이받는 거예요?"

타당한 질문이라고 생각했다. 아마 진노는 배후에서 지시를 내릴 뿐 장기 적출 실행 그룹은 따로 존재할 것이다. 말단에서 움직이는 자들이 누군지 밝히기도 전에 사령탑을 직접 만나는 의미가 있을까.

"본인이 직접 손대지 않았으니 확인하는 거야. 상대도 본인이 안전지대에 있다는 걸 아니까 속내를 말하기 쉬울 거라고 생각 안 해? 사람은 자신에게 화살이 날아오지 않는다면 솔직해지거든."

"이게 의미가 있나요?"

"그래, 적어도 권력이 얼마나 강하든 돈이 얼마나 많든 타인의 생명을 마음대로 주무를 수 없다는 사실을 전해두고 싶어."

"형사님 개인의 만족 아니에요?"

"그럼 넌 실행범만 잡으면 그걸로 끝이라고 생각하는 거야?"

"그건 아니에요."

아스카의 눈에 힘이 실리며 눈빛이 험악해졌다.

"아이의 목숨을 유린할 권리는 그 누구에게도 없어요."

"나도 그렇게 생각해."

"네?"

"그러니까 먼저 사령탑의 생각을 확인하고 싶어. 주범의 살의든 동기든 파악해 두고 싶다고."

"그뿐이에요?"

"정점을 뒤흔들면 당연히 아래쪽에 영향을 미치지. 그걸 노리고 뛰어든 거야."

아스카가 한 말은 거짓이 아니지만 사실도 아니다. 수사에 진척이 있어 소년들의 장기를 빼앗은 자들을 체포한다고 해도 진노까지 건드릴 수 있을지는 장담하지 못한다. 실행범에게 수사의 손길이 미치는 순간, 도마뱀 꼬리 자르듯 진노는 안전한 곳으로 피신할 테니. 그 모습이 벌써 눈에 선했다.

어차피 경찰도 이누카이도 당랑거철에 불과할지 모른다. 하지만 적어도 자신의 목숨을 부지하려고 가난한 자의 장기를 빼앗는 자를 용서하지 않는 사람이 있다는 사실을 알리고 싶었다.

오후 2시 정각에 진노가 나타났다.

간병인으로 보이는 여성 한 명과 함께 접수처까지 왔다.

"2시에 예약하신 진노 님이시죠? 죄송합니다. 앞에 진료가 길어져서 15분 정도 기다리셔야 해요."

"아, 상관없소. 이 나이 먹으면 기다리는 것도 즐거움이지."

진노는 대범하게 고개를 끄덕이더니 대기실 장의자에 앉았다. 걸음이 다소 불안해 보였지만 부축이 필요할 정도는 아닌 듯 보였다. 간병인 여성이 특별히 신경 쓰는 눈치도 아니었다.

진노를 새삼 관찰했다. 경제지에 실린 최근 사진처럼 여든이 넘었어도 더욱 날카로운 얼굴이었다. 주름은 많지만 볼이 늘어지지도 않았고 검버섯도 없었다. 사정을 모르는 사람이 보면 아무도 이 남자가 다발성 장기부전 환자라고 생각하지 못할 생김새였다.

"내 얼굴에 뭐가 묻었나?"

진노가 갑자기 돌아섰다.

"여기 왔을 때부터 계속 내 얼굴을 보는 것 같은데."

"실례했습니다."

시선을 들킨 것은 낭패였지만 상대가 먼저 말을 건 것은 뜻밖의 행운이었다. 이누카이는 마침 잘됐다는 듯 진노 곁으로 자리를 옮겼다.

"저는 이누카이라고 합니다. 이쪽은 동료인 아스카입니다."

두 사람이 경찰수첩을 꺼내 보였지만 진노는 눈 하나 깜짝하지 않았다. 경찰을 만날 일을 어지간히 겪어봤나, 아니면 경찰 따위는 놀랄 가치도 없다고 생각하는 것일까.

"두 사람 다 치과 치료를 받으러 오셨나. 뭐, 치통이라는 게 일상 업무에도 지장을 주니."

"눈치채셨겠지만 당신을 기다렸습니다. 도호그룹 총수인 당신은 온종일 측근들에게 둘러싸여 있어서 말입니다."

"일대일로 만나려고 내 스케줄까지 알아보셨나. 조사 능력이 뛰어나군, 역시 세계에서 으뜸가는 경시청이야."

세계에서 으뜸가는 것 좋아하시네. 드러내놓고 이쪽을 깔보는 말투를 모를 수가 없었다.

"그렇게까지 나를 만나고 싶은 이유가 뭡니까?"

"실은 최근 발생한 사건에 대해 진노 씨의 의견을 듣고 싶어서 말입니다."

"내 의견? 글쎄, 돈벌이나 인재 육성이라면 조금은 할 말이 있지만 상해나 살인이면 번지수를 잘못 찾은 것 같은데."

"제 말을 좀 들어주시죠. 진료까지 아직 시간이 남지 않았습니까."

진노가 거부하지 않는 기색이기에 왕지엔순부터 시작된

사건의 경위를 설명했다. 도중에 도호대와 부속병원의 이름이 나왔을 때도 진노의 표정에는 아무런 변화가 보이지 않았다.

"사건의 개요는 알겠소."

진노가 서늘한 얼굴로 말을 이었다.

"소년들이 장기를 빼앗겼다니. 매우 안타까운 사건이군. 그런데 무엇 때문에 내게 그런 설명을 하는 겁니까."

"소년들의 간을 빼앗은 이유는 범인이 간에 집착하기 때문입니다. 다시 말해 범인은 간이 필요한 사람입니다."

하하. 진노는 재미있다는 듯 고개를 끄덕였다.

"내 스케줄 뿐 아니라 병도 조사했나."

"다발성 장기부전이시라고요."

"호오. 형사는 병까지 잘 아나?"

"……아는 사람이 신부전 환자입니다."

"흠. 가까운 사람이 병에 걸려서 자세히 알게 됐다라. 흔한 이야기지만 단순히 아는 사람이라는 이유로 신부전부터 다발성 장기부전까지 탐구심이 솟구쳤다고 보긴 어렵지. 그 환자는 당신의 가족 아니오?"

"질문하는 사람은 접니다."

"일방적으로 대답만 하는 건 손해 보는 것 같아 내키지 않아. 미국 기업과 협상할 때마다 쓴맛을 잔뜩 봤으니 한쪽으로 치우친 거래나 계약은 이제 지긋지긋해."

예상을 벗어난 반격에 이누카이는 당황했다. 계약이나 협상 이야기를 꺼낼 줄은 생각도 못 했다.

"지금 손해나 이득을 따지는 것이 아니라 범죄 수사로서 조사하는 중입니다."

"수사를 위해서라면 시민은 아무 이득이 없어서 무조건 협조해야 한다는 말인가? 그야말로 오만한 국가권력이로군. 경찰에 얼마간 은혜를 입었다면 모르지만, 나도 도호그룹도 이제껏 경찰의 은혜를 받아본 적이 한 번도 없군요."

"협조하지 않으실 생각입니까?"

"그렇다고 한 적 없습니다. 일방적인 거래는 좋아하지 않는다고 말했을 뿐이지."

"일개 경찰관에 불과한 제가 어떻게 진노 씨를 만족시킬 거래를 할 수 있겠습니까?"

"당신이 내게 물으려는 것은 내 개인의 의견이지. 그렇다면 거래할 수 있는 패는 당신의 개인정보 아니겠소?"

진노는 처음으로 웃어 보였다. 진심으로 우러나오는 웃음이 아니라 협상 상대를 향한 가식과 흡사했다.

"내 개인정보와 당신의 개인정보를 맞교환한다. 심지어

업무와 관계없는 정보라면 같은 조건이 성립되지 않겠소."

"조건을 거절하면 조사에 응하지 않겠다는 뜻입니까?"

"조건이 아니오. 어디까지나 제안이니 받아들일지 거절할지는 당신 자유지."

재킷이 팽팽해졌다. 아스카가 옷자락을 당겨 경고하는 것을 알았다.

경고의 이유는 짐작이 갔다. 아직 몇 분밖에 말을 나누지 않았는데도 진노가 산전수전을 다 겪은 노회한 인물이라는 것을 알 수 있었기 때문이다. 이런 사람과 개인정보를 주고받아도 괜찮을까 걱정하는 것이다.

업무 이야기 제외, 수사 정보를 일절 공개하지 않는다는 전제라면 이누카이에게 불리할 것은 없었다. 꺼림칙한 이혼 경험조차 아무런 쓰라림 없이 말할 수 있었다.

"제안을 받아들이겠습니다."

"호오."

돌연 흥미를 느낀 듯 진노의 표정이 호기심으로 빛났다.

"병원에서 대기하는 시간은 늘 무료해서 힘들었는데 뜻밖에 여흥이 생겼군."

"당신에게는 여흥일지 몰라도 내게는 중요한—"

"이누카이 형사님이라고 하셨나? 이 나이쯤 되면 웬만한 일은 여흥이 되지. 표현은 꺼림해도 장기를 빼앗긴 소년들이 모두 안쓰럽다고는 생각하지만 따지고 보면 그게 다라오. 하늘을 대신해 범인을 벌하겠다거나 죽은 아이들에게 분향하고 싶다는 생각까지는 안 들지."

"타인의 비극이 여흥입니까?"

"사람은 모두 죽어요. 시기와 죽음의 형태만 다를 뿐. 저마다 다르니 여흥이 맞지."

타인의 죽음을 여흥이라고 단언하는 시점에서 이누카이는 이 남자에게 호의를 느낄 수 없었다. 재계의 거물인지 미스터 고도성장인지 모르겠지만 사람의 생사를 가벼이 여기는 놈들치고 제대로 된 인간은 없었다.

"그럼 먼저 여쭙겠습니다. 이번 사건에서—"

"잠깐. 당신은 소년들 사건에 내가 관여했는지 확인하고 싶은 모양인데 그건 수사 관련 정보지 개인정보가 아닙니다. 그러니 그런 류의 질문은 규칙 위반이야."

직접적인 질문은 금지. 그렇다면 허점을 찌를 수밖에.

"진노 씨는 사람을 죽인 적이 있습니까?"

"있소."

뜻밖의 즉답에 이누카이가 주춤했다.

"뭘 놀라고 그럽니까. 물론 직접 죽인 건 아니오. 대기업이라고 그럴듯해 보이지만 근본은 기업 인수와 점유율 쟁탈이지. 그 과정에서 짓눌린 사람도 있고 가라앉은 사람도 있어요. 회사 하나 망해서 가족이 생이별하고 목을 맨 경영자도 적지 않지. 그 간접 원인이 도호그룹에 있다면 내가 몇 명을 죽였는지는 손발을 다 동원해도 셀 수 없을 거야. 당신 귀에는 거슬리는 이야기겠지만 경영자로서 성공한 자라면 그런 식으로 여러 명의 목숨을 앗아가오. 번영은 늘 희생 위에 세워지는 것이지."

사건과 직접 관계가 없다고는 해도 진노의 윤리관 일부분을 조금 엿본 것은 수확이었다.

"다음은 내 차례군. 아까 가까운 사람이 신부전 환자라고 했는데 그 사람은 당신 아이 아닌가? 그렇다면 병세를 알고 싶소."

자신도 모르게 말문이 막혔다.

아스카가 또다시 재킷 자락을 잡아당겼다. 세컨드*가 링안에 수건을 던지려는 것이다.

"주치의 선생님 덕분에 증상은 억누르고 있지만 줄곧 인공투석 신세를 지고 있습니다."

---

* 복싱에서 복서의 시중을 들며 작전 지시를 하는 코치.

"인공투석. 그건 어른이라도 몹시 고통스러워하는 사람도 있지. 당신 아이라면 아직 십 대일 텐데. 고통을 못 견딜 겁니다. 게다가 계속 인공투석을 한다고 호전되는 것도 아니니, 주치의는 분명 장기이식을 제안했을 텐데. 생체 신장이식이라면 우선 부모 형제가 공여자 후보가 되지 않나."

"검사 결과 우리는 적합하지 않았습니다."

"그렇다면 아직 공여자를 찾는 중이라는 뜻이겠지. 일본에서 적합한 공여자를 찾기란 몹시 어려울 거야."

"아이 이야기는 여기까지입니다. 다음은 제 질문에 답하시죠. 진노 씨는 불법 장기이식에 동의합니까?"

"불법이라는 말은 현행 장기이식법을 적용했을 때라는 의미인가? 그렇다면 대답은 YES. 왜냐하면 현행법은 뇌사 기준이 지극히 엄격해서 결국 장기이식 그 자체를 거부하는 내용이거든. 당신도 인공투석으로 고통받는 딸이 있으니 공감하겠지."

"딸이라고 한 적 없습니다."

"하지만 부정하지도 않았잖소. 보나 마나 딸이야. 일본은 뇌사 기준이 너무 엄격해서 딸의 신체와 적합한 공여자가 좀처럼 없을 겁니다. 당신은 그 사실에 아무런 의문도 분노도 느끼지 않나?"

356

"나는 법을 지키는 위치에 있는 사람입니다."

"'악법도 법이다'. 소크라테스가 한 말이던가? 딸에게 그런 사정이 있는데도 그 준법정신이라니 역시 경찰답군. 하지만 달리 말하면 경찰이기 때문에 준법정신에 얽매이는 것이기도 해. 경찰이 아니라 아버지로서 다소의 위법성을 모른 체 하고라도 딸을 살리고 싶지 않소?"

진노의 집요한 질문이 이누카이의 가슴을 거침없이 찔러댔다. 진노의 지적대로 아버지로서 이누카이는 끊임없이 장기이식법에 의문을 느꼈던 것이다.

교통사고로 뇌사 상태에 빠진 사람이 때마침 장기기증 동의 카드로 장기기증 의사를 밝혔다.

마치 복권에 당첨되는 것과 같은 확률로만 인정되는 기준은 기준이라고 부를 수 없다. 그것은 금지사항이나 마찬가지다. 그러니 진노의 논리가 조목조목 파고들었다.

큰일이다. 단순한 질의응답이어야 하는데 일방적으로 몰리고 있다.

"방금은 제 질문이었을 텐데요."

"그것참 실례했소. 그럼 다시 나부터. 장문 질문의 연장선일 텐데 만약 불법적인 수단으로 장기를 입수할 수 있다면, 심지어 당신은 절대 죄를 추궁당할 일 없다면 어떻게 하겠소? 눈 딱 감고 딸이 이식 수술을 받게 할 것인가, 아니면 법을 지켜 딸을 죽게 내버려 둘 것인가."

"……가정에는 대답할 수 없습니다."

"도망치는 건 별로인데."

진노의 목소리는 의외로 굵었다. 도저히 여든한 살인 데다 하루 중 절반은 침대에 누워 보내는 노인의 목소리 같지 않았다. 본인은 의도하지 않는데도 듣는 사람은 위축됐다.

"가정은 질문할 수 없다는 규칙은 없었소. 요지는 당신의 생각을 말하기만 하면 된다는 거야. 자, 대답하시오."

머릿속에서 과거 사건이 아른거렸다. 헐값에 안락사 의뢰를 받은 범인이 목숨을 구할 길 없는 생명의 갈림길에서 선택을 강요했을 때 이누카이는 경찰로서 대답할 수 없었다.

자신의 윤리관이나 준법정신이 무척 취약하다는 것을 통감했다. 사야카나 동료들 앞에서는 형사인 체하지만 얄팍한 껍질을 한 장 벗겨내면 우유부단한 인간이 두 갈래 길에서 각각 다리를 걸치고 서 있었다.

"도저히 대답 못 하겠나? 그렇다면 질문을 바꾸지. 만약 장기이식법이 개정되어 적합한 장기를 살 수 있다면 돈을 내겠소? 물론 장기를 팔려고 내놓을 정도니 공여자 본인과 그 가족은 삶이 상당히 궁핍한 처지야. 이를테면 가난한 사람의 뺨을 돈다발로 때리는 것과 같지. 자, 어떻게 하겠소."

이것 역시 상대의 약점을 간파한 질문이었다. 게다가 이번 사건의 개요를 그대로 빗댔다.

"왜 그럽니까. 법을 어기지도 않는데 문제없지 않소. 아니면 법 이전에 인도주의 같은 모호한 개념에 사로잡힌 건가?"

"인도주의가 모호한 개념입니까?"

"그런 건 유엔 회원국의, 그것도 발언권이 강한 나라가 대외적으로 표방하는 망언일 뿐이지. 유엔의 193개 회원국 중 현재 어떠한 전투도 벌이고 있지 않은 나라가 도대체 몇이나 된다고 생각하나? 국경이 있는 나라는 지금 이 순간에도 어딘가에서 적국을 포격해 민간인을 죽이고 있소. 인도적인 전쟁 같은 건 말장난일뿐더러 애초에 인도적인 것의 정의는 때와 장소에 따라 끝없이 변하오. 아는지 모르겠지만 중국이나 다른 나라에서는 장기매매가 훌륭한 사업으로까지 성장하고 있지. 이 경우 합법이나 불법이냐는 문제가 아니야. 당사국이 사업으로 허용하는 이상 그 나라의 인도주의는 돈에 밀리는 말뿐인 주장에 불과해."

목소리가 굵은 데다 현실주의를 풍기는 설득력까지 있었다. 만약 이누카이가 고리타분한 윤리관을 지닌 사람이 아니었다면 깨끗하게 굴복했을지도 모른다.

갑자기 재킷을 잡아당기는 힘이 세졌다. 왕지엔순의 고향에서 인신매매의 실태를 목격한 아스카는 생각하는 바가 있을 터다.

"때와 장소에 따라 다르면 제가 생각하는 인도주의도 분명 인정받을 겁니다."

"맞는 말이오. 그래서 이누카이 형사님은 가난한 사람에게 장기를 사도 괜찮다고 생각합니까?"

"자신을 위해서라면 NO입니다. 아무리 법으로 허용된다고 해도 생활이 곤궁한 사람의 약점을 이용하는 것은 제 주의에 어긋납니다."

"주의?"

"방식이라고 바꿔 말해도 좋습니다. 나만 알면 되는 윤리. 나만 지키면 되는 법. 대기업을 일군 당신이 모를 리 없죠."

"흠. 잘 빠져나갔군. 딸이 아니라 자신의 문제로 바꿔치기한 답변도 유효하오."

"제가 비슷한 질문을 하겠습니다. 불법이지만 실제로 장기가 판매되면 진노 씨는 사시겠습니까? 판매자가 가난한 사람이어도 윤리적으로 거부감을 느끼지 않습니까?"

"전혀 못 느끼네."

또다시 곧바로 답이 돌아왔다. 너무 망설임 없는 태도에 이누카이는 정체를 알 수 없는 두려움마저 느꼈다.

"아까부터 듣자니 당신은 가난한 사람의 장기 제공을 매우 동정적으로 바라보는데 사람의 몸은 물론 생명은 돈으로 사고팔 수 없다고 믿나? 그렇다면 식견이 부족하다고 할 수밖에 없군."

"생명을 사고팔 수 없다고 생각하는 것이 식견이 부족한 겁니까?"

"요즘은 경제적 격차가 교육의 격차를 낳는다고들 하는데 마찬가지로 빈부 격차는 생명의 가치조차 순위를 매기지. 가난한 사람은 수명이 짧고 부자는 수명이 기네. 부자는 자산을 만들어 내는 사람이기도 하니 금전적으로 존재 가치가 있어. 반면 가난한 사람이 제공할 수 있는 것은 값싼 노동력밖에 없지. 더 가난한 사람은 자기 육체를 내놓을 수밖에 없어. 부유층이라고 불리는 사람들은 그 공급에 응해 그들의 육체와 건강을 삽니다. 특별할 것 없는 수요와 공급의 균형 문제일 뿐이지."

진노는 태연하게 읊조렸다.

결코 부자의 오만이 아니었다.

사람을 사람으로 여기지 않는 차별주의자의 오만이었다.

"형사님은 카인의 일화를 아시나?"

"구약성서에 나오는 카인과 아벨의 카인 말입니까?"

"호오, 종교 분야에도 기초지식이 있다니. 아니지, 이건 문학 분야인가? 성경에는 아벨을 죽인 인류 최초의 살인자로 나오지만 사실은 다른 일화도 있소. 인류 최초로 거짓말을 하고 인류 최초의 살인을 저지른 카인은, 그러나 신에게 불사를 약속받지. 안주의 땅에서 추방되지만 한편으로는 어떤 악마가 유혹하든 여러 번 환생하고 신에게 받아들여지는 길을 보장받아. 늙지 않는 것은 신이 내린 저주라는 견해도 있지만 축복이라고 보는 견해도 있네. 그래, 인류의 가장 큰 죄로 꼽히는 동족 살해를 저지른 범인은 인류 최초의 장수자이기도 한 셈이야."

마치 카인의 업적을 기리기라도 하듯 진노는 입꼬리를 오만하게 들어 올렸다.

"당신이 보기에 나는 몹시 부도덕한 인간이겠지. 하지만 부도덕한 자가 장수를 얻는 일은 드물지 않소. 속담에도 그런 말이 있지 않나. 사람들에게 미움받는 자가 세상에 영향력을 행사한다. 따라서 도호그룹이라는 거대 기업을 세운 나는 장수할 자격이 있어. 건방진 소리를 하자면 나는 카인의 후예가 되고 싶네."

진노의 말을 듣는 동안 손이 땀으로 축축해졌다.

경멸해야 할 독선이라는 것을 알면서도 웃어넘길 수 없었다. 아전인수격 주장인 줄 알면서도 노인의 추악한 헛된 집념에 할 말을 잃었다.

그때 진료실 문이 열렸다.

"오래 기다리셨습니다. 진노 님."

"아아, 드디어 내 차례군."

간병인 여성의 손을 빌려 진노는 천천히 일어났다.

"자극이 부족한 노인에게는 즐거운 시간이었소. 하지만 한 번 하니 흥미가 떨어지는군. 이제 당신과는 더 대화할 기회가 없겠지. 앞으로 환자도 아닌 사람의 방문은 금지하도록 해요."

그러고는 한 번도 뒤돌아보지 않고 진료실로 사라졌다. 간병인 여성은 접수대 직원에게 무언가 귓속말했다. 당장 출입 금지를 요청하는 눈치였다.

"쫓겨나기 전에 나가자."

이누카이가 자리에서 일어나자 아스카도 뒤따라 일어났다.

치과를 막 나가려던 순간 더는 참을 수 없는 패배감을 맛봤다.

무슨 정점을 뒤흔들겠다는 것인가. 당황해서 체면 사납게 허둥댄 사람은 본인 아닌가. 아마 게임을 제안한 시점에서 진노는 승산이 섰을 터다. 이런 애송이가 떠드는 소리따위 단 15분 만에 가루로 만들어 버릴 자신이 있었던 것이다.

"완패군."

아스카가 뒤에서 듣고 있음에도 이누카이는 그렇게 혼잣말했다.

"조금이라도 사건에 관여했다는 것을 인정하게 할 속셈이었는데 도리어 반격을 당했어."

"반격이라고 해도 우리도 저쪽에 타격을 줬어요. 자신은 가난한 사람의 장기를 사서 장수를 누릴 자격이 있다고 분명히 말했잖아요."

"사건 연루를 일절 입에 담지 않았으니 그것도 일반론일 뿐이야. 심하게 왜곡된 일반론이지만."

"그런 건 일반론도 아니에요. 그냥 과대망상이죠."

망상으로 치부할 수 있는 이유는 아스카가 순박한 정의감을 믿을 수 있는 인성을 지녔기 때문이리라. 특히 이번 사건에서 희생양이 된 피해자는 어린 소년들이기 때문에 감정이입 상태가 심상치 않았다. 진노를 절대 악으로 규정하는 데 한치의 부끄러움도 없어 보였다.

이누카이는 순간 아스카가 부러웠다. 생명을 사고파는 행위에 생리적 혐오감을 느끼는 그녀가 매우 부러웠다.

이누카이도 사야카가 없었으면 진노의 말에 맹렬히 반기를 들었으리라. 하지만 지켜야 할 존재가 있을수록 사람은 약해진다.

"정점을 뒤흔드는 작전은 실패했어. 돌아갈 수밖에 없겠어."

"어떻게요?"

"처음에 꼬리를 보였던 수상한 놈 있잖아."

2

오랫동안 막다른 골목에 막혀 있던 수사본부에 한 줄기 빛을 가져다준 것은 전화 한 통이었다. 12월 29일, 도쿄출입국재류관리국의 구마라이가 아스카에게 소식을 알린 것이다.

—내일 저우밍룬이 일본에 옵니다.

구마라이는 저우밍룬이 탑승한 항공기의 편명과 나리타 도착 시간도 함께 알렸다.

수사본부가 자연히 활기를 띠었다. 손에 넣으려고 하면 연기처럼 사라지는 사건 관계자들 가운데 마침내 잡을 수 있을 만한 사냥감이 나타났기 때문이다. 게다가 등장하는 시간과 장소를 사건에 알았다.

의외로 아소는 언짢은 기색으로 얼굴을 찌푸렸다.

"일본 경찰을 우습게 봐도 유분수지. 아이 한 명 팔아먹은 직후인데 벌써 다음 상품을 납품할 생각인가."

이럴 때 중재역은 으레 이누카이였다.

"왕지엔순으로 시작해 류하오위 시신이 발견되기까지 계속 중국에 있었다면 수사가 어떻게 진행되고 있는지 몰랐다고 해도 이상하지 않습니다. 무엇보다 우리를 우습게 본다면 차라리 더 낫죠. 공항에서 틈을 보일 테니까요."

"틈을 보이든 말든 상관없어. 반드시 잡는다. 게다가 이건 범인 그룹을 검거하는 실마리에 불과해."

아소의 말에 반 전원의 표정이 긴장됐다.

"방금 말한 대로 저우밍룬은 범인 그룹의 실마리를 잡는 수단일 뿐이다. 눈에 띄게 체포하는 건 놈들에게 경고하는 것과 같아. 그건 안 돼."

모처럼 잡은 사건 관계자이니 저우밍룬에게 털어낼 수 있을 만큼 털어내고 다른 놈들이 숨은 곳도 알아내야 한다. 일당을 한 명도 남김없이 체포하려면 한꺼번에 검거하는 것이 기본 조건이었다.

"진부한 표현이긴 하지만 전광석화처럼 움직여야 해. 이번 체포로 끝이 아니야. 공항에 도착하자마자 놈이 실종됐다는 형태가 가장 바람직하겠군."

12월 30일, 오전 11시 32분. 나리타 공항 제2터미널 입국장은 외국에서 입국한 여행객으로 붐볐다. 새해만큼은 고국에서 보내려고 귀국한 해외 거주 일본인과 새해이니 일본에 여행 온 외국인 관광객. 최근에는 동남아시아계 여행객이 눈에 많이 띄었다.

JAL 874편에서 내린 저우밍룬이 입국심사대로 향했다. 현재는 입국심사도 자동화되어서 그는 익숙한 모습으로 자연스럽게 자동 입국심사 게이트를 이용했다.

평소처럼 여권 사진 부분을 센서에 댔다. 사진 확인을 통과하면 다음으로 미나시 재입국*인지 재입국인지 선택 화면이 나타날 것이다.

그런데 몇 초를 기다려도 화면은 바뀌지 않았다. 사진이 인식되지 않았나 하고 재차 센서에 스캔했지만 역시 변화

---

* 유효 여권 및 체류 카드를 소지하고 3개월 이상 일본에 체류하는 외국인이 출국일로부터 1년 이내에 일본에 재입국하는 경우 별도 재입국 허가를 신청하지 않아도 되는 간소화 제도.

는 없었다.

당황한 저우밍룬에게 공항 직원이 다가갔다.

"이런, 죄송합니다. 오늘 아침부터 센서 상태가 시원찮아서요."

직원은 여권 사진과 저우밍룬의 얼굴을 번갈아 보며 이해한 얼굴로 고개를 끄덕였다.

"실례했습니다. 인증은 끝났지만 이 게이트로는 입국하실 수 없으니 다른 게이트를 이용해 주세요."

"다른 게이트는 이용해 본 적 없는데요."

"제가 안내해 드릴게요. 이쪽으로 오세요."

"일본 기계는 의외로 고장이 잘 나는군."

"정말 죄송합니다."

저우밍룬은 여전히 불만스러운 기색이었지만 눈에 띄기 싫었는지 직원의 안내를 따랐다.

조금 걸어가서 문을 여는 순간이었다.

"어서 오세요, 저우밍룬 씨."

다른 방에서 기다리던 사람은 입국심사관 구마라이였다.

곧 이상을 감지했으리라. 저우밍룬은 당황한 듯 발길을 돌렸지만 반대편에는 이누카이와 아스카가 입구를 가로막듯 버티고 서 있었다.

이누카이뿐만이 아니었다. 아소반 수사관들이 차례차례 방으로 들어와 이제 개미 한 마리 빠져나갈 틈도 없었다.

JAL 874편에서 내릴 때부터 저우밍룬을 카메라로 하나하나 감시했다. 저우밍룬의 얼굴을 인식하는 순간 화면이 멈추도록 자동화 게이트도 조치했다.

모든 것이 함정이었다는 사실을 눈치챘는지 저우밍룬은 몹시 흉악한 얼굴로 이누카이를 노려봤다.

"저우밍룬. 피약취자 인도 등 범죄 혐의로 체포한다."

"이 샤오구이쯔 새끼들!"

욕은 외국어라도 알아들을 수 있으니 대단했다.

"나중에 얼마든지 일본인을 욕하게 해 주지. 하지만 그전에 우리 질문에 전부 대답해야 해."

아소에게 연락해 저우밍룬의 신병을 확보했다는 사실을 보고했지만 아소는 여전히 신중했다.

―눈에 띄지 않았지?

"소란은 전혀 피우지 않았습니다. 입국장에도 저우밍룬을 기다리던 사람은 없었던 모양입니다."

실제로 입국장에는 아소반을 포함한 수사관이 서른 명 이상 투입됐다. 저우밍룬뿐 아니라 범죄 그룹 관계자가 사람들 사이에 섞여 있는지 철저히 살피기 위해서였다. 저우밍룬 체포 전후로 부자연스러운 행동을 하는 자는 이유 불문하고 불심 검문하기로 했다.

저우밍룬은 이대로 경시청으로 이송되지만 수사관 스무 명은 계속 공항 내 수상한 자를 감시하는 임무를 맡았다. 저우밍룬 체포는 겨우 시작된 수사본부의 역습 중 시작에 불과했다.

저우밍룬의 취조 주임은 이누카이가, 기록 담당은 아스카가 맡았다.

의자에 앉자마자 저우밍룬은 변호사를 불러 달라고 요구했다.

"변호사 좋지. 용의자의 권리니. 누구, 친하게 지내는 변호사라도 있나?"

변호사 이야기는 허세였는지 저우밍룬의 목소리가 갑자기 작아졌다.

"국선 중 우수한 변호사는 없나? 가능하면 통역도 붙여 줘."

"통역이라면 여기 있습니다."

아스카가 저우밍룬을 노려봤다.

"이누카이 형사의 말도 당신의 말도 한마디 한마디 정확하게 번역할게요. 안심하세요. 변호사 중에는 중국 출신도 있고 표준중국어에 능통한 일본인 변호사도 있습니다."

안도한 듯 보이는 저우밍룬에게 아스카는 잊지 않고 못을 박았다.

"당신이 중국에서 무엇을 했는지, 데려온 아이들이 어떤 일을 당했는지 하나도 빠짐없이 전해드리죠. 어느 나라 출신이든 일본에서 활동하는 변호사는 예외 없이 인권을 존중하고 아동학대에는 엄격하답니다."

"변호사는 무슨 상황에서든 의뢰인 편일 텐데."

"뭐든 예외는 있죠."

친절하게도 아스카는 두 번째 못을 박았다.

"당신이 가담한 범죄가 인간으로서 가장 용서하기 어려운 죄라는 것은 변호사가 찬찬히 알려줄 겁니다. 승산이 몹시 희박하다는 사실에 낙담하면서."

"지금 협박하는 거야?"

"기대에 못 미쳐 미안하지만 이건 협박도 뭐도 아니야. 아스카 형사는 오히려 무척 순화해서 설명했지."

"흥. 어차피 고문도 못 하잖아. 아무튼 변호사가 오기 전까지는 한마디도 안 할 거야."

"변호사가 없어도 할 말이 있을 텐데. 당신을 기소할지 말지는 검사에게 달렸어. 달려올 변호사가 도움이 되지 않

을 때를 대비해서 조금이라도 유리한 진술을 해 두는 편이
상책일 텐데."

취조의 핵심은 당근과 채찍이다. 이번에는 아스카가 채
찍을 휘두르는 것을 이용해 이누카이가 당근을 내미는 역
할에 충실하자고 계획을 짰다.

"우선 이름과 나이, 현재 거주지부터."

"저우밍룬, 32세. 주소는 푸젠성 싼밍시 메이례구."

여권 정보와 일치했다. 숨길 수 없는, 숨겨도 의미 없는
정보라는 뜻이다.

"다른 이름은."

"다른 이름이라니 무슨 소리야."

"별명. 통칭. 암호명. 본명 말고 사용하는 이름 말이야."

"그런 건 없어. 나는 중국에서든 일본에서든 저우밍룬으
로 통한다."

"그럼 저우 씨라고 부르지. 혐의에 대해 짚이는 바가 있나?"

"전혀."

이누카이는 책상 위에 왕지엔순의 사진을 올려놨다.

"이 소년을 아나?"

몰라. 저우밍룬은 사진을 흘긋 보기만 한 뒤 대답했다.

"본 적도 없어."

"11월 24일, 이 소년은 중국 항공기로 나리타 공항에 도착했다. 그 항공기 소년의 옆 좌석에 당신이 탔지. 입국심사 때도 소년 뒤에 서서 행동을 감시했고 심사가 끝난 뒤 어깨를 잡고 함께 게이트를 나갔어. 오늘처럼 자동화 게이트로 지나가고 싶었겠지만 왕지엔순은 첫 입국이라 어쩔 수 없이 기존 심사대를 통과해야 했지."

다음으로 꺼낸 열 장에 이르는 연속 사진은 입국심사대에 설치된 CCTV에 찍힌 왕지엔순과 저우밍룬의 모습이엇다.

"저우 씨, 이건 아무리 봐도 당신이야. 당신은 공항에서 왕지엔순을 어디로 데리고 가 누구에게 넘긴 뒤 돈을 받았어."

"몰라. 변호사 불러."

"왕지엔순은 12월 4일, 샤쿠지이공원에서 간이 사라진 시신으로 발견됐다. 당신이 어느 시점에 왕지엔순을 누군가에게 넘기지 않았다면 그 소년을 살해한 가장 유력한 용의자는 당신이라는 말이야."

"아니야."

저우밍룬은 순식간에 정색하고 언성을 높였다.

"갑자기 안색이 변했군. 피약취자 인도 등 죄를 적용한다면 기껏해야 6개월 이상 7년 이하 징역이지만 살인이면 이야기가 달라지니까. 취조 중에 그런 계산이 순식간에 끝날 정도면 평소 위험한 줄타기를 하는 걸 자각하니 그런 건가."

"내가 그런 걸 어떻게 알아."

"자, 왕지엔순과 어디서 헤어졌는지 얼른 진술해야지. 현재 그 소년과 마지막으로 만난 사람은 당신이라고."

"더는 말 안 하겠어."

"묵비권 행사도 괜찮지. 그런데 불안하지 않아?"

"뭐가?"

"왕지엔순과 밀착해 있던 적 없나?"

"없어!"

반쯤 외치듯 대답한 뒤 저우밍룬은 변명조로 이어갔다.

"비행기 안에서는 우연히 옆자리에 앉았을 뿐이야. 처음 일본에 가는 거라 긴장된다기에 입국심사까지 같이 가줬지. 그 뒤에 공항에서 헤어졌어."

"알기 쉬운 거짓말 잘 들었어. 열두 살짜리 아이가 처음 일본에 가는데 보호자가 없다는 게 말이 되나."

"독립심이 강한가 보지."

"왕지엔순은 본 적도 없다면서."

"아까는 엮이기 싫어서 그랬어. 공항 안에서는 같이 있었어. 하지만 그 이후는 몰라."

"탑승 전에도 접촉 안 했다는 말이지?"

"기내에서 옆 좌석에 앉은 뒤 처음 만났어. 도대체 같은 말을 몇 번이나 하게 만드는 거야."

"사실인가?"

"사실이야. 기내에서 알게 됐을 뿐 그전에는 본 적도 대화한 적도 없어."

여기서부터는 아스카가 등장할 차례인 듯하다. 힐긋 시선을 보내자 아스카가 알아차리고는 이누카이와 자리를 바꿨다.

"뭐야, 이번에는 당신이야?"

"저우 씨. 왕지엔순과는 기내에서 처음 만났다고 했죠?"

"그래."

"저우밍룬 말고 다른 이름은 없고."

"당신도 저 형사와 같은 부류군. 도대체 같은 말을 몇 번을 하는 거야."

"마제 겐이치라는 이름에 짐작 가는 바가 있습니까?"

"없어."

아스카가 책상 위에 종이를 올려놨다. '마제 겐이치'라는 이름이 적힌 입양협회 남자가 왕지엔순의 어머니에게 건넨 명함 사본이었다.

"그럼 이 명함을 본 적은 없습니까? 왕지엔순의 어머니가 보관하던 것입니다."

"몰라."

"이 사람과 명함을 교환한 기억은 없습니까?"

"없다고!"

"그럼 이 명함에 왜 당신 지문이 묻어 있죠!?"

지문이라는 말에 저우밍룬의 안색이 변했다.

"어머니는 당신의 얼굴 사진을 보고 이 사람이 마제 겐이치가 분명하다고 증언했습니다. 일본의 양부모에게 입양을 보냈다고. 그것이 왕지엔순의 입국 목적입니다. 그렇다면 공항에서 헤어진다는 건 앞뒤가 맞지 않습니다. 말해요. 누구에게 왕지엔순을 넘겼습니까."

아스카는 책상을 두드렸다. 의식한 행동인지 아닌지, 여성 수사관이 거세게 몰아붙일 줄 예상하지 못한 듯 저우밍룬은 움찔거리며 어깨를 들썩였다. 그래도 자제력이 발동했는지 고개를 돌리며 쏘아붙였다.

"몰라. 아무것도 모른다고."

하지만 채찍은 확실히 효과가 있었다. 겉으로 보이는 상처는 없었지만 통증이 서서히 내부로 스며들었을 터였다.

여기서 당근을 꺼낸다. 다만 어디에나 있는 맛있는 당근

377

은 아니었다. 아스카의 채찍이 만들어 낸 상처에 깊이 스며
드는 지독히 매운맛이 나는 당근이었다.

"그렇군요. 저우 씨, 모르면 됐습니다."

저우밍룬은 어리둥절한 얼굴로 이누카이에게 시선을 옮
겼다.

"솔직히 살인죄를 염두에 두고 송치할 생각이었는데 물
증이 너무 없어. 당신 진술만이 유일한 희망이야."

갑작스러운 패배 선언에 저우밍룬의 얼굴이 활짝 펴기
시작했다.

"일본 경찰은 민주 경찰이야. 역시."

"당신을 일본에서 심판하는 건 어렵지."

"형사님들도 겸손해서 좋고."

"그래서 당신을 중국 당국에 일임하려고."

"뭐라고?"

"현재 일본은 중국과 범죄인 인도조약을 체결하지 않았
어. 따라서 경시청은 임의로 당신을 중국 당국에 넘길 거
야. 물론 당신에게 걸린 혐의와 여기서 수집한 자료도 함
께. 이게 무슨 의미인지 당신이라면 진작 알았겠지."

저우밍룬은 대답 없이 눈만 부릅뜨고는 소리도 내지 않
았다.

"당신에게 걸린 혐의는 중국에서 아슬아슬하게 불법의 선을 넘지 않는 장기 알선이 아니라 인신매매야. 당신의 조국은 인권 경시 때문에 국제적으로 비난을 받고 있지. 본인들도 민망했는지 요즘은 인신매매 처벌을 무겁게 다루더군. 잡힌 놈들 절반 이상이 5년 이상 징역, 재수 없으면 사형을 선고받았다던데. 사회주의국가는 이럴 때 편리하네. 본래 번거로운 절차를 밟아야 하는 법 개정도 그냥 위에서 지시만 하면 순식간에 이루어지잖아."

저우밍룬의 얼굴이 순식간에 공포로 일그러졌다. 실제로 죄를 저지른 나라보다 조국에서 재판받는 것을 더 두려워한다는 사실은 웃지 못할 현실이었다.

"백번 양보해서 당신이 인신매매로 재판받지 않고 끝나더라도 외국인 대상 장기이식은 금지되어 있지. 외국 윤리가 얽힌 범죄에 예민한 시기이기도 하고, 결코 솜방망이 처벌로 끝나지는 않을 거야. 당신네 나라 형벌이 얼마나 가혹한지는 다른 나라 사람인 내가 굳이 설명 안 해도 알지? 자국의 법으로 제대로 심판받아요."

이누카이는 자비로운 표정을 지었다. 한때는 배우 지망생이었을 정도니 자신의 표정이 상대방의 심리에 어떤 영향을 미치는지는 잘 알았다.

"변호사 입회가 필요 없는 한담이라도 나눌까? 어차피 당신과 이야기할 기회는 앞으로 없을 테니."

더욱 겁에 질렸는지 저우밍룬의 몸이 조금씩 떨리기 시작했다. 중국의 사형은 총살 또는 약물 주사라고 한다. 일본의 교수형과 비교해서 어느 것이 편안할지, 의미 없는 저울질을 한다.

"무섭나?"

나직이 물었다.

저우밍룬은 속내를 들키고 싶지 않은지 고개를 푹 숙여버렸다.

"당신을 도울 방법이 하나 있긴 해. 신병을 중국에 넘기지 않고 일본 법으로 재판을 받는 방법이지. 아까도 말했듯 범죄인 인도조약을 체결하지 않았으니 당신의 악행이 본국에서 드러났다고 해도 인도를 거부할 수 있어. 내 말뜻 알겠어? 최악으로 사형당하는 것과 최악이라도 피약취자 인도 등 죄로 약 7년 형을 선고받는 것 중 어느 쪽이 좋을지 선택하라는 말이야."

잠시 침묵이 흐른 뒤 저우밍룬이 툭 말했다.

"……내가 왕지엔순을 넘겼어."

"목적은?"

"간을 가장 이상적인 형태로 적출하려고. 그를 죽인다는 말은 한마디도 듣지 못했어."

"장기이식 목적으로 데려온 사람은 왕지엔순이 처음인가?"

"아니⋯⋯. 왕지엔순 전에도 몇 명 데리고 왔어. 하지만 그들은 적출 수술을 무사히 마치고 귀국했다고. 돈도 받았으니 행복해 보였지."

아스카의 눈썹이 치솟았지만 손은 제자리에 있었다.

"왕지엔순은 흔치 않게 실패한 케이스야. 장기 알선은 제공하는 쪽도 받는 쪽도 모두가 행복해질 수 있는 시스템이야. 가난한 자가 장기를 제공하고 그것을 부자가 고가에 매입한다. 도대체 뭐가 잘못됐다는 말이야. 다만 법 개정이 늦어질 뿐이라고."

돌연 진노의 말과 겹쳐 들려 이누카이는 구역질이 날 정도로 혐오감을 느꼈다.

"장기를 받은 상대는 정해져 있었나?"

"나는 그냥 브로커야. 즉 창구란 말이지. 단골손님은 여러 명 있어. 물론 믿을 수 있는 사람만 상대하지."

"단골이라는 건 의사 말인가?"

"당연하지. 의사 말고 장기를 다룰 줄 아는 자는 없어."

"지 오 파이낸스의 야베라는 남자를 아나? 당신의 휴대폰 연락처에도 등록되어 있어."

"일본의 동업자. 브로커는 횡적인 네트워크가 있어서 매입한 상품을 팔기 위해 위탁이나 제휴를 맺어. 다루는 상품의 소비 기한이 극단적으로 짧으니까 직접 팔 수 없는 상품은 다른 브로커에게 맡기지. 보수는 반반. 그 대신 반대 경우가 생기면 최대한 협조해. 부동산 중개인이랑 같지."

잠자코 듣는 사이에 뱃속에서 분노가 부글부글 끓어올랐다. 이누카이조차 이럴 정도니 진술 내용을 기록하는 아스카는 더 이상 참을 수 없는 지경이리라.

"오지오 마사토라는 소년은 아나?"

"아아, 야베가 중개한 건이야. 기억해."

"당신도 끼어서 한몫 챙겼어?"

"그게 바로 방금 말한 상황이야. 야베의 비즈니스 모델은 돈을 빌려준 사람 중에서 장기제공자를 모으는 것인데, 그건은 내가 부탁했지. 역시 간을 원했던 고객의 의뢰로 제공자를 찾았지만 못 구했어. 중국에서 제공자를 모으면서 브로커 동료에게 말했더니 야베에게 연락이 오더군. 좋은 물건을 구할 수 있을 것 같으니 검사해 달라고."

검사는 장기가 수혜자에게 적합한지 검사하는 것을 의미

하리라.

"12월 4일이었지. 수술하려면 의료기관에 데리고 가야 해. 그래서 당신이 함께 갔나?"

"물건을 인수하든 거절하든 실제로 만나야 하거든."

당연하다는 말투에 또 분노가 치밀었다. 이렇게나 속이 뒤집히는 취조는 오랜만이었다.

"요나미네 데루오와 마키다이 히로타카라는 소년은 어때. 아나?"

저우밍룬에게 두 사람의 사진을 보여줬지만 이번에는 반응하지 않았다.

"그 둘은 몰라. 분명 나 말고 다른 브로커가 중개한 건이겠지."

다소 실망했으나 그래도 왕지엔순과 오지오 마사토와 관련된 장기매매의 흐름은 파악할 수 있었다.

적출 수술을 집도한 의사와 수혜자의 신분을 제외하고는.

"물건의 최종 구매자는 나도 잘 몰라. 장기가 적합하기만 하면 의사에게 넘기지. 그게 다야. 최종 구매자를 알면 오히려 귀찮아지니까."

"즉 의사의 오더에 따라 장기를 조달한다는 말인가. 왕지엔순과 오지오 마사토 때 장기를 받은 의사는 누구였지?"

그때까지 나불대던 저우밍룬의 입이 멈췄다.

"······그건 좀 봐줘."

"브로커 동료의 존재도 쉽게 털어놨잖아."

"의사와 최종 구매자는 건실한 사람들인데."

이쯤 되니 저우밍룬의 생각이 눈에 훤히 보였다. 일본에서 영리 목적으로 장기 알선 및 매매를 금지하는 법은 현재 장기이식법밖에 없다. 처벌도 5년 이하 징역 또는 5백만 엔 이하 벌금, 아니면 이를 모두 처벌하도록 규정하고 있다.

하지만 왕지엔순과 오지오 마사토는 모두 수술 실력 문제로 사망한 것으로 간주되므로 이는 살인죄가 적용될 여지가 있다. 장기이식법의 처벌 수준은 비교할 것도 아니었다. 저우밍룬은 그 사실을 알기 때문에 얼버무리려는 것이다.

"브로커업은 복역을 마치면 다시 할 수 있지만 살인을 저지른 의사가 복직할 가능성은 제로야. 그래서 그러는 건가."

저우밍룬이 입을 꾹 다물고 대답을 거부했다.

"알았어. 당신도 생각할 시간이 필요하겠지. 한 시간만 주지. 그 사이에 어느 나라에서 재판받을지 정해. 말해 두는데 이번 사건으로 다섯 명이나 죽었어. 그중 네 명이 소년이고. 어쩌면 너도 우리도 모르는 다른 피해자가 있을지도 몰라. 법치국가지만 범인에 대한 증오는 존재하지. 관련자 전원을 법정으로 끌어낼 때까지 경찰은 법으로 허용되는 방법을 모두 동원할 거야. 한 명도 도망 못 가. 몇 년이 걸려도 쫓을 테니까."

말로 하는 비난은 그 뒤로도 계속됐다. 손은 대지 않으면서 문제가 되지 않는 범위에서 아슬아슬하게 저우밍룬을 비난했다.

이윽고 제한 시간인 한 시간이 되기 5분 전, 마침내 저우밍룬이 그 이름을 말했다.

"자마 쇼헤이."

지금 막 마라톤을 완주한 사람처럼 쥐어짜 낸 목소리였다.

"도호대 부속병원 자마 외과부장이야."

예상한 이름이기에 이누카이는 크게 놀라지 않았다. 확인해야 할 것을 확인했다는 성취감만 있었다.

"조서를 작성해."

이누카이의 말에 아스카가 깊은 한숨을 내쉬었다. 그것이 안도의 한숨인지 긴장을 앞둔 한숨인지는 알 수 없었다.

"저우 씨, 조금만 더 합시다. 조서 작성이 끝나면 푹 쉬게 해 줄테니."

온 정신을 다 쓴 저우밍룬은 느릿느릿 고개를 들었다.

"만족하나, 일본 형사."

패기는 없지만 정체 모를 무게를 지닌 말이었다.

"장기 알선 루트를 알아내서 우쭐하다면 알려주지. 당신이 한 일은 해결이 아니야. 그 반대지. 당신은 이제 혼돈을 만들 거야."

"무슨 뜻이지?"

저우밍룬은 벌써부터 고대하는 얼굴로 말했다.

"우리 브로커들이 잡히면 중간에서 장기를 알선할 사람이 없어. 알겠나? 공인이건 음지건 브로커라는 존재는 시장에 장기를 안정적으로 공급하는 데 기여하고 있지. 지금까지 장기가 고가로 거래된 이유는 우리 브로커들이 중개해서 가격 폭락을 억제했기 때문이야. 그런데 우리가 사라지면 안정됐던 시장은 반드시 덤핑될 거야. 당연한 일이지. 이 나라에는 장기를 팔고 싶은 가난한 사람이 산더미처럼 많으니까."

이누카이는 꼼짝도 할 수 없었다.

"앞으로 뒷돈으로 거래되는 장기 가격은 폭락하고 가난한 집은 간 하나 파는 정도로는 이러지도 저러지도 못하게 될 거야. 다 일본 형사의 책임이고, 전부 당신 책임이지."

3

다음 날, 이누카이를 비롯한 아소반은 도호대 의학부를 급습했다.

자마 의학부장의 출근은 이미 확인했다. 연구동 가장 높은 층에 있다는 사실도 미리 확인했으므로 안내 없이 직행할 수 있었다.

물론 방해물도 있었다. 이누카이 일행이 찾아왔다는 사실을 알고는 다가미 사무국장이 복도를 가로막은 것이다.

"뭡니까, 갑자기. 사무국도 거치지 않고."

"이번에는 거칠 필요가 없어서요."

차라리 압수수색영장을 내밀면 다가미도 입을 다물겠지

만 이누카이도 그렇게까지 악취미는 아니었다.

"모처럼 협조해 주셨으니 말씀드리자면 저희를 방해하면 공무집행방해죄가 성립될 수 있습니다. 가능하면 물러서 주시죠."

공무집행방해라는 협박성 문구의 효과는 즉시 나타났다. 다가미는 얼굴빛을 바꾸고 벽으로 물러났다.

순간 자기혐오를 느꼈지만 장기를 빼앗긴 소년들을 생각하니 깨끗이 사라졌다. 다른 사람의 자존심 따위 아무래도 좋다. 지금은 수갑을 채워야 할 자에게 채울 뿐이다.

이누카이와 아스카를 포함한 수사관 다섯 명은 엘리베이터를 타고 자마의 학부장실로 향했다. 만에 하나 자마가 달아날 상황을 대비해 각 동 출입구에도 경찰을 배치했다. 자마는 이미 독에 든 쥐 신세지만 체포 순간까지 한치의 방심도 허용되지 않았다.

노크하자 안에서 대답이 들렸다.

—들어오세요.

아마도 다가미에게 연락을 받았으리라. 자마는 이누카이와 형사들을 보고도 태연했다.

"오늘은 유난히 많은 분이 오셨군. 분명 전처럼 두 분이 오실 줄 알았는데."

"자마 쇼헤이, 살인 혐의로 체포합니다."

살인이라는 단어를 들은 자마가 한쪽 눈썹을 치켜올렸다.

"일단 들어나 보지. 증거는 있나?"

"얼마 전 나리타 공항에서 저우밍룬이라는 남자를 피약 취자 인도 등 죄목으로 체포했습니다. 저우밍룬은 장기를 제공할 소년을 중국에서 데려왔죠. 그가 소년을 당신에게 넘겼다고 진술했습니다."

"허위 진술이라고는 생각 안 하나?"

"그 사람이 거짓말을 할 이유가 없습니다. 진술 내용은 구체적이고 신빙성이 있습니다. 구속영장이 발부되는 요건 을 충분히 갖췄습니다."

"살인, 인가. 하다못해 장기이식법 위반 정도는 안 되려나."

"남의 장기뿐 아니라 자기 죄목까지 마음대로 할 수 있다 고 생각합니까?"

"그렇게까지 교만하지는 않네. 다만 살인이라는 죄목은 역시 거부감이 들어서 말이네. 잊었는지 모르지만 일단 내 직함은 대학교수 이전에 의사야. 사람 목숨을 구하는 게 사 명인데 살인이라는 혐의는 몹시 뜻밖이군."

"자마 씨의 심정은 상관없습니다."

"일본 경찰은 민주적이라는 말은 도시 전설이었나. 참고인을 조금은 배려해야 하는 것 아닌가."

"외람된 말씀이지만 자마 씨는 참고인이 아닙니다. 어엿한 용의자입니다."

"용의자가 되자마자 대접이 이렇게 거칠어서야."

"당신이 아이들에게 한 수술보다는 훨씬 인도적일 겁니다."

자마는 불쾌한 듯 금세 얼굴을 찌푸렸다.

"의사에게 비인도적이라고 말할 정도면 그에 걸맞은 증거가 있겠지?"

"가난한 가정의 아이에게서 반강제로 장기를 빼앗는 것은 의사 윤리에 반하는 행위 아닙니까?"

자마는 늘어선 수사관들을 둘러보며 자못 멸시 섞인 쓴웃음을 지었다.

"할 말이 많은데. 경찰에 가서 천천히 하도록 하겠네."

"그전에 물어볼 게 있습니다. 소년들의 장기 적출에 관여한 수술팀 스태프들의 이름을 모두 말씀하시죠."

마키다이 히로타카의 시신이 도호대 부속병원에서 사라졌을 때부터 이누카이는 의학부장과 스태프가 관여했으리라 의심했다. 아무리 큰 병원이라도 전혀 모르는 사람이 서성거리면 분명 수상하게 여길 테니까. 처리 수법이 능숙한 점도 감안하면 범인들이 병원 관계자임을 짐작할 수 있었다.

자마의 얼굴이 더욱 일그러졌다.

"내 스태프를 파는 짓은 안 하네."

"그걸 제대로 된 동료라고 할 수 있습니까?"

지금까지 잠자코 있던 아스카가 끝내 참지 못하겠다는 듯 입을 열었다.

"사람의 처지를 이용해 억지로 장기를 제공하게 하는 건 의사가 할 짓이 아닙니다. 그냥 범죄자 집단이에요."

"무례하군."

"당신들이 한 짓은 수많은 범죄 중에도 최악으로 분류됩니다. 그런 사람을 존중할 마음 따위 없습니다."

아스카가 앞으로 쓱 나갔다.

"이 사건을 담당하면서 희생된 아이들이 처한 환경을 알게 됐습니다. 모두 고달프게 살았더군요. 당신들은 그런 아이들만 노렸겠죠."

"형사님, 말씀이 심하시군. 나는 딱히 노리지 않았네. 병원에 실려 온 공여자를 받았을 뿐이야. 장기가 적합한지는 조사했지만 선정에 아무런 관여도 하지 않았어."

묘하게 당당한 말이었기 때문에 이누카이는 다소 의아했다.

"자마 씨. 저우밍룬은 장기 제공을 동의할 수밖에 없는 빈곤층 소년들만 골랐습니다. 당신은 그것도 몰랐다고 말하는 겁니까?"

"나는 모르는 일이네. 무엇보다 나와 그 스태프가 집도했다는 말은 한마디도 하지 않았어."

저우밍룬의 진술을 듣고서도 최후의 보루를 지킬 심산인가. 그렇다면 이쪽도 공격할 생각이다.

"지금 대학 정문에 경찰이 서서 의학부 관계자의 출입을 제한하고 있습니다. 수사본부는 그들을 한 사람 한 사람 조사해서 누가 수술팀 멤버인지 가려낼 생각입니다."

"관계자? 설마 학생도 포함한단 말인가?"

"물론입니다."

"학생들을 포함하면 6백 명이 족히 넘는데."

"수사관을 증원해서라도 찾아내겠습니다."

"월권행위야."

"법으로 인정되는 수사 범위입니다."

학생을 포함한 의대 전체가 수사 대상이 되면 틀림없이 자마에게 비난이 집중된다. 그것을 예견한 수사 방식이었다.

자마는 권위를 내세워 사람을 억누른다. 그렇다면 역으로 그 권위를 무기로 삼으면 된다. 권위가 무기인 자는 권위 때문에 추방당한다.

자마는 곧바로 상황을 파악한 듯 초조한 빛을 띠었다.

"의학부 전체를 인질 삼다니. 경찰도 참 비겁한 짓을 하
는군."

"다섯 사람이나 희생됐습니다. 못 할 짓이 없죠. 각오했
습니다."

앞에 나와 있던 아스카를 저지하고 이번에는 이누카이가
자마를 압박했다. 장기를 빼앗긴 네 아이뿐 아니라 죄를 고
백하려던 류하오위마저 살해당했다. 다섯 사람의 한을 풀
어주기 위해서라면 고작 의대생 3백 명과 일개 사립대학에
피해를 끼쳐 봤자 얼마나 대단하겠는가.

"하지만 자마 씨가 이 자리에서 스태프의 이름을 밝힌다
면 대학 측 피해는 최소화될 겁니다."

"역시 비겁한 수법이군. 대부분은 관계없는 사람들이야."

"관계없는 사람들을 궁지에 몰아세운 원흉이 도대체 누
구입니까?"

이누카이와 자마가 순간 서로 노려봤다. 지적한 대로 취
조실도 아닌데 대화를 이어가는 이유는 교내에서 학생들
을 인질로 잡은 상황에서 자마의 진술을 끌어내기 위해서
였다.

먼저 침묵을 깬 사람은 자마였다.

"변호사를 부르고 싶은데 어차피 허락 안 하겠지."

"변호사를 부를 수 있을 만큼 시간 여유가 없으니까 말입니다. 다만 공정을 기하는 의미에서 저도 녹음기 같은 건 갖고 있지 않습니다."

"스태프 이름을 말하면 당장 경찰의 포위를 풀어주나?"

"그 스태프에게 확인해야 하지만 보증하겠습니다."

자기 사람인 스태프와 도호대 전체 중 어느 쪽을 끌어들일 것인가. 학부장 직함을 가진 인간의 선택은 쉽게 예상할 수 있었다. 자마는 책상 위에 있던 메모지를 끌어당겨 펜을 휘갈겼다.

"여기 쓴 멤버가 다일세."

찢어서 내민 메모에는 세 사람의 이름이 적혀 있었다.

"정말 다입니까?"

"이제 와서 거짓말을 하겠나?"

거짓인지 아닌지는 세 사람을 추궁하면 알 수 있다. 이누카이는 메모를 아스카에게 건네면서 다른 수사관들과 함께 세 명을 체포하라고 지시했다.

"세 사람의 증언을 얻는 대로 경찰 포위를 풀겠습니다. 잠시 시간을 주시죠."

"좋네."

아스카와 수사관들이 방을 나가자 이누카이와 자마만 남았다.

"자마 씨. 스태프의 이름을 알려줬으니 수혜자의 이름도 말하지 않겠습니까?"

"거꾸로 됐군. 스태프 이름을 알려줬으니 수혜자의 이름까지 밝힐 수는 없소. 의사로서 그건 최소한의 윤리니까."

"가난한 아이들의 장기를 빼앗아 놓고 의사의 윤리를 꺼냅니까?"

"아까부터 자꾸 가난한 가정 운운하는데 우리는 결코 강요하지 않았어. 그야말로 수요와 공급이 딱 맞아떨어졌을 뿐이네."

이어지는 말은 몹시 건조했다.

"세계 장기이식 현황을 아나?"

"미국이 1위. 그다음으로 중국이 많다고 들었습니다."

"두 나라 모두 장기이식의 문턱이 낮아. 더불어 사회적 공감대로 형성되어 있지. 일본은 뇌사 기준이 쓸데없이 엄격하고 기존 사생관에 발이 묶여 장기이식이 지지부진하지. 시설도, 그리고 기술도 결코 두 나라에 뒤지지 않은데 말이오."

자마의 어조에는 확연한 분노가 느껴졌다. 의료기술이 있지만 뜻대로 발휘하지 못하는 짜증이 섞여 있었다.

비슷한 말을 전에도 들은 적이 있다. '살인마 잭 사건' 때 이식 기술을 자랑하면서 일본에서는 마음껏 실력을 발휘할 수 없다는 의사의 푸념이었다.

"자신의 기술을 확인하려고 아이들의 배를 갈랐습니까?"

자마는 잠시 자문하는 듯하다가 얼마 지나지 않아 대답했다.

"그런 측면도 있었다는 걸 부인하지 않겠네. 기술 습득은 물론 수련 또한 의료에 필요한 과정이니까. 지금은 이식 후진국이어도 머지않아 일본도 이식 수술의 문이 크게 열릴 때가 올 거야. 그때 뒤처진 자들을 앞에서 이끌어갈 선구자가 필요해. 지금 그런 인재를 안 만들면 언제 만들겠나."

"그래서 가난한 아이들이 희생돼도 상관없다는 말입니까?"

"아까부터 듣고 있자니 계속 희생, 희생 노래를 부르는데 도대체 그들이 무슨 불평이라도 했단 말인가? 아이들이라고 해도 만족할 만한 대가를 받았어. 본인이 동의해서 수술대에 오른 자를 희생자라고 할 수 있나? 스스로의 의사로 신체 일부를 판 것에 불과해."

"마키다이 히로타카 케이스는 아니잖아."

"어떤 일이든 예외는 있어."

"가족의 동의가 없는 미성년자 장기기증은 불법입니다. 그건 잘 아실 텐데."

"언제나 선구자는 케케묵은 관습 때문에 눈엣가시가 되지. 어쩔 수 없는 일이야. 이미 포기했네."

태연하게 말하는 자마를 보며 이 사람은 신념에 따라 행동했다는 것을 깨달았다.

다만 현행법이나 일반 상식의 측면에서 보면 왜곡된 신념이었다.

"경찰인 당신들이 들으면 말도 안 되는 논리라고 생각하겠지. 하지만 임상의학에 종사하는 사람이라면 충분히 이해하고 동의할 만한 상식일세."

"의학의 진보라는 대의명분입니까?"

"대의명분이라는 표현은 마음에 들지 않지만 뭐 그런 셈이지."

"하지만 이식 수술이라면 공여자와 수혜자가 존재합니다. 공여자가 된 소년들에게 돈을 줬다면 당연히 그 돈의 출처는 수혜자겠죠. 이식 수술을 집도한 당신이라면 알 겁니다. 수혜자는 누구입니까."

지금까지 거침없이 움직이던 입이 돌연 멈췄다.

"수혜자는 죄가 없네. 도의적 책임도 없고."

"보통은 그럴지도 모르죠. 하지만 불법 장기이식이나 장기매매가 수혜자의 지시로 이뤄졌다면 이야기가 다릅니다."

여기까지 이야기했으니 더는 간을 볼 필요가 없었다.

"수혜자는 도호그룹 총수인 진노 소헤이. 아닙니까?"

"대답할 의무는 없네. 나도 의사 나부랭이니까. 수술진은 끌어들여도 환자까지 끌어들일 생각은 없어."

"당신이 입을 다물고 있어도 언젠가는 수술팀 중 누군가가 자백할 겁니다."

이누카이는 추격 태세에 들어갔다. 희생자 수도, 연루된 사람 수도 많은 사건이다. 단숨에 모든 것을 해결하지 않으면 수사망을 뚫고 잠적하는 자가 나온다.

"왕지엔순에 그치지 않고 아이들의 장기를 계속 빼앗은 이유는 무엇입니까."

"역시 가족이 아닌 자의 장기를 이식하는 데 문제가 있었네. 수술 전 검사에서는 적합 결과가 나왔어도 실제로 이식하면 거부반응이 나타났지."

그래서 두세 사람의 장기를 계속 이식하다가 결국 마키다이 히로타카의 시신을 훔치는 지경에 이르렀다는 말인가.

마키다이 히로타카 사건이 발생한 후에도 진노의 다발성 장기부전이 회복됐다는 정보는 얻지 못했다. 즉 히로타카의 장기는 아무런 도움이 되지 않았다는 사실을 뜻해 이누카이는 쾌감과 공허함을 동시에 느꼈다.

　"자마 씨. 협박하는 건 아닌데, 이번 장기매매와 장기이식 사건은 많은 세간의 비판을 받을 겁니다. 도호대도 부속병원도 책임을 피할 수 없죠. 학장에 이사장, 병원장까지 어떤 식으로든 책임을 질 수밖에 없습니다. 아마 자리에서 쫓겨나는 사람도 적지 않을 테고 말입니다."

　"그것도 부정하지 않소. 학교법인인 이상 공익성과 준법성은 늘 따라다니지. 당분간 도호대와 부속병원은 뒤처리에 상당히 어려움을 겪을 거야."

　"여론과 언론도 이때다 싶어서 때려댈 겁니다. 하지만 처음부터 전부 밝히면 해결도 빠르고 결과적으로 도호대와 부속병원의 오명도 빨리 벗을 수 있어요."

　"정말이지 자기 좋을 대로 떠드는 헛소리로군. 늘 그런 치졸한 말로 용의자의 자백을 받아내나?"

　자마는 다시 멸시하는 눈빛을 했다.

　"세상도 언론도 그렇게 열성적이지 않아. 스캔들이 보도되면 그때 반짝 신경질적으로 비난하지만 어차피 두 달이 넘어가지는 않지. 요즘 소문은 75일*까지 가지도 않으니까. 한동안은 입학 지원자와 입원 환자가 줄겠지만 곧 원래대로 돌아갈 거야. 역사를 쌓아온 대학과 병원의 이름이란 그런 것이거든."

문득 이누카이는 이해했다.

자마는 기소된 후를 내다보고 있다. 설령 송치한다고 해도 검찰청이 꼭 살인죄로 기소한다고 볼 수 없다. 살의 입증이 어렵다면 장기이식법 위반으로 기소할 가능성이 크고 이러한 경우 유죄 판결을 받아도 최대 5년 이하 징역 또는 5백만 엔 이하의 벌금, 아니면 두 가지 모두 해당된다. 5년 이하 징역이나 5백만 엔 이하의 벌금 모두 자마에게 대단한 손해는 아니다. 주범격인 진노 소혜이라면 처벌받는 자마를 버릴 리도 없고, 출소 후 도호그룹으로 돌아갈 수 있다는 약속만 있다면 더더욱 그랬다.

"의학부장으로 복귀하는 계획이 벌써 확정됐습니까?"

"필요한 인간은 필요한 자리에 빠르게 배치되는 법. 세상은 그런 식으로 돌아가지."

---

* '소문도 길어봐야 75일'이라는 일본 속담을 인용한 것으로, 세상에 떠도는 여러 소문도 시간이 지나면 잊힌다는 뜻이다.

자마는 주눅든 기색도 없이 말했다.

왕지엔순과 소년들이 이런 남자에게 장기를 적출당했다니. 분노로 속이 부글부글 끓었지만 이누카이가 할 수 있는 일은 자마에게 수갑을 채우는 일뿐이었다. 그를 고소하고 죗값을 치르게 하는 것은 다른 사람의 일이었다.

문을 열고 아스카가 들어왔다.

"이식 수술에 관여한 세 명 모두 신병을 확보했습니다. 자마 씨, 체포하겠습니다."

이누카이가 수갑을 꺼내자 자마는 노골적으로 싫은 표정을 지었다.

"저항하지도 도망가지도 않아. 수갑은 필요 없어."

"공교롭게도 당신을 그렇게까지 믿지 않거든요."

용의자에게 수갑을 채우는 것은 저항과 도망을 막으려는 목적도 있지만 그 외에도 심리적으로 압박하려는 목적도 있다. 특히 이번 경우 자마에게 수갑을 채운 것에는 소년들의 넋을 위로하는 의미도 있었다.

수사본부가 도호대를 덮친 일을 언론에서 이미 알아차렸다. 이대로 정문으로 향하면 수갑을 찬 자마가 카메라에 노출된다. 그 모습이 전국에 방송되면 자마의 권위는 순식간에 추락한다. 한심한 이야기지만 형사가 할 수 있는 추모란

이 정도뿐이다.

찰칵.

메마른 소리를 내며 수갑이 채워지자 자마는 못마땅한 듯 입술을 일그러뜨렸다.

자마의 호송을 지켜본 뒤 이누카이와 아스카는 쉴 틈도 없이 샤쿠지이 경찰서로 향했다.

"도호대 부속병원 외과부장을 체포했습니까? 대단하네요. 대승이잖아요."

두 사람을 형사부실로 안내한 나가쓰카는 만세라도 할 기세였다.

"하지만 이누카이 형사님. 상대는 뭐니 뭐니 해도 도호그룹이에요. 분명 유명한 변호사들을 준비할 겁니다. 승산이 있을까요?"

"솔직히 사건 관계자가 의료인이면 살의를 입증하기 어려울 수도 있습니다."

"어디까지나 이식 수술이 목적이었고 공여자의 사망은 과실일 뿐이다……. 그렇게 주장하면 혐의를 장기이식법 위반으로 전환해 입건할 수밖에 없죠."

"네. 하지만 장기이식법 위반은 고작 징역 5년에 벌금 5

백만 엔이니까요. 빼앗긴 목숨의 수를 생각하면 가벼워요."

살해된 피해자 중 왕지엔순과 요나미네 데루오는 샤쿠지이 경찰서 관내에서 일어난 사건이다. 형사부실에 있던 수사관들은 당연히 마음이 쓰여 두 사람의 대화를 힐끔힐끔 살폈다.

"설마 그룹 총수 진노 소헤이를 놓아줄 생각은 아니죠?"

"자마와 수술팀이 진노의 지시였다고 진술하면 끌어낼 수 있지만 그들도 최후의 선을 사수하려고 하겠죠. 진노 소헤이를 팔면 자신들의 미래가 없어지니까."

"자마와 수술팀이 복역을 마치고 출소하면 다시 똑같은 짓을 반복할 겁니다. 아니, 자마의 출소를 기다릴 필요도 없이 진노의 지시로 새 장기를 수배해 이식하는 자가 나올 거라고요."

나가쓰카는 불안한 기색으로 말했다. 실제로 이누카이도 비슷한 불안감을 느꼈다. 소년 네 명을 희생하고도 진노의 병은 낫지 않았다.

"실은 말이죠, 나가쓰카 형사님. 이번 사건으로 드러난 건 진노의 악행뿐 아니라 이 나라에서 조용히 숨어 행하는 장기매매 사업입니다."

이누카이는 저우밍룬의 진술에서 알게 된 장기매매 실태

를 설명했다. 장기 브로커인 저우밍룬의 단골손님 중에는 도호그룹뿐 아니라 그 외 거물 손님들이 존재했다. 게다가 장기 브로커도 저우밍룬 한 명이 아니라 개인사업부터 회사 조직까지, 저우밍룬이 파악한 브로커만 다섯 개였다.

다섯 브로커가 존재한다는 것은 단적으로 말하면 장기매매가 사업으로서 성립한다는 방증이었다. 장기를 제공하는 쪽도 이번에 드러난 희생자보다 많다.

이 나라에는 장기를 팔고 싶은 가난한 사람이 아직도 산더미처럼 쌓여 있다고 저우밍룬은 호언장담했다. 빈곤층이 급증하면서 자신들 같은 브로커가 없으면 장기 시세는 폭락할 위기를 안고 있다고 했다.

—일본 형사. 너희 나라는 이미 경제적 약자의 나라로 전락했어. 자원도 기술도 고갈돼 너희가 팔 것은 이제 몸뚱이밖에 없지.

기분 나쁜 말이었지만 실제로 오지오 마사토도 요나미네 데루오도 가난 때문에 장기를 팔았다. 분하게도 저우밍룬의 말은 현실이었다.

"정말 끔찍한 이야기네요."

나가쓰카는 울분을 풀 길이 없는 모습이었다.

"형사님, 그래도 진노는 체포해야 해요. 설령 다른 장기를 불법으로 얻으려는 인간이 있다고 해도 진노에 비하면 피라미일 겁니다."

"수사본부도 진노를 잡고 싶은 마음이 굴뚝같습니다. 조사 과정에서 자마와 수술팀 스태프들을 어디까지 몰아붙일 수 있을지가 관건이에요. 하지만 진노 말고도 체포해야 할 사람이 더 남았습니다. 요나미네 데루오와 류하오위를 살해한 인물입니다."

나가쓰카는 허를 찔린 것 같았다.

"장기 브로커인 저우밍룬은 중국은 물론 국내 공여자도 많이 다뤘습니다. 다만 아무리 저우밍룬이 수완이 좋은 브로커였다 하더라도 어떻게 가난한 아이들만 추릴 수 있었는지 의문이에요. 저우밍룬을 조사할 때 물었더니 아무래도 정보 제공자가 있던 듯해요."

"빈곤층 정보를요?"

"네. 저우밍룬은 그 정보를 바탕으로 아이들과 접촉한 것 같습니다. 그리고 저는 이 정보 제공자가 요나미네 데루오와 류하오위를 살해했다고 생각해요."

"왜죠?"

"순서가 거꾸로 됐지만, 살해범의 동기를 생각했을 때 입막음이 목적이었다고 하면 가장 이해가 되더군요."

"요나미네 데루오와 류하오위를 살해한 범인이 동일 인물이라고 확신하시는 겁니까?"

"똑같이 목을 조른다고 해도 안아조르기는 몹시 특이한 방법이고 아무나 할 수 있는 기술도 아닙니다. 격투기에 어느 정도 능숙한 자의 범행이라고 봐도 좋은 거예요. 이것이 범인의 첫 번째 특징입니다."

나가쓰카는 이해한 듯 고개를 끄덕여 보였다.

"류하오위는 요나미네 데루오의 장례식에서 우리와 접촉했고, 그 직후 살해됐습니다. 탐문 조사를 했지만 그사이에 따로 만난 사람은 목격되지 않았습니다. 즉 우리와 접촉했기 때문에 죽을 처지가 된 거죠. 실제로 류하오위는 불법 장기이식에 관여했고 그 사태를 우리에게 알리려고 했습니다."

"그래서 입막음 당했다는 추측입니까?"

"류하오위도 바보가 아닙니다. 우리와 접촉한 사실을 본인 입으로 남에게 말할 리 없습니다. 범인은 우리가 류하오위와 접촉하는 장면을 목격했어요. 총 두 번 접촉했죠. 처음에는 요나미네 데루오의 장례식, 두 번째는 도호대 정문 앞에서 잡아 근처 카페로 함께 갔습니다. 즉 우리와 류하오위의 접촉을 목격한 사람은 장례식 참석자거나 도호대 관계자입니다. 이것이 두 번째 특징입니다."

불현듯 이누카이는 알아챘다.

형사부실의 분위기가 팽팽했다. 이누카이의 이야기를 아닌 척 듣던 수사관들이 갑자기 긴장한 것이다.

"세 번째 특징. 요나미네 데루오는 친구들과 아지트로 삼았던 편의점에서 살해됐습니다. 샤쿠지이공원 역 앞에서 친구들과 만나기로 약속했는데 나타나지 않았고 휴대폰으로 연락해도 받지 않았죠. 이는 그가 납치에 가까운 형태로 현장에 끌려갔거나 완전히 안심한 상태였음을 시사합니다. 데루오와 친구들이 모이는 곳이며 그가 불안을 느끼지 않을 장소. 즉 범인은 진작에 그 폐업한 편의점이 그들의 아지트이자 사람들의 눈에 띄지 않는 더할 나위 없이 좋은 곳이라는 것을 알던 인물인 셈이죠."

형사부실이 술렁이며 다시 긴장감에 휩싸였다.

"네 번째 특징은 범인이 입고 있던 방한복입니다."

"범인을 목격한 사람이라도 있었습니까?"

"아뇨. 범인이 방한복을 입고 있었다는 것은 요나미네 데루오와 류하오위가 알려줬습니다. 아스카, 잠깐 괜찮아?"

이누카이는 아스카의 등 뒤로 돌아가 천천히 안아조르기 자세를 취했다.

"두 사람의 옷깃에는 범인의 것으로 짐작되는 피부 조각이 묻어 있지 않았기 때문에 아마도 범인은 미끄러지지 않은 원단으로 만든 장갑을 끼고 있었을 겁니다. 하지만 다른 잔류물이 있었죠. 등 뒤에서 목을 조르면 누구나 저항합니다. 두 사람도 마찬가지였어요. 보통 죽기 살기로 저항하면 상대의 피부를 할퀴는데 범인의 피부는 노출된 부분이 거의 없었는지 양손 손톱에서 피부 조각이 검출되지 않았습니다."

"네, 저도 그렇게 들었습니다."

"범인의 피부 조각은 없다. 그러나 그 대신 양손 손톱에서 똑같은 짙은 남색 폴리에스테르 섬유가 검출됐습니다. 짙은 남색 폴리에스테르라는 단어를 듣자마자 떠오른 것은 우리 경찰에게 지급되는 방한복입니다. 바로 저것."

이누카이가 손가락으로 가리킨 곳에는 짙은 남색 점퍼를 입은 수사관이 있었다.

"아시다시피 관에서 지급하는 물품인데 주문 제작 제품이 아니라 기성품 중에서 고르게끔 되어 있죠. 코트는 두 종류, 점퍼도 검은색과 짙은 남색 두 종류. 고급품이 아니라서 힘을 세게 줘서 긁으면 벗겨집니다. 분석하니 아니나 다를까 폴리에스테르 섬유는 우리에게 지급되는 점퍼의 소재와 완전히 일치했습니다. 자, 이제 범인을 나타내는 특징을 모두 나열했습니다. 하나, 어느 정도 격투기를 숙련한 자. 둘, 요나미네 데루오의 장례식에 참석한 자 또는 도호대 관계자. 셋, 요나미네 데루오 무리가 아지트로 삼았던 편의점을 알고 있던 자. 넷, 우리와 같은 점퍼를 입는 자."

형사부실에 있는 사람들의 시선이 나가쓰카에게 쏠렸다.

"이누카이 형사님. 그 네 가지 특징을 갖춘 사람이 저라고 생각합니까?"

"그래. 당신이 범인이야."

더 두고 볼 마음은 없었다.

"당신은 전국 경찰 유도 선수권 대회에서도 경시청 대표로 출전했어. 특기인 안아조르기로 준결승까지 진출한 것을 비디오로 확인했지. 경찰이라면 비행 청소년과 빈곤층 소년의 정보도 무제한 수집할 수 있지. 요나미네 데루오를 살해한 이유는 데루오가 당신이 정보 제공자라는 사실을 알고 협박했기 때문일 거야. 살해 당시 자신의 모발이 떨어졌더라도 예전에 찾아온 적 있는 곳이니 변명할 수도 있지."

나가쓰카는 얼굴을 굳힌 채 아무 소리도 내지 않았다.

"류하오위를 살해한 이유는 그가 장기매매 루트를 폭로할까 봐 두려웠기 때문이야. 브로커인 저우밍문이 잡히면 정보 제공자인 당신의 이름이 나오지 말란 법 없으니까."

"헛소리 하지 마."

나가쓰카가 마침내 말을 토해냈다.

"물증도 없잖아요."

"걱정하지 마. 아까 서장의 허가를 받아 당신 사물함을 열었으니까."

"뭐라고?"

"짙은 남색 점퍼, 잘 확인했어요. 팔 부분이 긁혀 있는 것을 육안으로도 확인할 수 있더군. 긁힌 부분과 데루오의 손톱에서 검출된 폴리에스테르 섬유가 일치하면 다음에는 또 어떤 변명을 할 속셈이지?"

나가쓰카는 주위를 두리번거렸다. 그러나 동료였던 수사관들은 하나같이 비난의 눈길을 보냈다. 지원군도 퇴로도 잃은 나가쓰카는 완전히 이성을 잃었다.

"자마는 장기이식법 위반으로 끝날지 모르지만 당신은 포기하는 게 좋아. 나가쓰카 순사부장*, 요나미네 데루오와 류하오위의 살해 용의자로 체포한다."

---

* 한국 경찰의 경사급.

410

4

중국인 소년의 시신이 발견되면서 시작된 연쇄 살인사건은 저명한 대학교수와 현직 경찰관이 체포되면서 절정을 맞이한 분위기였다.

신문과 잡지는 말할 것 없고 TV와 인터넷 뉴스도 연일이 화제를 거론하며 나라 밑바닥에서 꿈틀거리는 장기매매 사업을 규탄했다.

빈곤층 소년을 노린 점도 공분을 샀지만 그보다 사람들을 충격으로 몰아넣은 사실은 가난 때문에 자신의 장기를 판 아이들이 적지 않다는 현실이었다. 정치도 경제도 삼류로 전락했다는 뉴스를 접하고도 마음속 어딘가에는 과거의 영광에 기댈 여유가 있었던 것이다.

그러나 그 여유도 장기매매 실태가 보도되면서 흔적도 없이 사라졌다. 후에 남은 것은 자신마저 쇠락한 듯한 실의와 안타까운 마음이었다.

당연히 체포된 자마와 수술팀, 저우밍룬, 나가쓰카에게 비난이 폭풍같이 쏟아졌다. 사람들은 자신의 실의와 괴로운 마음을 책임지라는 듯이 도호대와 샤쿠지이 경찰서에 항의 전화와 이메일을 퍼부었다. 한때는 두 곳 모두 전화선이 마비됐을 정도였다.

―도호대 학장과 부속병원 원장은 책임을 지고 즉각 물러나라.

―도호그룹 전체의 범죄라고 할 수 있지 않을까.

―입국 관리를 조금 더 엄격하게 해야 한다.

―애초에 원인은 사회 격차가 만들어 내는 빈곤이지, 책임은 정부가 져야 해.

―아니, 책임 소재를 확대해도 소용없어. 장기이식법 처벌을 강화하는 편이 나아.

한편에서는 수사본부에 칭찬과 큰 기대가 쏟아졌다. 도호대 의학부장이라는 거물을 체포한 탓도 있어서 사건을 전담한 아소반에는 사건 내용을 조속히 공개하라는 요구가 빗발쳤다.

용의자 조사 인원은 아소반뿐 아니라 기리시마반, 구로사와반에서도 동원되어 마치 수사1과 전체가 동원된 듯했다. 이는 무라세 관리관의 요청에 따라 쓰무라 1과장이 결정한 사안으로 사건 해명을 서두르는 경시청 형사부의 속내가 짙게 반영된 결과였다.

저우밍룬, 자마 의학부장, 나가쓰카 순사부장의 진술 내용은 거의 이누카이가 추리한 대로였다. 나가쓰카가 빈곤층 소년의 정보를 저우밍룬에게 흘리고, 저우밍룬이 해당 가정 혹은 소년에게 접근했다. 그렇게 장기 제공 의사를 확인하면 자마에게 연락해서 장기 적출을 준비하는 식이었다. 특별히 주목해야 할 점은 이 과정에서 정보 제공자인 나가쓰카와 자마는 서로 안면이 없었다는 사실이다.

왕지엔쉰은 일본에 입국한 지 며칠 만에 장기 적출 수술을 받았다. 하지만 수술 도중 쇼크사하자 당황한 자마와 수술팀이 시신을 다케시타숲 녹지의 잡목림에 묻었다. 수술팀 스태프 중 한 명이 이 녹지의 지리를 잘 알아서 선택했다고 한다.

두 번째 피해자 오지오 마사토는 역시 수술 기술이 부족했던 탓에 사망했다. 그러나 본인이 퇴원한 후 이상이 발생해 자마도 손쓸 수 없었다고 한다.

세 번째 피해자 요나미네 데루오는 수술 성공 사례였지만 장기 판매 대금만으로 만족하지 못했던 것이 화근이었다. 자신의 정보를 판 사람이 나가쓰카라는 사실을 눈치채고 그를 협박한 것이다. 친구들에게 자랑한 '좋은 돈줄'은 나가쓰카였다.

수술을 집도한 사람은 자마였지만 자신의 소행을 은폐하고 싶었던 그는 류하오위에게 봉합을 지시했다. 입지가 약한 류하오위라면 비밀이 새어 나가지 않을 것이라고 무시했기 때문이다. 실제로 명줄을 잡힌 류하오위는 의학부장인 자마의 명령을 거역하지 못한 듯했다.

나가쓰카는 처음부터 이누카이의 움직임을 주시했다고 한다. 샤쿠지이 경찰서 관내를 돌 때 동행한 이유도 이누카이를 감시하고 싶어서였다. 그 덕분에 이누카이가 진상을 묻기 전에 류하오위를 처리할 수 있었다.

—탈선한 아이들을 상대하다 보니 본인이 의사가 있다면 장기를 제공하는 것도 나쁘지 않은 이야기라고 생각했거든요.

조사 중 나가쓰카는 이렇게 말했다.

—집안이 가난한 건 안타깝지만 그렇다고 내가 해결할

수 있는 문제도 아니잖아요. 시설에 데려다줘도 걔네는 금방 돌아와요. 생활비나 유흥비 욕심에 공갈이나 절도를 반복하죠. 방치하면 폭력단의 예비 조직원이 될 놈들입니다. 그렇다면 신체 일부를 파는 것도 나쁜 이야기는 아니죠. 수혜자는 도움을 받고 놈들도 정당한 대가를 받으니까. 누구에게 피해를 주는 것도 아닌 훌륭한 거래예요. 사람을 구한다는 명목으로 정보를 넘기면 나도 돈을 벌고. 누이 좋고 매부 좋은 일 아닙니까.

용의자 세 명의 공통점은 죄책감이 희박하다는 점이었다. 정보 제공자도 중개자도 집도의도 하나같이 자신의 행위가 불법이기는 해도 부도덕하지는 않다고 주장했다. 장기이식의 문턱을 높이고 있는 법이야말로 이 모든 일의 근원이며 자신들이 구축한 네트워크는 머지않아 공인되리라 확신했다.

진술 마지막에 자마가 내뱉은 말이었다.

―개척자는 언제나 비판받는 운명이지.

공통점은 또 하나, 세 사람 모두 장기이식과 매매에 진노 소헤이가 관여했다는 말을 일절 하지 않았다. 특히 직접 지시를 받은 것으로 짐작되는 자마는 아무리 몰아세워도 진노의 'ㅈ'자도 꺼내지 않았다.

수사본부는 진노의 진료기록을 입수했다. 다발성 장기부전에 대한 수많은 처치가 적혀 있었지만 정작 장기이식 이야기는 어디에서도 찾아볼 수 없었다. 진노와 자마가 꾸민 일이니 진료기록도 쉽게 조작했으리라 생각했지만 문서에 남아 있지 않으니 수사본부로서 뼈아팠다.

결국 세 사람의 입에서 진노의 이름을 끌어내지 못해 수사본부는 진노를 제외하고 세 명을 송치하는 쪽으로 기울었다. 조사에 쓸데없이 시간을 할애하기보다 세 사람을 조속히 기소하는 편이 우선이라는 목소리가 점차 커졌기 때문이다.

구류 기간이 끝나기 직전, 수사본부는 진노의 관여를 입증하지 못한 채 세 명의 신병을 검찰에 송치했다. 물론 이후에도 수사는 계속되지만 사태가 교착상태에 빠진 것은 누가 봐도 자명했다.

이대로 도호그룹 총수가 도마뱀 꼬리 자르기를 시전하고 제삼자처럼 방관하도록 허락할 것인가. 수사본부 안팎으로 시달리던 중 이누카이 휴대폰으로 연락이 왔다.

진노 소헤이 본인이었다.

진노가 지정한 장소는 도호대 부속병원이었다. 다른 사

람은 절대 데리고 오지 말라고, 일대일로 만나고 싶다는 요청에 이누카이는 홀로 방문했다. 이야기를 전달받았는지 1층 접수처에 이름을 말하자 서쪽 병동 7층으로 안내받았다.

엘리베이터에서 내려 직진하자 'ICU집중치료실'이라고 적힌 판이 보였다. 오가는 간호사들도 적고 매우 조용한 이유가 그 때문인가 생각했다.

약속 장소인 병실의 문을 노크했다.

"들어오세요."

슬라이드 도어는 힘을 주지 않아도 부드럽게 열렸다. 병실에 앉아 있는 사람은 틀림없이 진노 소헤이였다.

"이야, 이누카이 형사님. 설마 다시 만날 줄은 몰랐소."

진노는 자리에서 일어나지도 않고 거만하게 이누카이를 바라봤다.

"저는 반드시 다시 만날 것이라 믿었습니다. 체포할 때 얼굴을 봐야 하니까요."

"기세등등하군. 나도 그런 사람 싫지 않아."

"오늘 부르신 이유는 죄를 참회하기 위해서입니까?"

"어떤 사람을 좀 만나게 하려고."

그렇게 말하고는 얼굴을 병실 안쪽으로 돌렸다.

"따라오시오."

진노를 따라가자 병실 안쪽은 치료실이었다.

중앙에 놓인 침대를 둘러싸듯 크고 작은 의료기기들이 자리 잡고 있었다. 기기에서 뻗어나온 무수한 튜브는 침대 중앙에 연결돼 환자가 의료기기로 연명하고 있다는 사실을 알 수 있었다.

이누카이는 입을 떼지 못했다. 침대에 누워 있는 사람은 여자아이였다. 창백한 얼굴은 산소호흡기 마스크에 다 가려질 정도로 작았다.

"손녀인 미도리오."

진노의 목소리에 애정이 가득했다.

"시집간 외동딸이 낳은 아이라 성은 다르지만 말이오. 아직 열 살이지."

"설마."

"짐작했군. 이 아이도 다발성 장기부전인데 나보다 더 심각해. 장기가 필요한 사람은 사실 이 아이야."

"가족 간 이식은 생각해 보셨습니까?"

"부모가 일 때문에 외국에 갔다가 테러 사건으로 둘 다 객사했네. 이 아이만 일본에 남아 있어서 살았지만 이듬해에 발병했지. 참으로 불운한 아이야."

어머니가 진노의 외동딸이라면 장기기증 대상자는 한정된다.

"부모 형제도 없고 남은 핏줄은 나 하나지. 이 아이에게 줄 수 있다면 내 장기를 모두 내놓을 수 있지만 보시다시피 내가 이런 꼴이라."

"장기매매에 손을 댄 이유가 이 아이 때문입니까?"

진노는 그 질문에 대답하지 않고 소녀의 머리맡에 앉았다. 소녀의 잠든 얼굴을 애정 어린 시선으로 내려다보며 손가락 하나 건드리지 않도록 조심했다.

이누카이는 자신의 착각에 아연했다. 생각해 보면 장기를 빼앗긴 피해자는 모두 십 대였다. 만약 진노가 수혜자라면 공여자가 장년이어도 상관없을 터였다.

"발병했을 때는 이미 늦었네. 체력이 순식간에 떨어져 외국으로 갈 수 없었지."

진노가 다시 입을 열었다.

"그래서 국내에서 이식 수술을 받을 수밖에 없었네. 하지만 여러 차례 이식을 시도해도 모두 거부반응을 일으켰어. 이것도 분명 운이겠지. 한없이 가여운 아이일세."

이누카이는 할 말을 잃고 노인과 소녀를 바라봤다. 말로 표현하지 않아도 진노가 손녀를 얼마나 사랑하는지 따스

한 눈빛만으로 쉽게 짐작이 갔다.

"미도리는 이제 얼마 안 남았네. 유일한 희망이었던 장기 이식 수술도 당신이 끊어 버렸으니까. 저우밍룬이 체포되면서 다른 장기 브로커들이 일제히 몸을 감췄어. 수혜자들이 아무리 간절히 원해도 놈들은 당분간 물밑에 숨어 고개를 내밀지 않을 거야. 그 사이에 이 아이는 죽겠지. 당신이 죽인 걸세, 이누카이 형사님."

저주의 말이 가슴을 꿰뚫었다.

"세 사람이 체포되지만 않았으면 미도리는 살 수도 있었어. 그 가능성을 당신이 으스러뜨렸어."

터무니없는 억지인 줄 알면서도 생기 없는 소녀의 얼굴에 말문이 막혔다.

"뛰어난 형사라는 건 아네. 분명 상사의 신임도 두텁겠지. 불법 장기매매를 검거했다며 세간과 언론의 갈채도 쏟아졌을 거야. 하지만 그건 사람을 구한 게 아닐세. 그 반대지. 당신이 열심히 수사한 덕에 이 어리고 연약한 생명이 자라기도 전에 뿌리째 뽑혔어. 당신이 한 짓은 결국 다른 형태의 살인에 불과하네."

"아닙니다."

"아니, 맞아. 정의이니 법이니 내세우며 포장하지만 눈에 보이는 것은 그렇지 않아. 당신을 여기로 부른 이유는 그것을 알리고 싶어서야. 누워만 있는 손녀가 할 수 있는 최소한의 복수지."

진노는 다시 소녀의 얼굴을 바라보며 방해된다는 듯 손을 흔들었다.

"이제 정말 더는 만날 일 없을 거야. 나가 주게."

몹시 힘이 없는 목소리였지만 이누카이는 거역할 수 없었다. 마치 끌려나가는 사람처럼 병실을 나와 문을 닫았다.

순간 정체를 알 수 없는 격정에 사로잡혀 꼼작도 할 수 없었다.

진노의 저주가 머릿속에서 메아리쳤다.

자신의 수사가 소녀의 생명을 단축시키는 결과밖에 되지 않았다. 소년들의 한을 풀어주겠다며 분투한 것은 잘못된 판단에 불과했다.

이 얼마나 아이러니한가.

이 얼마나 어리석은가.

영원히 서 있을 수도 없는 노릇이라 이누카이는 무거운 발걸음으로 복도를 걷기 시작했다.

불현듯 사야카의 얼굴이 떠올라 가슴이 찢어지는 듯했다.

침대 위에서 가냘픈 숨을 내쉬던 미도리는 또 다른 사야카였다. 사야카를 살릴 방법을 자신의 손으로 빼앗고 말았다.

이누카이는 복도 중간에 멈춰 섰다.

어깨가 떨리기 시작했다.

오만한 자들의 오만한 거래

동장군이 찾아온 12월 초 어느 날, 도쿄의 한 잡목림에서 땅에 묻힌 소년의 시신이 발견됩니다. 배가 갈라지고 간이 절반 적출된 상태로 유기된 신원을 알 수 없는 시신. 과거 일어났던 '헤이세이 살인마 잭 사건'을 연상케 하는 사건 양상에 해당 사건을 맡았던 경시청 수사1과 이누카이 형사가 호출됩니다. '모방범이냐, 아니냐'부터 '피해 소년은 도대체 누구인가'까지. 하나도 풀리지 않는 의문 속에서 수사는 시작부터 난항을 겪고, 아스카의 기지로 피해자가 중국에서 입국한 소년이라는 사실을 알아냅니다. 그리고 잇달아 발견되는 간이 부분 적출된 소년들의 시신. 어린아이를 상대로 벌어진 참혹한 범죄에 이누카이와 아스카는 몹시 분노하며 범인을 쫓기 위해 분투합니다. 그러한 수사과정에서 드러나는 장기이식과 장기매매, 빈곤층 가정 문제와 그로 인한 청소년 문제, 복지 사각지대에서 외면 받은 사람들. 그리고 어김없이 등장하는 형사와 아버지로서의 이누카이의 고뇌.

여전히 의료 문제와 관련된 사회의 어두운 단면을 묵직하고 신랄하게 그리는 나카야마 시치리의 이누카이 하야토 형사 시리즈 다섯 번째 작품, 『카인의 오만』입니다.

지난 네 번째 작품 『닥터 데스의 유산』이 인간의 존엄을 위해 죽음을 사는 사람들의 이야기였다면, 이번 『카인의 오만』에서는 돈으로 목숨을 사는 사람들이 등장합니다. 법적 제재 탓에 합법적으로는 장기이식을 받기 어려운 부유한 자가 가난한 자의 유일한 자산을 쇼핑하는 장기매매. 장기가 망가진 그들은 새 장기를 이식해 생명을 연장하고자 끼니조차 제대로 챙기지 못하는 빈곤층 아이들의 장기를 노립니다.

기존 이누카이 시리즈에서 다루던 백신이나 존엄사와 달리 어쩌면 다소 멀게 느껴질 수 있는 장기매매 문제는 사실 최근 지속적인 장기 기증자가 감소하는 우리나라에서도 우려되는 현실입니다. 물론 장기이식을 애타게 기다리는 환자와 가족들의 고통을 이해하는 공감대 형성도 필요하겠지만, 그렇다고 과연 사람의 신체를 물건처럼 사고팔아도 될까요? 그동안 당연하게 답이 있다고 여겼던 문제를 새삼 진지하게 생각하게 됐습니다.

영화나 드라마에서 불법 장기매매니 인신매매니 자주 등장하지만 실제 우리가 살아가는 현실에서 신체가 거래의 대상이 될 수 있다고 생각하는 사람은 많지 않을 것입니다. 신체와 생명을 돈으로 사고파는 행위는 분명한 인권침해이므로 장기매매는 인권 문제가 아닐까요? 이런 의미에서 궁지에 몰린 사람의 절박한 심리를 이용해 개인의 욕심을 채우는 비도덕적인 행동을 그린 『카인의 오만』은 생명을 존중하는 윤리적 가치의 필요성을 다시 한번 고민하게 하는 작품이 아닐까 생각합니다.

이누카이 하야토 형사 시리즈는 『카인의 오만』으로 우리나라에 총 다섯 편이 소개됐습니다.

장기이식의 방향성을 고민하게 하는 『살인마 잭의 고백』, 인간의 일곱 가지 악의를 일곱 가지 색으로 표현한 단편 연작 미스터리『일곱 색의 독』, 자궁경부암백신의 부작용 문제를 담은『하멜른의 유괴마』, 존엄사에 대해 묻는『닥터 데스의 유산』, 장기매매를 둘러싼 사회문제를 그린『카인의 오만』.

『카인의 오만』은 시리즈 첫 작품인『살인마 잭의 고백』과 상통하는 부분이 있으며, 작품 내에서도 '살인마 잭 사건'이 언급되므로 아직『살인마 잭의 고백』을 접하지 않으신 독자라면 한 번쯤 읽어보셔도 좋으리라 생각합니다.

더불어 이 시리즈를 관통하는 핵심이라고 하면 신부전 환자인 딸을 둔 이누카이의 형사의 딜레마입니다. 이누카이는 작품 속에 등장하는 사건을 해결하면서 형사로서 직업윤리와 아버지로서 환자인 딸을 향한 애정 사이에서 갈등에 시달리는데, 이러한 이누카이의 딜레마를 통해 독자도 함께 고뇌하게 합니다. 이 딜레마는 시리즈가 진행될수록 더욱 심오하고 무거워지는데, 심지어 그 문제가 사람의 삶과 죽음을 다루는 문제이다 보니 읽고 난 뒤 느낌이 썩 상쾌하지는 않습니다. 오히려 마음에 돌덩이를 얹은 듯 더욱 무거워지고 유독 생각이 많아집니다. 그래도 우리가 살면서 한 번쯤은 고민하게 될 피할 수 없는 문제들을 던져

주기에 이누카이 시리즈를 주목하게 되는 것 아닐까 생각합니다.

일본에서는 이미 출간된 시리즈 여섯 번째 이야기 『라스푸틴의 정원』에서는 또 어떤 묵직한 이야기를 던져 줄지 기대됩니다.

2024년 봄
문지원

카인의 오만

1판 1쇄 발행 2024년 4월 8일
1판 2쇄 발행 2024년 5월 10일

지은이 나카야마 시치리 | **옮긴이** 문지원

편집장 민현주 | **디자인** 박진범 | **제작·마케팅** 송승욱 | **총괄이사** 황인용 | **발행인** 송호준

발행처 블루홀식스 | **출판등록** 2016년 4월 5일 제2016-000100호
주소 경기도 파주시 회동길 483-1 **전화** (031)955-9777 **팩스** (031)955-9779
이메일 blueholesix@naver.com

ISBN 979-11-93149-15-7 (03830) **정가** 16,800원